Obserwując Edie

CAMILLA WAY

Obserwując Edie

Przełożył
Zbigniew A. Królicki

ZYSK I S-KA
WYDAWNICTWO

Tytuł oryginału
Watching Edie

Copyright © Camilla Way, 2016
All rights reserved
Copyright © for the Polish translation by Zysk i S-ka Wydawnictwo s.j., Poznań 2017

Redaktor
Robert Cichowlas

Projekt graficzny okładki
Emily Osborne

Jacket photo of woman © Mari / Alamy
Jacket image of woman's face © Fotoartak / Alamy Stock Photo
Jacket photo of window frame © Stacey Newman / Shutterstock

Wydanie I

ISBN 978-83-65676-59-7

Zysk i S-ka Wydawnictwo
ul. Wielka 10, 61-774 Poznań
tel. 61 853 27 51, 61 853 27 67
Dział handlowy, tel./faks 61 855 06 90
sklep@zysk.com.pl
www.zysk.com.pl
Druk i oprawa: WZDZ - Drukarnia „LEGA"

dla Alexa

Nie miałoby sensu wracać do dnia wczorajszego,
ponieważ byłam wtedy zupełnie inną osobą.
Alicja w Krainie Czarów, Lewis Carroll

CZĘŚĆ PIERWSZA

Potem

Za oknem mojej kuchni długie popołudnie zapada w zmierzch. Patrzę na rozpościerający się daleko w dole Londyn, trzymając nad zlewem ociekające wodą ręce. Słyszę przeciągły i przenikliwy dzwonek do drzwi. Zepsuty domofon brzęczy. Widok stąd, z tak wysoka, jest niewiarygodny — jak z lotu ptaka. Deptford i Greenwich, New Cross i Erith, potem rzeka, za nią Gherkin, a dalej Shard. Z mojego mieszkania na ostatnim piętrze budynku na Telegraph Hill można patrzeć nań bez końca, co jak zawsze mnie uspokaja i koi: jest taki wielki, a ja taka mała i tak daleko od miejsca, które opuściłam.

Dzwonek dzwoni natarczywiej — ktokolwiek naciska guzik, nie zdejmuje palca. Nadchodzi noc.

Z początku wszędzie widziałam Heather. I Connora, oczywiście. Kątem oka zauważałam jedno czy drugie z nich, czemu towarzyszył przeszywający, zimny dreszcz, który pozostawiał mnie obolałą i wstrząśniętą jeszcze długo po tym, jak uświadomiłam sobie, że to tylko złudzenie; ktoś obcy o podobnej fryzurze lub chodzący w taki sam sposób. Ilekroć się to zdarzało, szłam w jakieś ruchliwe miejsce i gubiłam się w tłumie, krążąc po ulicach południowo-wschodniego Londynu, dopóki nie upewniałam się, że wszystko to było bardzo dawno i daleko. W małym miasteczku w środkowo-zachodniej Anglii, milion kilometrów stąd. Teraz dzwonek do drzwi nie milknie, a ja zawsze wiedziałam, że pewnego dnia tak będzie.

Mieszkam na ostatnim piętrze dużej, brzydkiej wiktoriańskiej kamienicy i jest nas tu mnóstwo upchniętych obok siebie w tych ciasnych i pełnych przeciągów mieszkankach. Większość z nas zawdzięcza je Housing Association. A kiedy blokuję drzwi butem i idę otworzyć dzwoniącemu, schodząc cztery piętra z rzędami białych drzwi z mosiężnymi tabliczkami, zza każdych dobiegają dźwięki wczesnego wieczoru: płacz dziecka, śmiech z telewizora, sprzeczka jakiejś pary — odgłosy życia obcych ludzi.

Jestem kompletnie nieprzygotowana na to, co czeka mnie za ciężkimi frontowymi drzwiami, i kiedy je otwieram, świat zdaje się chwiać w posadach i muszę złapać się futryny, żeby nie upaść. Ponieważ ona tam jest, stoi w progu i patrzy na mnie. Po tak długim czasie jest tutaj.

Heather.

A ja wyobrażałam to sobie, śniłam o tym i bałam się tego setki razy przez tyle lat, że teraz rzeczywistość jest zarówno całkowicie surrealistyczna, jak i rozczarowująca. Jakby z bardzo daleka widzę i słyszę przejawy życia toczącego się wciąż na tej zwyczajnej londyńskiej ulicy w zwykłe popołudnie — samochody i przechodniów, dzieci bawiące się na ulicy, szczekającego psa — a gdy patrzę na jej twarz, na języku czuję nieprzyjemny posmak strachu. Otwieram usta, lecz nie wydobywają się z nich żadne słowa i przez chwilę stoimy w milczeniu, dwie trzydziestotrzyletnie wersje dziewczyn, którymi kiedyś byłyśmy.

To ona odzywa się pierwsza.

— Cześć, Edie — mówi.

A potem robi coś niewyobrażalnego. Przechodzi przez próg (serce staje mi w gardle, gdy ona jest tak blisko), bierze mnie w ramiona i obejmuje. Stoję zesztywniała w tym uścisku, czując falę napływających wspomnień: jej sprężyste włosy ocierające się o mój policzek, koszmarny zapach smażonej cebuli zawsze unoszący się z jej odzieży, jej wysoka i postawna sylwetka. Mam pustkę w głowie, czuję tylko serce pulsujące w gardle, a ona wchodzi za mną do sieni, *nie, nie, nie, to tylko jeden z tych snów*, i po schodach, mijając wszystkie te inne drzwi z mosiężnymi tabliczkami oraz obłażącą farbą i już jesteśmy na górze, i widzę moją rękę pchnięciem otwierającą drzwi, i jesteśmy tu w mojej kuchni, *nie, nie, nie, nie, nie*, siadamy przy stole i patrzę na twarz, której kiedyś miałam nadzieję nigdy więcej nie zobaczyć.

Z początku żadna z nas się nie odzywa i przepełnia mnie tęsknota za tym spokojnym, samotnym życiem, które jeszcze przed chwilą wiodłam w trzech ciasnych pomieszczeniach. Woda kapie z kranu, mijają sekundy, zbrązowiałe liście mojej zielistki dygoczą na parapecie. Wstaję, żeby nie patrzeć na Heather, odwracam się i przytrzymuję blatu kuchennej szafki. Odwrócona do niej plecami, mogę coś powiedzieć.

— To jak mnie znalazłaś? — pytam, a kiedy nie odpowiada, odwracam się i widzę, że się rozgląda, patrzy przez korytarzyk na niewielki salon ze składanym łóżkiem.

— Hmm? — mamrocze. — Och. — Patrzy na mnie. — Twoja mama. Nadal mieszka w tym samym miejscu, no nie?

A ja kiwam głową, chociaż nie wiedziałam o tym, gdyż mama i ja nie rozmawiamy od lat i nagle znów tam jestem, w tym starym domu we Fremton. Siedzimy w kuchni, jarzeniówka mruga, ciemność na zewnątrz zmienia okna w lustra. Płaczę i mówię mamie o wszystkim, o wszystkim, co się zdarzyło tej nocy, jakbym, wyznając to, mogła uciszyć krzyk w mojej głowie, zetrzeć obrazy w pamięci. Mówię jej o Heather i Connorze, i o tym, co zrobili, ale to tak, jakbym opowiadała jej jakiś oglądany w kinie horror lub koszmarny sen. Słyszę wypowiadane przez siebie słowa i nie mogę uwierzyć, że to, co mówię, jest prawdą. Nie przestaję mówić, dopóki nie opowiem jej każdego najdrobniejszego szczegółu, a kiedy kończę, chcę się do niej przytulić, lecz mama jest odrętwiała, a jej twarz szara ze zgrozy. Odsuwa się ode mnie, a ja nie chcę, już nigdy w życiu nie chcę, żeby ktoś patrzył na mnie tak, jak ona wtedy.

Kiedy zaczyna mówić, jej słowa są jak kamienie.

„Idź spać, Edith. I już nigdy więcej mi o tym nie mów. Słyszysz? Nigdy więcej nie chcę o tym słyszeć".

Potem odwraca się do mnie plecami, patrzy w okno i widzę jej ściągniętą, okropnie wykrzywioną twarz odbitą w szybie. Nazajutrz rano wstaję przed wschodem słońca, biorę trochę pieniędzy z jej portmonetki i jadę pociągiem do wuja Geoffa w Erith, żeby już nigdy nie wrócić do matki.

Jestem oszołomiona tym, co powiedziała mi Heather: że matka podała jej mój adres. Wuj nigdy się nie dowiedział, co nas poróżniło, i zawsze miał nadzieję, że pewnego dnia się pogodzimy, więc to żadna niespodzianka, że go jej podał. Natomiast zaskoczyło mnie to, że matka zapisała mój adres i nie wyrzuciła kartki.

Nagle poczułam ogarniające mnie znużenie, ale zmusiłam się i zapytałam:

— Czego chcesz, Heather? Po co tu teraz przyszłaś?

Ponieważ tak naprawdę zawsze wiedziałam, że ten moment nadejdzie. Czyż nie śniłam o tym noc po nocy, budząc się nad ranem chora ze strachu, nie zerkałam przez ramię pewna, że nadchodzi, jest gdzieś tam i wciąż się zbliża?

Ona nie odpowiada od razu. Na stole przed sobą kładzie torebkę: zrobioną na drutach z czarnej wełny, z obłamanym plastikowym guzikiem. Do wełny przywarły jakieś farfocle, okruchy i mnóstwo rudych włosków — być może kocich. Jej małe orzechowe oczy zerkają na mnie spod rzadkich jasnych rzęs; nie ma makijażu poza rażąco jaskrawą plamą różowej szminki, która wygląda jak pożyczona. W ciszy dobiega nas głos kobiety z ulicy na dole — *Terry... Terry... Terrrrrrryyyyy...* — a my słuchamy jak przycicha i milknie, i w tym momencie Londyn pogrąża się w mroku; to ta przygnębiająca chwila, w której gaśnie światło dnia, a światła miasta nagle stają się jaśniejsze. Słyszę lekkie drżenie urazy i nagany w głosie Heather, gdy mi odpowiada:

— Niczego. Nic od ciebie nie chcę. Chciałam cię tylko zobaczyć.

Usiłuję to zrozumieć i mój umysł rozpaczliwie szuka różnych możliwych wyjaśnień, ale wtedy ona znów zaczyna mówić i z jej słów wyziera samotność jak otwarta rana, tak okropna i znajoma, że muszę odwrócić od niej oczy.

— Byłaś moją najlepszą przyjaciółką.

— Tak — szepczę.

I ponieważ nie mam pojęcia, co robić, wstaję, żeby nastawić czajnik i zaparzyć herbatę, podczas gdy Heather mówi, tak jakby to była najzwyklejsza w świecie wizyta i rozmowa z dawno niewidzianą przyjaciółką: że teraz mieszka w Birmingham („przeprowadziliśmy się tam niedługo po twoim wyjeździe") i pracuje na pół etatu w kiosku z gazetami.

Kiedy mówi, zerkam na nią ukradkiem. Taka zwyczajnie wyglądająca kobieta. Trochę tęgawa, opierająca splecione pulchne dłonie o blat stołu, mówiąca z miękkim walijskim akcentem, z włosami do ramion i szerokim uśmiechem.

— Nadal mieszkasz z rodzicami? — pytam, żeby coś powiedzieć, podejmując jej grę, jeśli to gra.

Ona kiwa głową. Tak, myślę sobie, trudno byłoby, nawet teraz, wyobrazić sobie, że poradziłaby sobie bez nich. Heather nigdy nie była głupia, opóźniona w rozwoju czy coś — właściwie zawsze dobrze radziła sobie w szkole. Jednak, pomimo dobrych wyników w nauce, zawsze jakby czegoś jej brakowało. Miała w sobie jakąś niewinność, zbytnią wrażliwość czyniącą ją łatwym celem. Siadam na krześle obok niej.

— Heather — mówię pospiesznie, zanim stracę odwagę. — Heather, czego chcesz?

Zamiast odpowiedzi wyciąga rękę i zaskakuje mnie, delikatnie chwytając w palce kosmyk moich włosów.

— Wciąż jesteś taka ładna, Edie — mówi sennie. — Nic się nie zmieniłaś.

A ja nie mogę się powstrzymać: wzdrygam się tak, że muszę wstać, i z brzękiem wstawiam filiżanki do zlewu, czując na plecach jej świdrujące spojrzenie.

— Mogę obejrzeć sobie twoje mieszkanie? — pyta, a kiedy kiwam głową, idzie i staje w drzwiach do mojego maleńkiego salonu. Podążam za nią i razem spoglądamy na tę ciasnotę, kurz i bałagan, składane łóżko, wieszak na ubrania i badziewny telewizor z drugiej ręki. — Jest śliczne — mówi zduszonym głosem. — Masz szczęście.

Z trudem powstrzymuję śmiech. Gdyby ktoś mnie pytał, kiedy miałam szesnaście lat, kim się stanę i jakie w przyszłości będę wiodła życie, nigdy nie opisałabym czegoś takiego.

Zdaję sobie sprawę z tego, że Heather musiała sama dojechać do Londynu, a potem przejechać przez całe miasto, żeby dostać się tutaj, co robi na mnie wrażenie, a jednocześnie przeraża. Uświadamiam sobie, że ona może zamierza zostać u mnie na noc, i ta myśl jest tak okropna, że wypalam:

— Heather, przykro mi, ale niedługo muszę wyjść i miło było cię znów zobaczyć, ale naprawdę muszę…

Robi smutną minę.

— Och. — Tęsknie rozgląda się po pokoju, z wyraźnie widocznym rozczarowaniem. — Może mogłabym tu zostać, dopóki nie wrócisz.

Z nadzieją spogląda na sofę, a ja usilnie staram się ukryć strach, kłamiąc:

— Właściwie wyjeżdżam na kilka dni z przyjaciółmi. — I zaczynam kierować ją z powrotem do kuchni. — Przykro mi.

Niechętnie kiwa głową i podąża za mną tam, gdzie zostawiła płaszcz i torebkę. Obserwuję ją z przygnębieniem, wiedząc, że powinnam się zgodzić. W końcu była tu tylko piętnaście minut. Jednak tylko stoję tam i nic nie mówię, gdy ona wkłada płaszcz.

— Możesz dać mi twój numer telefonu? — pyta. — Mogłabym zadzwonić do ciebie i następnym razem spędziłybyśmy ze sobą dzień, a może nawet weekend.

W oczach ma taką tęsknotę, że bezradnie kiwam głową, a ona pospiesznie grzebie w torebce. Obserwuję ją, stojąc z założonymi rękami, gdy powoli wprowadza moje imię do pamięci komórki.

Spogląda na mnie wyczekująco, lecz moja postawa lub kąt, pod jakim patrzy, coś jej zdradza, i uświadamiając to sobie, rozdziawia usta.

— Jesteś w ciąży! — mówi.

Przez najkrótszy z możliwych moment widzę w jej oczach coś, co przeszywa mnie dreszczem, chociaż nie wiem dlaczego — przez sekundę z jej orzechowych oczu wyziera coś innego. Obronnym ruchem przyciskam dłonie do brzucha i przed oczami przemyka mi widok twarzy Heriego, natychmiast znikając. Nie odpowiadam.

— Cóż — mówi po chwili milczenia. — Gratulacje. Jak uroczo.

Gdy wciąż na mnie patrzy, jej źrenice wyraźnie się zwężają, więc wyczuwając, że zaraz zada kolejne pytania, pospiesznie podaję jej mój numer i patrzę, jak go wstukuje, irytująco wolno, zanim w końcu otwieram drzwi, żegnam ją najcieplej, jak potrafię, a ona wreszcie odwraca się, żeby wyjść. Zanim jednak to robi, przystaje.

— Czy pamiętasz kamieniołom, Edie? — mówi bardzo cicho. — Jak chodziliśmy tam wszyscy razem?

Natychmiast czuję lekki zawrót głowy oraz przypływ mdłości i kiedy odpowiadam, mój głos jest niewiele głośniejszy niż szept:

— Tak.

Ona kiwa głową.

— Ja też. Myślę o tym cały czas.

A potem odchodzi, stukając wygodnymi sznurowanymi bucikami na schodach, gdy schodzi coraz niżej. Opieram się o ścianę, osłabła z ulgi, aż daleko w dole słyszę trzask ciężkich frontowych drzwi, gdy zamyka je za sobą, jak więzienny strażnik.

Przedtem

Dzień jedenastoklasisty. Gdzie nie spojrzeć, dziewczęta piszą sobie flamastrami dedykacje na spódniczkach, popijają z puszek po coca-coli, które moim zdaniem napełniły czymś mocniejszym, i rzucają plastikowe woreczki z mąką z okien na najwyższym piętrze. Siedzę na ławce pod oknem biblioteki i patrzę. Później wszystkie pójdą do baru się upić — słyszałam, jak rozmawiały o tym w klopie. Nie zaprosiły mnie, ale to mi nie przeszkadza, ponieważ mama zawsze się martwi, kiedy późno wracam. Przy fontannie zauważam Nicolę Gates, ale odwraca się, kiedy do niej macham.

I wtedy po raz pierwszy widzę Edie. Idzie przez główny dziedziniec w kierunku frontowych drzwi. Patrzę, jak jej twarz to pojawia się, to znika w tłumie, zatrzymuje się i mrużąc oczy, spogląda na budynek, po czym znów wodzi wokół wzrokiem, żeby w końcu zatrzymać go na mnie. Wstrzymuję oddech. Nie sądzę, żebym kiedykolwiek widziała kogoś tak ładnego, nigdy w życiu.

I nagle jest tutaj, stoi tuż przede mną i w pierwszej chwili jestem zbyt zaprzątnięta różnymi aspektami jej osoby, żeby zrozumieć, co mówi: zapachem skórzanej kurtki, którą niesie przerzuconą przez ramię, zmieszanym z czymś jeszcze, czymś łagodnym i jabłczanym, jej oczami, dużymi i złocistopiwnymi z mnóstwem tuszu, bladofiołkowym lakierem na jej paznokciach. W zagłębieniu pod jej obojczykiem spoczywa złoty wisiorek z zielonym klejnocikiem w środku. Gdyby wetknąć tam palec, poczułoby się puk, puk, puk jej pulsu.

— Przepraszam — mówię. — Co powiedziałaś?

Ona się uśmiecha.

— Sekretariat. Gdzie jest?

Mówi głośno i wyraźnie, z północnym akcentem — być może manchesterskim.

Z tłumu ludzi obecnych na dziedzińcu, których mogła o to zapytać, wybrała mnie. Wstaję.

— Ja też idę w tym kierunku — mówię jej, chociaż wcale nie zamierzałam. — Pójdę z tobą, jeśli chcesz.

Ona kiwa głową i wzrusza ramionami.

— Tak. W porządku.

Kiedy idziemy, widzę Sheridan Alsop i Amy Carter stojące przy fontannie. Milkną i obserwują nas, gdy je mijamy. Mam szaloną ochotę wziąć ją pod rękę, tę nieznajomą idącą obok mnie, i wyobrażam sobie, jak podążamy w ten sposób, ramię w ramię jak najlepsze przyjaciółki. Jakże zdziwione byłyby Amy i Sheridan! Oczywiście, nie robię tego. Przekonałam się, że ludzie nie lubią, kiedy robi się takie rzeczy.

— Mam na imię Heather — mówię jej zamiast tego.

— A ja Edie. No, tak naprawdę Edith. Co to za lamerskie miejsce? — Rozgląda się i kręci głową. — Cholernie.

— Tak — mówię. — Wiem! Kompletnie lamerskie, no nie? Będziesz chodziła do tej szkoły?

Ona kiwa głową.

— We wrześniu zaczynam zajęcia fakultatywne.

— Ja też! Jakie sobie wybrałaś? Ja będę chodzić na biologię, matematykę i chemię. Miałam jeszcze uczyć się języka, ale mama i tato powiedzieli, że to zbyteczne, bo nie będzie mi to potrzebne na medycynie. Lepiej skupić się tylko na tych trzech przedmiotach. A także na wolontariacie i wszystkim innym. Pewnego dnia zostanę lekarzem i…

Gwałtownie urywam. Mama zawsze twierdzi, że za dużo mówię. Przygryzam wargę, spodziewając się, że Edie popatrzy na mnie tak jak inne dziewczyny.

Ona jednak nie robi tego, tylko znów się uśmiecha. Długie ciemnoblond włosy opadają jej na oczy i odgarnia je, zatykając za ucho.

— Ja wybieram plastykę — mówi mi. — I fotografię. Zamierzam studiować sztuki piękne w Londynie. Zapewne w Saint Martins — dodaje z niedbałą pewnością siebie. I wyjaśnia, że niedawno razem z mamą przeprowadziła się tu, do Fremton, z Manchesteru. Mówi w taki sposób, jakby była lekko znudzona, i z taką miną, jakby wszystko uważała za dobry żart, lecz co pewien czas spogląda na mnie tak, jakbym i ja uczestniczyła w tym żarcie. To miłe. Mogłabym patrzeć na nią godzinami.

Już doszłyśmy do sekretariatu, chociaż poprowadziłam ją okrężną drogą.

— To tutaj — mówię i zamierzam dodać, że na nią zaczekam i oprowadzę później po szkole, jeśli zechce, ale ona już odchodzi.

— W porządku. Dzięki — mówi. — To na razie.

Drzwi zamykają się za nią. Edie. *Eediee.* Powtarzam to imię w myślach, wracając do domu, smakując, chowając w pamięci jak śliczny wisiorek na złotym łańcuszku.

— Heather… *Heather…* HEATHER! — Gwałtownie podnoszę głowę i nieprzytomnie rozglądam się po moim pokoju. Jak długo tym razem? — Heather!

Głos wołającej mnie z kuchni matki i coraz głośniejsza w nim nuta irytacji podrywają mnie na równe nogi. Rozglądam się, zdezorientowana. Mam na sobie szkolny mundurek, a przy biurku stoi moja torba z książkami. Za oknem jest jasno, ale to zdecydowanie już wieczór. Powoli przypominam sobie wszystko. To ostatni dzień nauki, zanim zaczną się egzaminy. Wróciłam ze szkoły do domu i weszłam tu na górę, żeby powtórzyć sobie materiał, a potem... po prostu musiało się zdarzyć to, co czasem mi się przydarza, a ja nigdy nie wiem dlaczego. Niemal jakbym śniła na jawie. Zwykle dzieje się tak, kiedy jestem wzburzona lub zła, tak jak to było z Danielem Jonesem, chłopakiem, który dręczył mnie w podstawówce. Nawet nie wiedziałam, że go uderzyłam, dopóki nie zobaczyłam krwi. Zgiełk głosów uczniów z mojej klasy, tłumów z przeszłości i teraźniejszości, stapiający się w jeden przeciągły i drwiący syk. *Co jest z tobą nie tak? Co się tak gapisz? Świruska. Pieprzony dziwoląg.* Potrząsam głową, żeby go uciszyć.

Mój tato zbiera zegary i trzy setki ich w naszym domu tykają miarowo, jakby samo powietrze drżało i szczękało zębami. Nasłuchuję i, oczywiście, po chwili jest: brzęczące podzwanianie bim-bam, gdy wszystkie naraz wybijają godzinę. Siedem uderzeń. Zatem pora kolacji. Moja matka nigdy się nie spóźnia. Myśl o niej siedzącej przy kuchennym stole i czekającej, by rozpocząć modlitwę, podrywa mnie dó działania.

— Idę! — wołam. — Już idę!

Na dole tato siedzi przy kuchennym stole, czytając na głos w gazecie artykuł o geologii. Mama kręci się po kuchni, nie słuchając go, przenosząc talerze z jedzeniem z kuchennego blatu na stół. Obserwuję ją, próbując odgadnąć, w jakim jest humorze, ale przestawia ostatni talerz, po czym nie patrząc na mnie, siada i zaczyna się modlić.

Czasem mama przypomina mi to jezioro, nad którym zwykliśmy obozować, kiedy mieszkaliśmy w Walii. W upalne letnie dni wchodziłam w nie, czasami natrafiając na pasy niewytłumaczalnie lodowato zimnej wody, zanim nieco dalej natrafiłam na cieplejszą płyciznę. Zostawałam tam jak najdłużej, brodząc w nagrzanej słońcem wodzie, dopóki jakiś śliski wodorost albo myśl o węgorzach czy śniętych rybach dotykających kostek moich nóg nie przestraszyła mnie, każąc wejść głębiej. Z mamą też tak czasem jest: nigdy nie wiadomo, gdzie są te zimne miejsca ani co cię czeka w tych cieplejszych.

— Heather! — Matka przerywa modlitwę i za późno uświadamiam sobie, że machinalnie dziubię sałatkę z pomidorów.

— Przepraszam — mówię i czuję, że się czerwienię.

Czasem robię to, żeby zasnąć: udaję, że jest jak kiedyś, że znów mam sześć lat, a Lydia trzy, i wszystko jest z nami w porządku. Wyobrażam sobie, że trzymam Lydię za rękę i razem biegamy po ogrodzie naszego starego domu i, zasypiając, słyszę jej śmiech.

Jakby wybawiając mnie od tych myśli, przed oczami pojawia mi się twarz tej dziewczyny, którą poznałam tego popołudnia, i czuję coś w rodzaju ulgi, jakby ciężar spadł mi z serca. *Edie*.

Fremton to okropne miasto. Nie powinnam tak mówić, ale to prawda. Przeprowadziliśmy się tu z Walii, kiedy miałam dziesięć lat — żeby zacząć od nowa, jak mówiła mama. Po tym, co się stało, ludzie w naszej wiosce, których znałam całe życie, nagle zaczęli patrzeć na mnie inaczej, kiedy mijałam ich na ulicy, lub jak czarne wygłodniałe kruki rzucali się na moich rodziców, kracząc ze współczuciem, szukając wyjaśnień.

W końcu mama i tato przestali robić różne rzeczy. Powoli i stopniowo mama wycofała się z prób chóru, spotkań klubu książki, organizowania szkolnych zbaw. Nie licząc wyjść do kościoła w niedziele, prawie nie opuszczała domu. Tato nadal uczył w szkole dla chłopców po drugiej stronie doliny, ale w domu chronił się w swoim gabinecie, naprawiając swoje zegary i czytając książki. Zapewne mogło się wydawać, że zamykamy się przed światem, szukając pociechy w swoim kręgu, ale wcale tak nie było. Mama i tato byli jak dwie połowy rozłupanego drzewa, a ja jak przeskakująca między nimi zagubiona wiewiórka. Po tym, co się stało, tato już nigdy nie patrzył na mnie tak jak przedtem i mama też, ale z nią było trochę inaczej. W głębi serca wiedziałam, że wolałaby, aby to Lydia cała i zdrowa wróciła do domu tamtego dnia, a nie ja.

Tak więc kiedy pewnego wieczoru po kolacji powiedzieli mi, że tato dostał propozycję nowej pracy w angielskim miasteczku jakieś trzysta kilometrów dalej, co oznacza awans i większy dom, znałam prawdziwy powód przeprowadzki: mieliśmy przenieść się gdzieś, gdzie nikt nie wiedział nic o nas, o tym, co się stało i co to oznaczało. I miesiąc później zrobiliśmy to. Jednak tak naprawdę nic się nie zmieniło. Mama znalazła nowy kościół, do którego chodziła, ale poza tym prawie nie opuszczała domu. Całą uwagę skupiła na mnie. Na mojej nauce w szkole, mojej tuszy, mojej grze na pianinie, mojej przyszłości. Myślę, że próbuje uczynić mnie lepszą.

Teraz, kiedy jest już po egzaminach, muszę wypełnić czymś siedem tygodni, więc gdy nie pomagam mamie w domu i nie chodzę na wolontariat, niewiele mam do roboty poza spacerowaniem. Fremton leży przy autostradzie, więc słyszysz ją, gdziekolwiek jesteś, ten nigdy nie cichnący szum zmierzających dokądś pojazdów. Całe miasteczko sprawia wrażenie zapomnianego, jakby wszyscy przed laty spakowali manatki i wynieśli się stąd. Kanał rzeczny przecina sam środek miasta, ale mało kto tam chodzi, a większość sklepów przy rynku jest pozamykana, od kiedy przy drodze do Wrexham otwarto supermarket. Na rynku stoi wielki pomnik górnika niosącego na plecach worki z węglem, ale ktoś sprayem namalował mu na głowie dużego pomarańczowego siusiaka. Poza tym są tu tylko ulice i rzędy czynszowych domów, aż do Pembroke Estate, trzech wieżowców upchniętych tuż przy autostradzie, jakby stojących na straży i odstraszających przybyszów.

Gdziekolwiek idę, wypatruję Edie, oglądając twarze mijanych ludzi w nadziei, że któregoś dnia jedna z nich będzie należała do niej. Myślę o jej uśmiechu, piwnych oczach i o tym, jaka była dla mnie miła, i zastanawiam się, co robi i gdzie mieszka, czy jest zanudzana, czy może pozostawiona sama sobie, tak jak ja. Nagle, zupełnie nieoczekiwanie, znów ją widzę. Wracam do domu przez rynek, gdy dostrzegam ją siedzącą na ławce przy pomniku i palącą papierosa. Przystaję w drzwiach do sklepu, żeby ją obserwować. Ma na sobie krótką dżinsową spódniczkę, a jej wyciągnięte przed siebie nogi są długie i opalone, ze srebrnym łańcuszkiem na jednej kostce. Włosy rozpuściła na ramiona i pali papierosa, sprawiając wrażenie głęboko zamyślonej. Wygląda pięknie. Jakby świeciła na tle szarzyzny tego miasta, myślę sobie, jakby wypełniał ją blask. Waham się, po czym zaczynam podnosić rękę i już mam zawołać ją po imieniu, gdy ktoś wyprzedza mnie i podchodzi do niej. Moja ręka opada, a jej imię utyka mi w gardle.

Nie widzę go dobrze, kimkolwiek jest ten, kto wszedł pomiędzy nas. Widzę tylko jej natychmiastową reakcję, pokrytą rumieńcem twarz i szyję, szeroko otwarte i błyszczące oczy. Słucha tego, co on mówi, śmieje się i odwraca wzrok, ale tylko na moment, jakby mimo woli powracając do niego spojrzeniem. Wtedy on siada obok niej, tak blisko, że dotykają się ramionami. Mówi coś, a ona kręci głową z uśmiechem, a ja nie wiem, co to takiego, ten dziwny żar trzaskający w zapierającej dech w piersi przestrzeni pomiędzy nimi, wiem tylko, że nie ma tam miejsca dla mnie.

To kończy się równie nagle, jak się zaczęło. On nachyla się i szepcze jej do ucha coś, co wywołuje ciemnoczerwone rumieńce na jej policzkach, po czym wstaje i odchodzi. Teraz mogę mu się przyjrzeć dokładniej. Ma na sobie spodnie od dresu i zapinaną na suwak bluzę z kapturem. Ma około dwudziestu lat i jest chyba bardzo przystojny, chociaż wcale nie podoba mi się jego twarz o topornych rysach i uśmiechu zdradzającym, że wie o tym, że ona wciąż na niego patrzy. Odczekuję jeszcze kilka chwil w cieniu wejścia do sklepu, zanim nabieram tchu i podchodzę do niej.

Gdy tam jestem, stojąc przed nią, wypowiadając jej imię, ona patrzy na mnie tak dziwnie, jakby nie całkiem wiedziała, gdzie jest, odrywa wzrok od pleców odchodzącego i mrugając, spogląda na mnie.

— Edie? — powtarzam i chwila przedłuża się, aż w końcu ona rozpromienia się, uśmiecha i mówi:

— Och, cześć! Heather, zgadza się?

Moje serce wywija koziołka z ulgi.

Potem

Dzisiaj do jednego z mieszkań na parterze wprowadza się nowa rodzina. Stoję przy oknie i obserwuję ich; dwóch nastolatków wyładowuje meble z furgonetki, a niska wytatuowana szatynka pokrzykuje na nich z chodnika. Kiedy patrzę, ona podnosi rękę, pokazując coś, i jej bezrękawnik podnosi się, ukazując długą i czerwoną bliznę ciągnącą się przez całą szerokość pleców, a ja zaczynam się zastanawiać, jak się jej nabawiła, co mogło jej się przydarzyć i pozostawić taką okropną ranę. Zajmuje im to prawie godzinę, tym dwom chłopakom o posępnych minach i o głowę wyższych od matki, to krążenie tam i z powrotem z ciężkimi pudłami, kanapą, lodówką, przez cały czas obserwowanym z przedniego siedzenia furgonetki przez lśniąco czarną górę mięśni i zębów, która nie przestaje szczekać.

Moje dłonie opadają na ciepły owal mojego brzucha. Nie podjęłam świadomie decyzji, że będę miała to dziecko, po prostu nie byłam w stanie się go pozbyć. Nawet umówiłam się na wizytę w klinice, ale gdy przyszedł czas, żeby włożyć płaszcz i pójść na przystanek autobusowy, po prostu tego nie zrobiłam. Płaszcz pozostał tam, gdzie był, ja również. Sekundy i minuty płynęły, aż czas minął, termin wizyty przepadł, a telefon, z którego mogłam zadzwonić i ją przełożyć, pozostał nietknięty. Właściwie nigdy nie chciałam mieć dziecka — macierzyństwo było czymś, co zdarzało się innym kobietom, nie mnie — jednak jakaś uparta, nieznana cząstka mnie związała się z życiem rosnącym w moim brzuchu, a ono uparcie związało się ze mną.

Chłopcy wynoszą ostatnie paki z furgonetki i wchodzą do budynku, a za nimi kobieta i pies. Po kilku minutach słyszę łoskot dochodzący z parteru, miarowe uderzenia młotka odbijające się echem w klatce schodowej, i jeszcze przez chwilę zostaję tam, gdzie jestem, patrząc na ulicę, obserwując popołudniowy ruch uliczny, aż dudnienie młotka cichnie i zastępuje je warkot wiertarki.

Heri, ojciec mojego dziecka, był szefem kuchni w restauracji, w której pracuję jako kelnerka. Tak jak ja pracował więcej i dłużej niż ktokolwiek inny i często zostawaliśmy, żeby zamknąć lokal, czasem wypijając piwo po długim wieczorze. Opowiadał mi o swoim domu w Tunezji, o lagunach, pustyniach i wiatrach sirocco. Lubiłam go. Podobało mi się, że nie wtykał nosa w moje życie, nigdy nie zadawał pytań, na które nie chciałam odpowiadać, a także to, że zawsze był zamknięty w sobie i samowystarczalny, tak jak ja.

To, że spędziliśmy razem noc, nie było czymś nieoczekiwanym, ale nigdy tego nie powtórzyliśmy. Wzajemny pociąg, który zawsze się tlił, pewnego wieczoru się rozjarzył i — bez żadnego konkretnego powodu — buchnął płomieniem. Z okna jego kawalerki widać było oświetlony teren klubu piłkarskiego Charlton.

— Patrz! — rzekł dumnie, gdy staliśmy, wyglądając przez okno. — Najlepsze miejsca za darmo! — Ze smutkiem potrząsnął głową i dodał: — Wy, Anglicy, naprawdę nie umiecie grać w piłkę nożną.

Piliśmy piwo i rozmawialiśmy o naszym zakątku południowo-zachodniego Londynu. Wyglądało na to, że cały jego dobytek został ułożony na parapecie: jakaś książka, metalowa kasetka, kilka kartek papieru i długopisy, fotografia kobiety z małym chłopcem. Jego ubranie leżało równo złożone na krześle, a łóżko z pojedynczym materacem było schowane w ścianie.

— Jesteś dziwna — powiedział, odwracając się do mnie i patrząc na mnie w półmroku swymi wielkimi, prawie czarnymi oczami. — Taka piękna, tak ciężko pracująca, taka cicha.

Ja wciąż spoglądałam na oświetlone boisko.

— Nigdy nic nie mówisz o sobie — ciągnął. — Dlaczego nie jesteś zamężna, czemu nie...

Wzruszył ramionami, a gdy nadal nie odpowiadałam, wyciągnął rękę i odgarnął kosmyk włosów z mojej twarzy.

Rozebraliśmy się w żółtawej poświacie lamp sodowych, jego skóra była ciemna i ciepła przy mojej bladości. Komfort nocy. A potem nadal byliśmy równie dobrymi przyjaciółmi jak przedtem. Gdy przyszedł ten dzień, kiedy dołączyła tu do niego żona z synkiem, cieszyłam się jego szczęściem i życzyłam mu wszystkiego najlepszego. Niebawem zwolnił się z restauracji, żeby zająć się sprzątaniem biur, co mogli robić we troje i nawet kiedy się dowiedziałam, że jestem w ciąży, nigdy nie przyszło mi do głowy, żeby się z nim skontaktować.

A to dziecko we mnie rośnie. Nie myślę o tym, co będzie, gdy się urodzi; czuję dziwny spokój — co ma być, to będzie.

W ciągu paru tygodni po swojej wizycie Heather dzwoni do mnie wielokrotnie, czasem kilka razy dziennie. Nigdy nie odbieram. Tylko patrzę, jak moja komórka wibruje i brzęczy, a na wyświetlaczu miga nieznajomy numer, i ściska mnie w dołku. Czasem zostawia wiadomości, ale kasuję je, nie odsłuchując. Mija sześć tygodni, zanim pewnego dnia te telefony nagle się urywają. Życie zaczyna wracać do normy, wygładza się wzburzona przez nią woda, ciąża znowu dominuje w moich myślach, nie pozostawiając miejsca na nic innego, nawet na nią.

Jednak niespodziewanie jak starannie wymierzona strzała znów wpada w moje życie. Kilka dni po tym, jak ta kobieta ze swoimi dwoma chłopakami wprowadziła się na parter, widzę przez okno nadchodzącego listonosza i schodzę odebrać pocztę, spodziewając się pisma z zaproszeniem do szpitala. Gdy mijam mieszkanie nowych lokatorów, słyszę szczęk odsuwanych rygli i przekręcanego w zamku klucza, po czym drzwi uchylają się nieco, zatrzymane przez gruby łańcuch. Ktoś zerka na mnie przez wąską ciemną szparę, gdy przechodzę. Przez kilka sekund czuję się obserwowana, zanim drzwi znów się zamkną. Słyszę zgrzyt obracanego klucza i zamykanych zasuw.

Wśród porozrzucanych kopert leży jedna różowa i kwadratowa. Nie pamiętam, żebym kiedyś widziała pismo Heather, ale instynktownie przeczuwam, że to od niej. Na sam widok tego listu przechodzi mnie dreszcz, ale wracam z nim na górę, trzymając go czubkami palców jak coś zdechłego i zgniłego. Kładę go na moim kuchennym stole. Zostawiam go tam, nie otwierając. Zwijam się w kłębek na sofie, podwijając nogi i mocno obejmując rękami brzuch. Mijają minuty, zanim w przypływie odwagi biegnę do kuchni, łapię kopertę i rozrywam ją. Wraz z kartką różowego papieru listowego wypada fotografia, lądując na podłodze obrazem w dół.

Drżącymi rękami podnoszę list i pospiesznie czytam słowa. „Droga Edie" — zaczyna się.

Masę razy próbowałam się dodzwonić, ale chyba mam zły numer. Czy mogę wrócić i zobaczyć się z tobą? Na górze jest mój numer. Proszę, zadzwoń do mnie.

Mnóstwo całusów od Heather Wilcox. XOXO

PS: Znalazłam to nasze zdjęcie! LOL! Możesz je zatrzymać, jeśli chcesz! X

W końcu, niechętnie, podnoszę to zdjęcie i patrzę na nie. Jesteśmy na nim: Heather i ja. Siedzę tuż przed nią w kamieniołomie i uśmiecham się, unosząc rękę, jakbym zasłaniała się przed obiektywem, moje palce są wielką różową plamą na pierwszym planie. Heather patrzy w dal, w dół zbocza. Jestem zszokowana tym, jak młodo wyglądamy, z okrągłymi i głupiutkimi, dziecinnymi buziami. Jednak to zdjęcie tak naprawdę wcale nie ukazuje nas, tylko Connora, chociaż to on je zrobił. Jest w moich oczach i cieniu padającym na trawę pomiędzy Heather a mną. Connor. Ściany mojego mieszkania wydają się przybliżać, a powietrzem trochę trudniej jest oddychać. Dostaję mdłości i muszę biec do zlewu, żeby zwymiotować kulę, która podeszła mi do gardła.

Otworzywszy kuchenne okno, gramolę się na płaski dach kawalerki sąsiada z dołu, spazmatycznie łapiąc powietrze, dopóki nudności nie miną. Zwykle uwielbiam tu siedzieć, wysoko nad miastem rozpościerającym się przede mną w całej swej hałaśliwej i brudnej krasie, krzepiona jego ogromem i obojętnością. To nieprawda, co mówią o Londynie, że patrzy z góry na resztę kraju — w rzeczywistości Londyn ledwie sobie zdaje sprawę z istnienia Anglii poza swymi granicami. Trwa w szklanej kuli, w której niemal nic nie wiadomo o takich miasteczkach jak Fremton i wszystkim, co one reprezentują, co zawsze mi odpowiadało.

Teraz jednak, chociaż mdłości ustępują, widzę tylko twarz Connora, gdy po raz pierwszy podszedł do mnie na rynku, i mimo woli skręca mnie na to wspomnienie. Pamiętam, jak na jego widok świat zdawał się znikać, jak natychmiastowa i odczuwalna była ta reakcja. Nigdy nie widziałam nikogo równie pięknego. Poprosił mnie o ogień, tym cichym głosem, który był jak papieros, jak syrop. Potem usiadł przy mnie, jakby ani przez sekundę nie wątpił, że tego chcę, chyba zapytał, jak się nazywam i skąd jestem. To nie było ważne: wiedziałam tylko, że jeszcze nigdy nie widziałam takich oczu; nigdy w życiu nie widziałam tak pięknych zielonych oczu.

Drżę. Daleko w dole jest wspólny ogród, pełen wystawionych mebli i worków ze śmieciami. Kiedy nań patrzę, jeden z chłopaków nowo zamieszkałych na parterze pojawia się ze swoim psem, który załatwia się obok lodówki. Czekając, aż pies skończy, około siedemnastoletni, wysoki i dobrze zbudowany chłopak pali papierosa i leniwie bawi się swoją komórką, nieświadomy tego, że patrzę na niego z góry. Wkrótce powinnam być w restauracji i muszę złapać autobus, żeby zdążyć na kolejną siedmiogodzinną zmianę i zarobić jak najwięcej pieniędzy, zanim dziecko przyjdzie na świat. Zmuszam się i wstaję, po czym gramolę się z powrotem przez okno do kuchni, postanawiając wyrzucić list i zdjęcie do kosza. Jednak na widok ich leżących na stole zastygam i niemal bezwiednie opadam na krzesło.

Za oknem światło dnia zaczyna przygasać z nadejściem popołudnia, sygnał furgonetki z lodami rozchodzi się w ciepłym i dusznym powietrzu, generowany powrotami ze szkół ruch powoli się wzmaga i zaczyna padać deszcz. Jednak ja ledwie sobie to uświadamiam. Pomimo najlepszych chęci znów jestem w tym kamieniołomie we Wrexham, tamtej nocy, po której wyjechałam stamtąd na dobre, a wspomnienia z impetem napływają jedno po drugim: oszołomienie i strach, te straszne, przerażające krzyki, gdy wszystko wymknęło się spod kontroli. Tu, w moim mieszkaniu, okres ostatnich siedemnastu lat jakby znikł, nieistotny i nierealny w porównaniu z tym namacalnym, niezapomnianym horrorem tamtej nocy.

Czego teraz chce ode mnie Heather? Czego ona może teraz ode mnie chcieć?

Heather zdaje się nawiedzać mnie jak koszmar przez następne dni i tygodnie. Wydaje mi się, że wszędzie czuję jej kwaśny, cebulowy zapach, wciąż widzę ją kątem oka lub słyszę jej głos wśród innych na ulicy, więc odwracam się gwałtownie i wypatruję jej z mocno bijącym sercem, tylko po to, by odkryć, że wcale jej tam nie ma.

Kiedy pewnego dnia niespodziewanie dzwoni wuj Geoff i mówi, że przyjeżdża, jestem bliska łez z ulgi i wdzięczna za wyrwanie z tego koszmaru. Siedzi tu teraz, wypełniając moją maleńką kuchnię przyjemnym zapachem swojej wody kolońskiej i papierosowego dymu, mówiąc z wyraźnym, znajomym i krzepiącym akcentem Manchesteru. Czuję na sobie jego czułe spojrzenie, gdy obserwuje, jak robię mu herbatę, i po raz pierwszy od ponownego pojawienia się Heather zaczynam się odprężać.

— Zatem wszystko u ciebie z porządku, kochana Edie? — pyta.

— Taak, jak wiesz. Nieźle.

— Już niedługo dziecinka przyjdzie na świat.

— Tak, niedługo.

— Założę się, że będzie podobne do ciebie — mówi, biorąc ode mnie herbatę. — Będziesz wspaniałą mamą, zobaczysz.

Uśmiecham się do niego, wzruszona.

— Dziękuję, wujku.

— Wszystko w porządku z tym twoim facetem, tak?

Kiwam głową i oboje spuszczamy oczy. On równie dobrze jak ja wie, że nie ma żadnego mojego faceta, lecz jest zbyt taktowny, żeby to powiedzieć. Zawsze kochałam tę jego cechę, jego bezwarunkowe, stałe poparcie. Myślę o tym, jak mnie przyjął, gdy stanęłam w jego drzwiach, mając siedemnaście lat, jaki był dla mnie miły, i to wspomnienie uspokaja mnie, i dodaje mi sił.

Kiedy znów odchodzi kilka godzin później, patrzę z mojego okna, jak idzie ulicą, i moje serce przepełnia miłość. Ma już prawie sześćdziesiątkę i znam go tylko jako singla, ale mama mówiła mi, że miał kiedyś żonę, przed laty, kobietę, która odeszła od niego i złamała mu serce. Nigdy o niej nie mówi, ale czasem nadal widać jej wspomnienie w jego oczach i uśmiechu, w sposób, w jaki oni pozostają częścią nas, ci ludzie, którzy bardzo nas zranili, nigdy nie zostawiając nas w spokoju, tak naprawdę.

Przedtem

Na rynku Edie drży i wstaje, rozgniatając podeszwą buta niedopałek papierosa.

— Gdzie się wybierasz? — pyta, a kiedy mówię jej, że do domu, uśmiecha się i mówi: — Pójdę z tobą.

I jest tak, jakby ten mężczyzna, kimkolwiek jest i cokolwiek między nimi zaszło, został zapomniany.

— Wspaniale — odpowiadam. — Fantastycznie!

Ona pochyla się, żeby podnieść plecak, i gdy to robi, spódniczka podjeżdża jej do góry, pokazując majtki. Pospiesznie odwracam wzrok.

— Wkrótce ogłoszą wyniki egzaminów GCSE — wypalam, kiedy ruszamy. Jej odsłonięte ramię ociera się o moje, tak że na moment delikatne włoski stykają się ze sobą.

— Tak? Myślisz, że jak ci poszło?

Wzruszam ramionami.

— Chyba dobrze. Przewidywano, że dostanę dziesięć celujących, więc…

Odwraca się do mnie, szeroko otwierając oczy.

— Dziesięć celujących? Dziesięć? — Gwiżdże. — No, masz łepetynę, co?

Zerkam na nią, sprawdzając, czy mówi to w taki sam sposób jak Sheridan Alsop, jakby w moich dobrych wynikach było coś zagadkowego i żałosnego, ale widzę jej pełen podziwu uśmiech i robi mi się na sercu ciepło ze szczęścia.

— Boże, chciałabym być taka zdolna — mówi po chwili. — Zdawałam te egzaminy w zeszłym roku. Kompletna klapa! Będę musiała powtórzyć niektóre z nich, przygotowując się do matury.

Ponownie zauważam, jaki miły ma głos. Mówi głośno, wyraźnie i z pewnością siebie, szybko wypowiadając słowa z manchesterskim akcentem. Grzebie w torebce i w końcu wyjmuje następnego papierosa. Zapala go i proponuje mi jednego.

— Nie? — mówi, gdy odmownie kręcę głową. — Bardzo mądrze. Ja żałuję, że zaczęłam. — Śmieje się, ślicznie, ciepło i gardłowo, po czym mówi: — Widzisz? Nie jestem zbyt bystra, no nie?

Idzie jak na sprężynach, pewnie stawiając długie nogi, z podniesioną głową. Ja truchtam obok niej, lekko spocona, moje uda ocierają się o siebie.

— Mogłabym… — mówię z wahaniem. — No wiesz, mogłabym ci pomóc, jeśli chcesz. Z materiałem do GCSE i w ogóle.

Ona spogląda na mnie ze zdziwieniem.

— Naprawdę? To byłoby super! — Trąca mnie ramieniem. — Poważnie, to naprawdę miło z twojej strony.

Przygryzam wargę, usiłując powstrzymać uśmiech, który chce wykrzywić moją twarz.

Przez chwilę idziemy w milczeniu, ale gdy opuszczamy plac, ona mówi mi, dlaczego przeprowadziła się do Fremton.

— Mieszkała tu moja babcia, ale umarła w zeszłym roku. Mama miała wypadek samochodowy i nie może pracować, więc przeniosłyśmy się tutaj, żeby zaoszczędzić na czynszu, dopóki nie poczuje się lepiej.

— Och, przykro mi z powodu twojej mamy — mówię.

— Niepotrzebnie — odpowiada niedbale. — Nic jej nie będzie. I tak nic jej nie obchodzę, tak samo jak tatę, którego nie widziałam od lat.

Jestem zszokowana jej słowami i tym, jak obojętnie to mówi — nie wyobrażam sobie, żebym mogła tak mówić o moich rodzicach.

— Dobrze się z tobą rozmawia, wiesz? — mówi nagle.

— Tak?

— Tak. Nie zauważyłaś, że większość ludzi, z którymi rozmawiasz, tylko czeka, aż przyjdzie ich kolej, żeby coś powiedzieć? Ty naprawdę słuchasz. To miłe. — Pochmurnieje i dodaje: — Nie żebym miała z kim rozmawiać, od kiedy mama odciągnęła mnie od wszystkich przyjaciółek, a ją gówno obchodzi, co mówię, to pewne.

Nie wiem, co na to odpowiedzieć, i idziemy w milczeniu, aż skręcamy w Heartfields, gdzie mieszkam, a wtedy znów się rozpromienia.

— A co z tobą? Długo tu mieszkasz?

Więc mówię jej o naszej starej wiosce w Walii i o tym, że przeprowadziliśmy się tutaj, i chociaż nie wspominam o Lydii ani o tym, że moi rodzice już prawie nie odzywają się do siebie, jakoś znajduję tyle do opowiedzenia, że dochodzimy do naszego domu, zanim uświadamiam sobie, że ani na chwilę nie przestałam mówić.

— Przepraszam — mówię, przyciskając dłoń do ust. — Gadam jak najęta, no nie?

Ona wzrusza ramionami.

— Co z tego?

— Mama mówi, że powinno się mówić tylko wtedy, jeśli jest to lepsze od milczenia.

— Ach tak? — Unosi brwi. — Twoja mama to chyba dusza towarzystwa.

— Nie — mówię zaskoczona. — Nie, wcale nie.

Ona uśmiecha się, słysząc to, ale nie wiem dlaczego.

— Chodź — mówi, biorąc mnie pod rękę. — To twoja ulica, no nie?

Nie spodziewałam się, że Edie naprawdę zechce wejść do mojego domu, ale podąża za mną podjazdem i cierpliwie czeka, gdy szukam kluczy.

— O! — mówi. — Ładny dom.

A ja patrząc na nią, widzę Edie oczami mojej matki: makijaż i minispódniczkę, papierosa, którego dopiero teraz rzuca na ziemię. I oczywiście, gdy tylko otwieram drzwi, zjawia się mama, stając jak wryta na korytarzu i patrząc nad moim ramieniem na Edie.

— Mamo — mówię nerwowo. — To jest…

Lecz Edie wychodzi przede mnie, posyłając mamie szeroki uśmiech.

— Hej, jestem Edie. Będę chodziła do tej samej szkoły co Heather. Och — dodaje, rozglądając się — tyle zegarów, założę się, że nigdy się nie spóźniacie, prawda?

— Hmm, nie — odpowiada moja matka niepewnie, a ja łapię Edie za rękę.

— Chodź — mówię. — Wejdźmy do mojego pokoju.

I tłumię śmiech, gdy razem wbiegamy po schodach, zostawiając mamę stojącą samotnie w holu i odprowadzającą nas wzrokiem.

Gdy zamykam drzwi mojego pokoju, patrzę na Edie stojącą przy moim łóżku i nagle jestem zawstydzona.

— Podoba mi się twoja spódniczka — mówię jej w końcu.

— I twoja fryzura. — Spoglądam na moje rzeczy, kupione mi przez matkę. — Chciałbym wyglądać tak jak ty.

— Nie bądź głupia — mówi, podchodząc do mojej toaletki i podnosząc tubkę kremu na pryszcze. — Powinnaś zobaczyć mnie bez makijażu.

— Ja nie mam żadnego — przyznaję. — Nie umiem go robić.

— Mogę ci pokazać, jeśli chcesz. — Grzebie w torebce i wyjmuje z niej tusz do rzęs oraz szminkę. — Chociaż to wszystko, co mam. A ty?

Waham się, z początku niepewna, czy jej pokazać, ale zaraz dochodzę do wniosku, że ze wszystkich spraw, którymi mogłabym się z nią podzielić, wszystkich moich sekretów, które mogłabym wyjawić, ten chyba nie jest najgorszy. Podchodzę do szafy, zdejmuję z niej pudełko po butach i podnoszę wieczko. Obie spoglądamy na zawartość: mnóstwo nieużywanych szminek, tuszów do rzęs, podkładów i cieni do powiek. Mam wszystko, w każdym odcieniu.

Edie gwiżdże.

— Ooo! Skąd wzięłaś pieniądze na to wszystko?

— Ja chyba… no, właściwie… ukradłam je.

Kiedy to mówię, znów czuję się jak wtedy, gdy to robię: nie wiedzieć czemu przez ten okropny, mdlący lęk przed straszliwymi konsekwencjami ewentualnego przyłapania jest tylko jeszcze bardziej uzależniające. Chociaż nigdy nie używam tych kosmetyków — tak jakbym traciła na to ochotę w chwili, gdy wrzucam je do rękawa w sklepie Bootsa.

Ona wciąż patrzy na mnie z otwartymi ustami.

— Kradniesz w sklepach?

Mówi to głośno i z taką zgrozą, że z obawą zerkam na zamknięte drzwi pokoju.

— Cii! — uciszam ją pospiesznie.

Nasze spojrzenia spotykają się i nie mam pojęcia, dlaczego obie wybuchamy śmiechem. I nie możemy przestać się śmiać. Zanosimy się śmiechem tak, że nie możemy wykrztusić słowa, i w końcu muszę usiąść na łóżku, trzymając się za brzuch, ledwie mogąc oddychać. Jeszcze nigdy z nikim się tak nie śmiałam. Nie wiem nawet, co nas tak rozbawiło. Edie pada obok mnie, a ja spoglądam na nią i myślę: *Kocham cię.*

— Chodź — mówi Edie, bierze mnie za rękę i podnosi z łóżka, po czym sadza przed lustrem mojej toaletki. Zaczyna od moich włosów, biorąc szczotkę i delikatnie rozczesując moją gęstą żółtą grzywę. Zamykam oczy. Dotyk jej dłoni i te powolne, cierpliwe pociągnięcia szczotki są takie cudowne, tak miłe. Czuję woń papierosowego dymu na jej palcach i zapach jabłek, gdy się porusza. Zapada cisza, w której słychać tylko tykanie zegarów za zamkniętymi drzwiami mojego pokoju i odgłos szczotki przesuwającej się po mojej głowie.

I nagle, w tej ciszy, pyta mnie:

— Czy widziałaś tego chłopaka, z którym rozmawiałam przy rynku?

Otwieram oczy. Szczotka nieruchomieje. Gdy patrzę na odbicie Edie w lustrze, widzę, że spogląda na mnie, czekając na odpowiedź.

— Tak — przyznaję.

— Widziałaś go już przedtem?

Przecząco kręcę głową.

— Ja też nie. Powiedział, że ma na imię Connor.

I mówi to w taki sposób, że po prostu wiem, że bardzo chciała wypowiedzieć to imię, że uwielbia jego kształt i dźwięk.

Zapada cisza.

— Chyba mu się spodobałaś — mówię w końcu, pojmując, że właśnie tego chce, i natychmiast jej twarz się rozpromienia.

— Tak myślisz? — Na jej ustach błąka się dziwny półuśmiech, gdy odwraca się do swego odbicia w lustrze, i pojmuję, że już nie jest tu ze mną, że to on jest z nią teraz w tym pokoju, nie ja.

Jeszcze nie wszedłszy na szczyt wzgórza, słyszymy to: krzyki, muzykę i głuchy szum agregatów prądotwórczych, płynące z głośników głosy i zawodzenie klaksonu. A potem jesteśmy tam, Edie i ja, patrząc na to wszystko, co rozpościera się w dole, kolorowe światła, wielkie koło, ludzi, wozy i stragany. Magiczny, inny świat przeniesiony na sam środek pól Braxton.

Edie szturcha mnie łokciem w bok i, spojrzawszy w dół, odkrywam, że w ręku trzyma butelkę wódki. Odmownie kręcę głową, lecz gdy ona się uśmiecha i ponownie mi ją podsuwa, coś sprawia, że się waham. Zwyczajne życie pierzcha i na jego miejscu widzę czekające tam na dole światła, muzykę, śmiech i milion wspaniałych możliwości. Pod wpływem nagłego impulsu biorę od niej butelkę i pociągam łyk palącego i duszącego płynu, krztuszę się, a Edie się śmieje.

— Chodź — mówi, biorąc mnie za rękę i razem zbiegamy po zboczu wzgórza do miejsca, gdzie czeka baśniowa kraina, a wódka rozpala we mnie podniecenie, niczym fajerwerk.

Nie mogę uwierzyć, że tu jestem, że moi rodzice pozwolili mi przyjść. Wcześniej przerwałam jedną z ich kłótni, zbyt podekscytowana telefonem Edie, żeby zwrócić uwagę na podniesione głosy niczym uchodzący gaz sączące się zza zamkniętych drzwi kuchni. Myślę, że tato pozwolił mi iść, żeby rozzłościć mamę.

— Na litość boską, Jennifer, ona ma szesnaście lat — powiedział, a ja pobiegłam po płaszcz, nie śmiejąc spojrzeć mamie w oczy, z głową już pełną Edie i tego, co zrobimy tego wieczoru.

I teraz jesteśmy tu, pośrodku tego wszystkiego: małych dzieci ze świecącymi kółkami na szyjach, watą cukrową, olbrzymimi pluszowymi zabawkami lub złotymi rybkami w torebkach z wodą, grupek chłopaków z puszkami piwa oraz dziewcząt zawodzących o diamentowych i kamiennych sercach. Głośniki dudnią basami, gdy stajemy przy kolejce o nazwie Rakieta na Księżyc, która unosi wysoko w powietrze klatkę z wrzeszczącymi pasażerami. To niesamowite, te kolory, dźwięki i światła, lecz gdy

spoglądam na Edie, nagle uświadamiam sobie, że ona rozgląda
się w tym tłumie, jakby kogoś szukała.

— Wszystko w porządku? — pytam ją.

Wzrusza ramionami.

— Tak, pewnie. Co robimy? Masz jakieś pieniądze? — Podekscytowana, wyciągam garść banknotów, które wzięłam ze skar-
bonki, wybierając się tutaj, a ona robi wielkie oczy.

— Chryste, Heather — śmieje się. — Teraz jeszcze rabujesz
banki?

Korzystamy ze wszystkich atrakcji, biegając od jednej do
drugiej. Nie mam nic przeciwko płaceniu za wszystko. Wypijam
więcej wódki, po czym śmieję się i krzyczę, jakby ten wieczór
ze wszystkimi swymi bajecznymi możliwościami miał się skończyć, gdybym przestała choć na moment. Jednak gdy ponownie
dostrzegam roztargnioną minę Edie, z ukłuciem rozczarowania
pojmuję, że to jego szuka, tego chłopaka z rynku — to dla niego
przyszła tu dziś wieczorem. I wkrótce ja też zaczynam go szukać,
w ciemnych miejscach pomiędzy stoiskami, gdzie nie dociera
blask kolorowych lampionów, gdzie w cieniu majaczą twarze,
usta wciągające papierosowy dym lub sączące piwo z puszek.
Spoglądają na nas oczy obcych ludzi, ale jego tam nie ma.

Na ostatnią przejażdżkę wybieramy karuzelę i kręcimy się
na niej bez końca, a siła odśrodkowa przesuwa Edie ku mnie
po plastikowym siedzeniu. Czuję jej miękkość i kanciastość jej
ciała, gdy na mnie wpada, wyczuwam zapach jej włosów. Wysiadamy chwiejnie, oszołomione, zdezorientowane i roześmiane,
ale podnoszę głowę i on tam jest. Stoi z kilkoma innymi chłopakami parę metrów dalej, przy ogrodzeniu toru elektrycznych
samochodzików, pochylony nad czymś, co sobie podają. Jest
zwrócony do nas bokiem, ale nagle patrzy w naszą stronę, jego
twarz migocze czerwono, żółto, fioletowo i zielono, jego oczy

przeszukują tłum, po czym zatrzymują się na Edie, ciemne i nieruchome jak lufy dubeltówki.

Próbuję ją odciągnąć, ale jest za późno. Przywarła do niego wzrokiem, jakby był magiem, hipnotyzerem, bo idzie ku niemu jak we śnie, jakby reszta świata, muzyka i wszystkie te światła po prostu znikły. Podążam za nią i, zanim do niego dochodzi, ciągnę ją za rękę.

— Co? — pyta, nie odwracając głowy, nie odrywając od niego oczu nawet na sekundę.

— Już późno. Lepiej pójdę do domu.

— W porządku — mówi Edie, już ruszając dalej. — Zobaczymy się później, co nie?

— Ty nie idziesz?

— Nie. — Strząsa moją dłoń i czuję nieprzyjemne ukłucie odrzucenia. — Idź do domu — mówi. — Ja tu zostanę.

I odchodzi tam, gdzie on na nią czeka. Przez moment obserwuję ją, po czym ruszam z powrotem przez tłum, sama.

Potem

Deski podłogi są nakryte tylko dużym, kolorowym chodnikiem, a półki pełne książek. Gdzieś z głębi korytarza z trzeszczącej płyty płynie piosenka śpiewana przez mężczyznę o chrapliwym, gardłowym głosie. Siedzę sama na kanapie, wykręcając palce, żałując, że przyszłam. Nad moją głową co chwila słychać łoskot i szuranie, przerywane przekleństwami; mężczyzna, który trzy minuty temu otworzył mi drzwi, najwyraźniej zapomniał, że mam przyjść.

— To nie potrwa długo! — woła, a ja podchodzę do wykuszowego okna, żeby spojrzeć na ulicę.

Ta część dzielnicy New Cross różni się od mojej. Ładne domki w zabudowie szeregowej mają świeżo pomalowane frontowe drzwi w spokojnych odcieniach błękitu lub szarości; przed nimi stoją równo poustawiane drzewka oliwne w terakotowych donicach. W głębi ulicy przed pubem, który niegdyś był zaniedbany od wielu lat, teraz są wiszące koszyki z kwiatami i stoliki, przy których pary piją w słońcu piwo, a ich dzieci śpią w drogich wózeczkach. Odwracam się z powrotem twarzą do pokoju i spoglądam wokół: na książki, oleodruki na ścianach, stylowe meble i dywany — w istocie takie mieszkanie, w jakim wyobrażałam sobie, że kiedyś zamieszkam. I myślę o tamtej dawnej mnie jak o obcej osobie, niegdyś tak pewnej, że przyjdzie dzień, gdy za-wojuje świat.

W tym momencie do pokoju wchodzi chłopczyk w wieku około pięciu lat. Jest Mulatem i ślicznie wygląda ze strzechą jasnobrązowych loczków afro i z ciemnoniebieskimi oczami. Patrzy na mnie z bardzo poważną miną, jakby nie był pewny, czy jestem tu naprawdę.

— Cześć — mówię, przerywając ciszę, w chwili gdy mężczy-zna wraca, taszcząc łóżeczko.

— Gotowe — mówi z uśmiechem. — Przepraszam za to.

Kładzie dłoń na główce chłopca i patrzą, jak szukam w to-rebce portmonetki.

— Trzydzieści, tak? — pytam.

Kiwa głową i bierze ode mnie pieniądze.

— Super. Mam je rozebrać, żeby zmieściło się w samocho-dzie, czy może ma pani furgonetkę albo coś takiego?

Dopiero wtedy uświadamiam sobie — i ogrom mojej głupoty sprawia, że gapię się na niego, zmieszana — że nie pomyślałam o tym, jak przetransportuję je do domu.

Dzieciak i jego ojciec patrzą na mnie wyczekująco. W głębi korytarza kończy się płyta.

— Nie mam samochodu — przyznaję.

On spogląda na mnie ze zdziwieniem, spuszczając wzrok na mój siedmiomiesięczny brzuch.

— Zamierzała pani zanieść je do domu na plecach?

I tak, po kilku minutach, pomimo moich protestów, siedzę pomiędzy chłopcem, który, jak się dowiaduję, ma na imię Stan, a mężczyzną każącym nazywać się James, na przednim siedze-niu sfatygowanego pikapa, wieziona do domu ze ślizgającym się i tłukącym na pace łóżeczkiem. Jestem całkiem zmieszana.

— Proszę przestać przepraszać — mówi James. — To żaden kłopot, naprawdę.

Zerkam na niego z ukosa. Jest dość przystojny, o bardzo czarnej skórze i ładnej szerokiej twarzy, ale choć jest po trzydziestce i mówi jak człowiek dobrze wykształcony, nosi przedziwnie niedobrane ciuchy: jaskrawopomarańczową bluzę, wojskowe spodnie i pochlapane farbą buty, a włosy ma krótko ścięte i tlenione. Myślę, że wygląda jak student albo bezdomny. Podczas tej krótkiej przejażdżki ani na moment nie milknie i nie przestaje się wiercić, pogwizdując przez zęby, komentując jazdę innych kierowców, pytając mnie, kiedy mam urodzić, co robię, skąd jestem, przez cały czas mierzwiąc włosy synka, naciskając klakson lub bębniąc palcami o kierownicę. Ja nie mam mu nic do powiedzenia. Jest męczący i czuję ulgę, kiedy w końcu dojeżdżamy do mojej kamienicy.

Wyskakuje i zaczyna wyładowywać łóżeczko na chodnik.

— Ma pani kogoś, kto pomoże pani go wnieść? — pyta. — Na którym piętrze pani mieszka?

Wzruszam ramionami.

— W porządku. Poradzę sobie.

Patrzy na mnie i widzę, że pojmuje, iż nie ma nikogo, kto by mi pomógł.

— Niech pani nie będzie niemądra — mówi. — Pomogę pani.

A ja czuję się skrępowana jego uporem i naleganiami, że mi pomoże. Wolałabym, żeby zostawił to łóżeczko i mnie tutaj, na ulicy. Jednak wchodzi za mną na ostatnie piętro, niezgrabnie je taszcząc i klnąc pod nosem, ilekroć rąbnie go w łydkę, a chłopczyk podąża za nami.

Gdy otwieram drzwi mojego mieszkania, wytarty chodnik, stare i brzydkie meble oraz brudne ściany nagle wyglądają znacznie gorzej niż pół godziny temu.

— Niech je pan postawi gdziekolwiek — mówię.

Wnosi je do salonu, przewracając półkę, tak że jej zawartość rozsypuje się po podłodze: ilustrowane gazety, stare rachunki oraz kilkanaście kartek z rysunkami. Klękam, pospiesznie zbierając obrazki i wpychając je z powrotem do teczki. Jednak już za późno: podnosi jeden, który wylądował pod jego nogami, i zaczyna mu się przyglądać.

— To pani? — pyta, a ja czuję, że piecze mnie twarz, tak żenujące jest to, że ten obcy człowiek — ktokolwiek — ogląda moje szkice; nakreślone piórkiem krajobrazy zapełnione zwiewnymi duchami.

Wyciągam rękę, żeby zabrać mu rysunek, ale on wciąż uważnie go studiuje.

— To naprawdę bardzo dobre — mówi powoli, a potem patrzy na mnie zupełnie inaczej: z zaciekawieniem, ponownie oceniając. — Maluje pani także czy tylko rysuje? — pyta. — Ponieważ ja...

Jednak ja wyrywam mu szkic z ręki.

— Nie, nie robię niczego takiego — mówię, wpychając szkic z powrotem do teczki i odsuwając się.

Zapada krótka, niezręczna cisza. Spoglądam w kierunku drzwi.

— No tak — mówi chłodno. — Przepraszam.

Bierze synka za rękę i rusza do wyjścia.

— Dzięki. Za łóżeczko — udaje mi się wymamrotać, gdy docierają do drzwi, a on znów się uśmiecha w ten swój spokojny sposób.

— Żaden problem.

To miły uśmiech i przez parę sekund pozwalam sobie go odwzajemnić, zanim w moich myślach pojawia się twarz Connora i odwracam się z mocno bijącym sercem, żeby zająć się porozrzucanymi papierami, gdy oni wychodzą, zamykając za sobą drzwi.

*

W miarę jak mój brzuch rośnie, coraz częściej myślę o mojej mamie. Zastanawiam się, co czuła, kiedy miała mnie urodzić, czy była tak przestraszona jak ja, czy od razu mnie kochała. Miała zaledwie siedemnaście lat, kiedy przyszłam na świat, i od kiedy pamiętam, kłóciłyśmy się i dokuczałyśmy sobie jak siostry. Miałam sześć lat, gdy mój ojciec nas zostawił, i to ją winiłam za jego odejście. A jednak w głębi serca zawsze wiedziałam, że się kochamy i jakaś cząstka mnie rozumiała, że ta pasja, z jaką ranimy się nawzajem, jest spowodowana czymś dostatecznie silnym, by znieść ciosy, które sobie zadajemy. Patrząc wstecz, chyba zawsze uważałam, że będziemy miały czas, żeby w końcu się pogodzić, i nie miałam pojęcia, co się stanie: że pewnego dnia zerwiemy wszelkie kontakty i przestaniemy ze sobą rozmawiać.

Kiedy przyjechałam do Londynu i zamieszkałam u wuja Geoffa, czasem słyszałam, jak rozmawiał z nią przez telefon, informując, jak sobie radzę. Czasem, gdy myślał, że nie słyszę, prosił ją, żeby ze mną porozmawiała, ale nigdy tego nie zrobiła, a ja nigdy nie wzięłam do ręki słuchawki. Nie winię jej za to, że się mnie wyrzekła, ponieważ tak naprawdę nie dałam jej wyboru. Gdybym została, musiałaby coś zrobić, powiedzieć komuś o tym, co się stało tamtej nocy, zatem odwracając się ode mnie, w pewien sposób mnie chroniła. I teraz myślę, że zwierzając się jej, chciałam, żeby zmusiła mnie do zakończenia tego wszystkiego — powstrzymania Connora i mnie.

A jednak śni mi się Heather. Noc po nocy mój śpiący umysł odtwarza to, co się wydarzyło między nami we Fremton. Widzę nas w kamieniołomie, nas wszystkich: Heather i mnie, Connora i Nialla, Królika, Chłoptasia, Tully'ego i resztę. Nawet ta sama melodia płynie ze stereo w samochodzie i znowu widzę zachodzące słońce, które plami wodę czerwienią i złotem. Kiedy budzę

się przed świtem, zdyszana i przestraszona po ponownym prze-
życiu tego wszystkiego, usiłuję zrozumieć postępowanie Heather.
Dlaczego podczas wizyty u mnie zachowywała się tak, jakby nic
się wtedy nie stało, jakbyśmy były tylko przyjaciółkami, które
dawno się nie widziały. Czasem, podczas tych długich bezsen-
nych godzin przed świtem zastanawiam się, czy nie wyobraziłam
sobie tego wszystkiego, czy nie pomyliłam się co do roli, jaką
odegrała tamtej nocy — może czas i pamięć zwiodły mnie, znie-
kształciły obraz. Jednak zanim ta myśl zdąży się sformułować,
wiem, że się łudzę. Czegokolwiek chce teraz ode mnie Heather,
tamtego nic już nie zmieni.

Jestem w drodze do szpitala i wychodzę z kamienicy, gdy ta
nowa lokatorka, szatynka z mieszkania na parterze, pojawia się
na schodach przede mną. Spoglądam na nią z zaciekawieniem,
przytrzymując dla niej otwarte drzwi. Jest bardzo chuda i wytatuowana — istny gobelin imion, wzorów, serc i kwiatów zdaje się
pokrywać każdy centymetr jej ciała. Uśmiecham się, lecz ona na
mnie nie patrzy i choć nie jestem pewna, co w niej zachęca mnie
do rozmowy, po ostrożnym odkaszlnięciu mówię:
    — Cześć, jestem Edie, mieszkam…
    Ona jednak w odpowiedzi tylko kiwa głową, unikając mo-
jego wzroku i gwałtownie odwróciwszy się do mnie plecami,
wchodzi do swojego mieszkania, zamykając za sobą drzwi. Gapię
się na nie, po czym rozpoczynam powolny proces dostania się
do szpitala.
    Obecnie jestem bardziej brzuchem niż osobą: balonem na
nogach, jakby mnie, a raczej osobę, którą byłam, całkowicie
zastąpiło moje nienarodzone dziecko. I reszta świata zdaje się
uczestniczyć w tej zmowie. Na ulicy kobiety w podeszłym wieku
zmrużonymi, wygłodniałymi oczami wodzą po moim brzuchu,
jakby ten, niczym brzuch Buddy, mógł przynieść im szczęście.

Podczas wizyt w szpitalu czekam, posłuszna i zdystansowana, aż mnie zważą, zmierzą, zbadają i ocenią, czując się zupełnie oderwana od tego życia, które we mnie rośnie. Sumiennie stawiam się na wszystkie wezwania i czytam wszystkie wciskane mi ulotki oraz broszury, ale gdy próbuję wyobrazić sobie to dziecko w moim brzuchu, odkrywam, że nie mogę. Kiedy położna pyta mnie, czy chcę znać jego płeć, w panice potrząsam głową, ponieważ wiem, że mam tylko jedno życzenie: głęboką nadzieję, że to nie jest dziewczynka.

Autobus wiezie mnie przez New Cross ku Camberwell, lawirując wąskimi bocznymi uliczkami, a potem po Peckham High Street, mijając zakurzone, spalone słońcem wystawy, bezładną mieszaninę georgiańskich szeregówek i kamienic z mieszkaniami socjalnymi, salonów stylizacji paznokci, budek z kurczakami oraz nowo powstałych delikatesów i modnych barów. Kiedy dwadzieścia minut później dojeżdżamy na Denmark Hill, po mojej prawej wznosi się zespół klinik King's College, a po lewej niski, wiktoriański, zbudowany z czerwonej cegły gmach szpitala psychiatrycznego Maudsley. Wysiadam na ruchliwym skrzyżowaniu i kieruję się do poradni prenatalnej.

W chwili gdy skręcam do głównego wejścia, spoglądam na drugą stronę ulicy i zastygam. Na przystanku autobusowym stoi kobieta, tyłem do mnie i częściowo zasłonięta przez kolejkę czekających pasażerów, lecz fryzurą, sylwetką i wyglądem tak przypomina Heather, że żołądek kurczy mi się ze strachu. Wyciągam szyję, ale nadjeżdża autobus, zasłaniając mi widok i chociaż czekam z wyschniętymi ustami i łomoczącym sercem, nim odjedzie, kolejka zmniejsza się o połowę i ta kobieta, którą widziałam, znika. Stoję tam długo i strach skręca mi wnętrzności. Jednak to na pewno nie była ona. Nie mogła być. Po prostu kolejna z podobnych do niej osób, które widywałam przez te lata — mój umysł płata mi figle, to wszystko. Nakazuję sobie wziąć się w garść, dziecko wymierza mi solidnego kopniaka w pęcherz i pospiesznie idę dalej.

Dziś poczekalnia przychodni prenatalnej jest pełna i niemal wszystkie pomarańczowe plastikowe krzesła są zajęte. Mały zamocowany na ścianie telewizor ze ściszonym dźwiękiem pokazuje codzienną ofertę nieruchomości. Kobiety w różnych stadiach ciąży przychodzą i wychodzą, każda z identycznym skoroszytem z niebieskiego kartonu, czasem ciągnąc za sobą małe dziecko, chłopaka lub męża w różnych stadiach znudzenia, podekscytowania lub strachu. Zajmuję jedyne wolne miejsce, obok wyglądającej na wyczerpaną Irlandki, która upomina czwórkę swoich dzieci, żeby wstały z podłogi, przestały się bić, były cicho. Sprawdzam mój numerek. Trzydzieści dziewięć. Na ciekłokrystalicznym ekranie migocze liczba dwadzieścia jeden. Wzdycham, po czym, tak jak prawie wszyscy, wyjmuję i włączam iPhone'a.

Jednak jakieś zamieszanie przy drzwiach sprawia, że podnoszę wzrok. Nastolatka w mocno zaawansowanej ciąży w spodniach od dresu i japonkach wchodzi, krzycząc na idącego za nią chłopaka.

— Odpierdol się! — wrzeszczy. — Spierdalaj, dobra? Nie chcę cię tutaj. Nie chcę, kurwa, żebyś tu był!

Chłopak nic nie mówi, ma spuszczoną głowę. Siadają po przeciwnych stronach pomieszczenia, on podbródkiem niemal dotyka piersi, ona mierzy go gniewnym wzrokiem. Gdy patrzę, on podnosi oczy i na moment nawiązuje ze mną kontakt wzrokowy. Uświadamiam sobie, że jest około dwudziestoletni, w tym samym wieku co Connor, kiedy go poznałam, chociaż są zupełnie niepodobni — takiej pokornej, bezradnej miny, jaką ma ten obcy, nigdy nie zobaczyłoby się na twarzy Connora.

W okamgnieniu przenoszę się z powrotem do wesołego miasteczka, tamtego wieczoru, gdy to wszystko się zaczęło. Widzę Connora patrzącego na mnie z drugiego końca placu, znów czuję elektryczne mrowienie podniecenia. Podeszłam do niego i zawołałam go po imieniu, a on odrzucił papierosa i skinął głową. Nagle poczułam się zawstydzona i żeby czymś się zająć, musiałam wypić łyk wódki, zanim przekazałam mu butelkę.

— Widziałem cię — powiedział, gdy się napił. — Na karuzeli, z tą grubą dziewczyną.

A ja zadrżałam na myśl o nim obserwującym mnie bez mojej wiedzy tymi zielonymi jak morze oczami. Odwrócił wzrok, ja zaś zaczęłam się bać, ponieważ mógł odejść: mógł sobie pójść, ja zaś nie wiedziałabym, czy i kiedy znów go zobaczę. Dlatego wypaliłam pierwsze słowa, które przyszły mi do głowy:

— Chcesz się przejechać?

A on uśmiechnął się i jego twarz rozjaśniła się pięknym uśmiechem, szerokim, niespodziewanym i tak słodkim, że zaparło mi dech.

W poczekalni Irlandka zbiera swoje dzieci i kieruje się do jednego z gabinetów, ale ja ledwie zdaję sobie sprawę z tego, co się wokół mnie dzieje, tak jestem pogrążona we wspomnieniach tamtego wieczoru. Wielkie koło zabrało nas wysoko w ciemne niebo, jego szorstkie dżinsy dotykały mojej gołej nogi. Miał ciemne włoski na rękach, zarost na policzkach i czułam słaby zapach potu, płynu po goleniu, papierosów i czegoś jeszcze, mocniejszego, męskiego, nieokreślonego. Był mężczyzną, *prawdziwym mężczyzną*, i podniecenie kipiało we mnie, gdy chłonęłam wzrokiem jego długie rzęsy, owal czaszki, linię karku, i musiałam się powstrzymywać, żeby go nie dotykać.

Wyjął z kieszeni skręta i zapalił go, po czym obrócił się i, mrużąc oczy, spojrzał na mnie przez dym. Kiedy podał mi go, zaciągnęłam się i efekt był natychmiastowy — skręt połączony z działaniem wódki wywoływał zawrót głowy, więc zamknęłam oczy i nagle poczułam jego wargi na moich, gorące, miękkie i twarde zarazem, suche i wilgotne, jego język wciskający się do moich ust. Dotknęłam go, ochoczo i pożądliwie wsuwając palce pod kurtkę, przesuwając je po materiale jego koszulki, czując pod nią jego skórę, mięśnie, ciało. Chociaż byłam tak podniecona, że ledwie mogłam oddychać, nie mogłam się powstrzymać i bezwstydnie, mimowolnie pocałowałam go, przesuwając wargami po jego policzku, wtulając nos w jego szyję, wdychając jego zapach.

Moje wcześniejsze skromne doświadczenia z chłopakami nie mogły się z tym równać. Pozostawiłam tam moje dawne ja, za tym ostatnim drzewem na końcu placu w Withington, dając nura w coś innego, coś nowego. On też mnie dotykał, jego szorstkie i niezgrabne dłonie przesuwały się po mojej piersi, pod spódniczką, rozchylały moje uda, dłoń wsuwała się w moje majtki i ta część mnie, która normalnie odepchnęłaby te palce i kazała mu spadać, milczała. Jedynie czułam i przeżywałam, a wielkie koło unosiło nas bez końca, gdy drżąca wtulałam się w jego kark, nie chcąc, by przestał.

W szpitalnej poczekalni postawna Hinduska kładzie dłoń na moim ramieniu.

— Czy to nie twój, kochana? — pyta, ruchem głowy wskazując migoczący na ścianie numer.

— Och — mówię. — Tak. Dziękuję.

Zbieram moje rzeczy, z trudem wstaję z krzesła i idę do gabinetu położnej.

Przedtem

Edie mieszka w Tyner's Cross, skrawku Fremton pomiędzy Pembroke Estate i resztą miasta. To gmatwanina ślepych zaułków, komunalnych bloków i nowych domów, jakby właściwe Fremton pewnego dnia opróżniło kieszenie i wypadł z nich ten galimatias. Dochodzimy do ulicy, przy której mieszka Edie, z rzędem pokrytych tynkiem kamyczkowym domków, z walącymi się płotami, frontowymi podwórkami pełnymi złomu i chwastów. Ona zerka na mnie.

— Nie tak jak u was, no nie? Mówię ci, nasz poprzedni dom był niewiele lepszy. — Wzdycha, a potem mówi: — Pewnego dnia będę bogata, Heather. Przeprowadzę się do Londynu, będę studiowała w Saint Martins i zostanę wspaniałą artystką. Będę miała piękne mieszkanie, a ludzie będą chodzili do galerii i płacili miliony za moje obrazy.

I śmieje się, jakby tylko żartowała, ale ja ją podziwiam. Chcę jej wyznać, że w nią wierzę, że to brzmi wspaniale i uważam, że ona potrafi zrobić wszystko, jeśli naprawdę będzie chciała, lecz zanim zdążę się odezwać, już jesteśmy pod jej domem z frontowymi drzwiami obłażącymi z żółtej farby i Edie wyjmuje klucze z torebki.

W tym momencie drzwi się otwierają i wychodzi z nich niska, krępa kobieta. Na nasz widok staje jak wryta, obojętnie mierząc mnie oczkami, zanim zwróci się do Edie.

— Ach — mówi. — Tu jesteś, Edith. — Robi krok naprzód i kładzie dłoń na ramieniu Edie, zatrzymując się tuż przy niej. W drapieżnym uśmiechu pokazuje mnóstwo ostrych ząbków.

— Zastanawiałam się, gdzie się podziewasz. Jak się masz? Wszystko w porządku?

Edie delikatnie się uwalnia.

— Świetnie, dzięki, Janine. — Zerka na mnie. — Fizjoterapeutka mamy — wyjaśnia.

Kobieta kiwa głową.

— Opiekuj się teraz mamą. Szybko postawimy ją na nogi i doprowadzimy do porządku.

Mierzy Edie wzrokiem, palącym i oślizłym.

— Masz rację — mówi Edie. — Do zobaczenia.

Obie wpadamy do przedpokoju i Edie zamyka drzwi, po czym śmieje się w kułak.

— Blee — mówi, a ja, chociaż przewracam oczami i kiwam głową, to czuję niepokój; nagłe nieprzyjemne wspomnienie z placu zabaw, brzydkiego słowa na określenie paskudnych, nienaturalnych zachowań. Staram się zapomnieć o tej kobiecie, podążając za Edie korytarzem.

Salon jest mały i zagracony, a ja pożądliwie chłonę ten widok, nie chcąc przeoczyć żadnego szczegółu.

— W zasadzie to głównie rzeczy mojej babci — mówi mi Edie niedbale, ale ja uważam, że ten pokój jest uroczy. Wszędzie stoją porcelanowe drobiazgi, tapeta jest w kwiatki, brązowy dywan gruby i kosmaty, a kanapa z zielonym obiciem ma do kompletu podnóżek. Na wyłożonym brązowymi kafelkami gzymsie nad kominkiem stoi wazon ze sztucznymi kwiatami. Pokój jest niesprzątany i niewietrzony, cuchnie spalenizną, kurzem i kotami, ale natychmiast sobie uświadamiam, że wolałabym mieszkać tutaj niż w moim domu.

Edie rzuca klucze na ławę.

— Mamo! — woła. — Wróciłam!

Wchodzi kobieta, powoli poruszająca się o kulach i przypominam sobie, że Edie mówiła mi, że jej mama miała wypadek samochodowy. Nawet w nocnym stroju wygląda pięknie, tak wytwornie i młodo, z makijażem i długimi włosami, w szlafroku z różowego jedwabiu, jakże różnym od tego, który zwykle nosi moja mama. Zerka na mnie i uśmiecha się przelotnie, ale zanim zdążę coś powiedzieć, przenosi wzrok.

— Gdzie byłaś? — pyta oskarżycielsko. — Chciałam napić się herbaty, ale musiałam czekać, aż pojawi się ta przeklęta baba.

Edie przewraca oczami.

— Przepraszam — mówi. — Zrobię ci teraz filiżankę, dobrze?

Jej mama wyjmuje z kieszeni szlafroka paczkę papierosów i zapala jednego.

— Nie fatyguj się. — Z trudem sadowi się na kanapie, bierze pilota i włącza telewizor, ponuro spoglądając na ekran.

— Świetnie — mruczy Edie. — Chodź, Heather.

Mamroczę krótkie „do widzenia", po czym spiesznie ruszam za nią.

Jej pokój jest maleńki, ledwie mieszczący wąskie łóżko, na które pada twarzą do poduszki. Częściowo rozpakowane pudła zajmują niemal każdy cal wytartego różowego dywanu i ostrożnie przestępuję przez nie, żeby stanąć przy jej nogach.

— Wszystko w porządku? — pytam.

Poduszka tłumi jej głos.

— Ona doprowadza mnie do szału. Chciałabym, żeby ojciec nadal był z nami.

— A gdzie on jest? — pytam, siadając.

— Bóg jeden wie. Zmył się przed laty. Byli bardzo młodzi, kiedy się urodziłam. To przez nią odszedł. Zawsze o coś się go czepiała. Bla, bla, bla. Tak samo jak czepia się mnie. Mówi mi, że nie potrafię tego zrozumieć, jakbym była cholernym dzieckiem. Dobrze wiem, że to jej wina, że odszedł. Na pewno. — Milknie na moment, po czym dodaje: — I od tamtej pory go nie widziałam. Nawet nie zadzwonił.

Siada i gryzie paznokcie, patrząc ponuro i posępnie. Ostrożnie przysuwam się do niej i, po kilkusekundowym wahaniu, obejmuję ją. Opiera się o mnie, kładąc głowę na moim ramieniu, jakby była małą dziewczynką, a moje serce łomocze, gdy gładzę jej włosy.

— Boże — mruczy po chwili. — Gówniane jest nie mieć żadnych braci ani sióstr, no nie? Kogoś, kto też musiałby radzić sobie z tym syfem. Nigdy nie chciałaś mieć rodzeństwa, Heather? — A kiedy nie odpowiadam, zerka na mnie i robi przestraszoną minę. — Chryste, o co chodzi? Co takiego powiedziałam?

Tak więc mówię jej o Lydii. Nie wszystko, oczywiście, ale i tak więcej, niż dotychczas powiedziałam komukolwiek.

— Och, Heather, to okropne — mówi, kiedy kończę. — Tak mi przykro.

Przez chwilę siedzimy w milczeniu i ocieram oczy, słuchając głosów dzieci bawiących się na ulicy. W tej ciszy zauważam rysunek przyczepiony pinezkami do ściany nad jej łóżkiem.

— Ty to narysowałaś? — pytam, wskazując go ruchem głowy.

— Taak — mówi, zrywa się i staje na łóżku, żeby go zdjąć. — Prawdę mówiąc, jest syfiasty.

Podaje mi go, a ja uważnie go oglądam. To autoportret, jej powiększona twarz, z lekko wydętymi ustami i zmrużonymi oczami niczym modelka na okładce ilustrowanego tygodnika. Jest zdumiewająco dobry.

— O — mówię. — Jest świetny.

— E tam. — Spuszcza głowę. — Naprawdę tak myślisz? Możesz go wziąć, jeśli chcesz.

Podchodzi do komody i wyciąga spod niej teczkę, wyjmuje z niej plik rysunków i kładzie mi ją na podołku, obserwując moją twarz, kiedy je oglądam.

Zapominam o łzach, Lydii, Edie i wszystkim, oglądając jej prace jedna po drugiej. Jakieś dziecko trzymające balonik, całująca się para, przystojny chłopiec z bukiecikiem kwiatów, światło księżyca na wodzie. Uważam, że są cudowne, romantyczne, ukazują taki świat, w którym wszyscy są szczęśliwi, piękni i zakochani.

— Och, Edie — mówię. — One są fantastyczne. Masz talent, naprawdę!

Spoglądam na nią ze zdumieniem.

Ona kręci głową.

— Och, daj spokój, to ładne bzdety. — Jednak zrywa się i wyjmuje szkicownik, niecierpliwie czekając na moją reakcję, gdy przewracam kartki. I kiedy ją wychwalam, widzę, jak jej smutek pierzcha z każdym moim komplementem. Uśmiecha się — dzięki mnie znów jest szczęśliwa. Nagle mówi:

— Jesteś inna niż większość dziewczyn w naszym wieku, prawda?

Podupadam na duchu.

— Co chcesz przez to powiedzieć?

Przypominam sobie złośliwe syczenie koleżanek z klasy: *Świruska, pieprzony dziwoląg.*

Ona ziewa i przeciąga się jak kot, przy czym top podjeżdża jej w górę, odsłaniając brzuch.

— Sama nie wiem. Nie mówisz o ciuchach ani kto cię obmacywał wczoraj wieczorem, czy jaką suką jest ta czy owa. To dobrze. — Waha się, odwróciwszy oczy, zanim dodaje bardzo cicho: — W Manchesterze nawet wśród przyjaciół czasem czułam się bardzo samotna. Nikt z nich nie miał w domu takiej syfiastej sytuacji jak ja. Wiesz, co chcę powiedzieć?

— Taak. — Kiwam głową. — Wiem.

I w milczeniu uśmiechamy się do siebie.

— Poprosił, żebym spotkała się z nim w sobotę — mówi mi chwilę później.

— Kto?

Uśmiecha się.

— Connor, oczywiście! Pójdziesz ze mną? Na wypadek gdyby się nie pokazał.

— Och, nie wiem...

— Proszę — mówi. — Och, zgódź się, bądź kumpelą.

Waham się, a ona robi idiotyczną minę, trzepocząc rzęsami, aż parskam śmiechem i mówię, że z nią pójdę.

Jest sobota, pora lunchu i siedzimy na ławce przy pomniku na rynku. Edie nie może usiedzieć spokojnie, poprawiając sukienkę, raz po raz nakładając błyszczyk na usta i spryskując się perfumami White Musk, które wujek Geoff przysłał jej na Gwiazdkę. Jakieś dwie dziewczyny ze szkoły przechodzą obok i mierzą wzrokiem Edie, po czym drwiąco uśmiechają się do siebie. „Zdzira" — szepczą, ale nie sądzę, żeby Edie to słyszała.

— Gdzie on się podziewa? Siedzimy tu już pół godziny.

— Na pewno już tu idzie — mówię jej, w duchu mając nadzieję, że nie. Myślę o tym, jak ją pocieszyć, kiedy on się nie zjawi, że może mogłybyśmy zamiast tego pójść do kawiarni. Może kupię jej koktajl mleczny i ze współczuciem wysłucham jej zwierzeń, jaka jest rozczarowana. Powiem jej, że tak zapewne będzie lepiej, że on nie jest jej wart i ona może znaleźć sobie kogoś o wiele lepszego — wszystko to, co podobno mówi się w takich sytuacjach. Jednak gdy znów podnoszę głowę, on tam jest.

Dziś jest dzień targowy i na rynku jest pełno ludzi, kulących się pod parasolami lub nieprzygotowanych na pierwszy deszczowy dzień od tygodni, ale Connor przedziera się przez tłum, jakby nikogo tam nie było, i widzę go oczami Edie: męskie rysy jego twarzy, pewny krok, śmiały i zdecydowany na tle rozmazanej szarości placu.

Zatrzymuje się przed nami.

— W porządku — mówi.

Jestem zaskoczona tym, jak miły ma uśmiech, który oszałamia mnie na chwilę.

— Hej!

Edie zrywa się z ławki, jakby pociągnął za niewidzialny sznurek. On mierzy ją wzrokiem.

— Wystroiłaś się.

Jego spojrzenie jest teraz lekko kpiące, a ona wzrusza ramionami i odpowiada niepewnym uśmiechem. Wtedy on wyciąga rękę i przesuwa palcem po głębokim dekolcie jej sukienki, nie odrywając od niej oczu. Edie rumieni się i otwiera usta, jakby chciała coś powiedzieć, ale wygląda na zahipnotyzowaną powolnym ruchem jego palca. Na jej skórze pojawia się gęsia skórka, wywołana jego spojrzeniem i deszczem. Coś zdaje się ich łączyć, wyczuwalne i intymne, otaczając ich, spowijając, pozostawiając mnie na uboczu.

W tym momencie mijający nas pies szarpie smycz, warcząc i szczekając, szczerząc na mnie kły, a ja odskakuję z okrzykiem przestrachu, gdy właściciel go odciąga. Serce mocno bije mi z przestrachu. Oboje patrzą na mnie.

— To jest Heather — mówi Edie.

On kiwa głową, a potem zapala papierosa.

— Idziesz? — mówi do niej.

— Dokąd pójdziemy? — pyta ona.

— Wrócimy do mnie.

Edie waha się.

— Nigdzie nie pójdziemy?

On zaciąga się dymem i odwraca wzrok.

— Dokąd, do Ritza?

Ona znów odrzuca włosy na ramiona i przygryza wargę, rozważając to.

— Czy Heather może pójść z nami?

On zerka na mnie i wzrusza ramionami.

— Jeśli chce.

Ona posyła mi tak błagalne spojrzenie, że kiwam głową i ruszamy, ich dwoje przede mną, oboje tak szczupli i przystojni, jakby stworzeni dla siebie, a ja podążam za nimi.

Nigdy wcześniej nie byłam w Pembroke Estate i przystaję na jego środku, patrząc na trzy wysokie wieże, ciemniejące na tle szarego nieba. Niedaleko jest autostrada i słychać warkot przejeżdżających nią, choć niewidocznych stąd, pojazdów. Jest tu plac zabaw dla dzieci z zepsutymi huśtawkami, piaskownicą pełną butelek i psich kup oraz grupką nastoletnich chłopaków siedzących na drabinkach. Milkną i patrzą na mnie tępo, gdy ich mijam, a ja przyspieszam, by dogonić Edie i Connora.

Winda wioząca nas na szóste piętro ma pogięte metalowe ściany, cuchnie papierosami i moczem. Connor ignoruje nas, gdy wjeżdżamy coraz wyżej; wyjmuje i włącza telefon, po czym, marszcząc brwi, stuka palcami po klawiszach. Obserwuję go z zaciekawieniem: nikt z moich znajomych nie ma komórki, a ta wygląda na nową i drogą. Kiedy zerkam na Edie, widzę, że ona też się na nią gapi, i zadaję sobie pytanie, czy po to wyciągnął teraz telefon, żeby się nim pochwalić i zrobić na nas wrażenie.

Drzwi do mieszkania Connora znajdują się na końcu długiego szeregu identycznych niebieskich drzwi i musimy przejść wzdłuż galerii, żeby do nich dotrzeć. Nad nami brzęczą i migoczą żarówki w drucianych koszyczkach. Jeśli wychylisz się za metalową barierkę, zobaczysz Fremton i dachy przejeżdżających w dole samochodów. Zatrzymujemy się przed jego drzwiami i słyszymy dolatujący zza nich łoskot muzyki, która zmienia się w ryk, gdy Connor otwiera drzwi. Przeprowadza nas przez salon, obok pustej sypialni z materacami na podłodze, kuchni ze zlewem pełnym puszek po piwie i łazienki z zepsutą spłuczką. Wyobrażam sobie minę mojej mamy, gdyby się dowiedziała, że byłam w takim mieszkaniu, i patrzę na Edie, ale ona spogląda wokół rozpromieniona i podekscytowana, jakby naprawdę zabrał nas do Ritza.

W salonie bardzo chudy rudowłosy chłopak leży na kanapie, mając na sobie tylko bokserki. Śpi pomimo głośno grającej muzyki. Connor kopie go w nogę i rudzielec siada, sennie przecierając oczy, z żebrami sterczącymi pod białą, piegowatą skórą.

— Wszystko w porządku, Królik? — pyta Connor i tamten sennie kiwa głową, szeroko ziewając i przygładzając obiema rękami zjeżone włosy koloru marchwi. Edie siada na kanapie, a ja zajmuję miejsce na samym brzegu, jak najdalej od rudzielca. Beżowe sztruksowe obicie jest poplamione, a obok moich nóg z dużego talerza służącego za popielniczkę niedopałki wysypują się na dywan. W powietrzu unosi się odór nieświeżej żywności i skwaśniałego piwa.

— Chcesz drinka? — pyta Connor i musi powtórzyć pytanie, przekrzykując hałas. — Mam trochę wódki, jeśli chcesz.

Edie kiwa głową i posyła mu uśmiech.

On patrzy na mnie, ale ja odmownie potrząsam głową, więc wzrusza ramionami i wychodzi z pokoju.

— Wszystko gra, dziewczyny? — pyta rudzielec, uśmiechając się i nagle zauważam, jak duże ma przednie zęby. Mówi z tym samym miejscowym akcentem co Connor, który w ustach obu — moim zdaniem — brzmi trochę głupio, i zawija tytoń w bibułkę.

Dopiero kiedy zapala skręta i wokół rozchodzi się ohydny smród, uświadamiam sobie, co pali. Podaje go Edie i jestem zaszokowana, gdy ona bierze od niego skręta. Z prelekcji w szkole wiem, czym jest marihuana. Może ona nie zdaje sobie sprawy. Może powinnam ją ostrzec. Uważnie ją obserwuję, na wypadek gdyby zemdlała, upadła albo trzeba by wezwać karetkę z jeszcze innego powodu. Żałuję, że tu przyszłyśmy.

Connor wraca i siada obok Edie, po czym daje jej w połowie pełną butelkę wódki. Królik odchodzi, a ja wstaję i spoglądam przez okno, na pola rozpościerające się za autostradą. Deszcz przestał padać i niebo znów jest jasnoniebieskie, a słońce odbija się od dachów samochodów. Siadam w fotelu i patrzę, jak po drugiej stronie pokoju Edie śmieje się i odrzuca włosy na ramiona, po czym opiera się o Connora, kładąc głowę na jego ramieniu. Widzę, że jest lekko pijana. Rozmawiają i śmieją się, ale nie wiem z czego, bo muzyka jest za głośna. Nagle oboje wstają i Connor ciągnie Edie w kierunku drzwi. Ona patrzy na mnie i podnosi rękę, rozchylając palce.

— Pięć minut — mówi bezgłośnie, chichocząc.

Drzwi zamykają się za nimi i zostaję sama, w łoskocie muzyki.

Powoli mija minuta, potem następna i kolejna. Nie mogąc usiedzieć, znów podchodzę do okna i wyglądam przez nie, przygryzając kciuk i mając nadzieję, że Królik nie wróci. Po dziesięciu minutach przyciszam stereo i nasłuchuję głosu Edie. Nie słyszę go. Nie wiem, co robić. Skręcam się z niepokoju. Czy nic jej nie jest? A jeśli zamknął ją gdzieś i Edie potrzebuje mojej pomocy? W końcu podkradam się do drzwi i wychodzę na korytarz, aż słyszę ciche głosy.

Drzwi jednej sypialni są otwarte, więc na palcach podchodzę do nich i zaglądam do środka. Widzę Edie leżącą na materacu z Connorem. Widzę, jak wsuwa dłoń pod jej sukienkę i ściąga majtki. Przechodzi mnie dreszcz. Wstrzymuję oddech, czując, jak palą mnie policzki, gdy sięga wyżej i zaczyna dotykać ją tam. Ona wydaje z siebie cichy jęk, ma zamknięte oczy i zaczerwienioną twarz. Nie mogę się ruszyć i trudno mi oddychać przez boleśnie ściśnięte gardło.

Nagle jakiś szmer za plecami sprawia, że podskakuję i odwracam się. Kilka kroków dalej stoi Królik wpatrzony we mnie. Na jego twarzy powoli pojawia się drwiący uśmiech, gdy odrywa wzrok ode mnie i przenosi tam, gdzie Edie leży na materacu. Chwiejnie wracam do salonu, czując żar rozchodzący się po całym ciele i chociaż nie wiem dlaczego, piekące łzy stają mi w oczach, gdy znów siadam, by czekać.

Potem

Zamierzam pójść do łóżka, kiedy czuję pierwszy skurcz. Stoję w łazience, przytrzymując się umywalki, gdy nagły przeszywający ból niemal zwala mnie z nóg. Dziecko jest w drodze. I chociaż przygotowywałam się na to od tygodni i dokładnie wiem, jakie powinnam podjąć kroki, jestem w stanie tylko stać nieruchomo, zastygła ze zdumienia, sparaliżowana strachem. W końcu ból przechodzi i tępym wzrokiem patrzę na moje odbicie w lustrze.

No już, Edie, weź się w garść. Wiem, że następny skurcz może przyjść dopiero po kilku godzinach. Niespokojnie kręcę się po mieszkaniu, z sercem ściskającym się z niepokoju, a potem, żeby czymś się zająć, ponownie sprawdzam zawartość spakowanej torby stojącej od paru dni w przedpokoju. Czytam notatki położnej, chociaż znam je już prawie na pamięć. Mam nie dzwonić do szpitala, dopóki skurcze nie zaczną powtarzać się co dziesięć minut. Do tego czasu mam je monitorować: jak często występują, jak długo trwają, jak silny jest ból, a w międzyczasie powinnam próbować się odprężyć i zachować spokój. Kładę się do łóżka i włączam telewizor, po czym staram się skupić uwagę na ekranie.

Następny przychodzi po prawie dwóch godzinach. Leżę zgięta w pół na łóżku, zgrzytając zębami z bólu. Nigdy nie czułam się tak okropnie samotna. Z rozpaczy przez moment myślę o tym, żeby zadzwonić do Heriego, lecz natychmiast zdaję sobie sprawę z tego, że jest na to o wiele za późno — a ponadto już kilka miesięcy temu wykasowałam jego numer. Nagle tęsknię za głosem matki i wstaję, żeby gorączkowo przetrząsać stare pudełka po butach i szuflady w poszukiwaniu tej złożonej karteczki z jej numerem telefonu, którą gdzieś wetknęłam. W końcu nie znalazłszy jej, osuwam się na podłogę i łkam z twarzą w dłoniach, pamiętając obrzydzenie na jej twarzy, kiedy widziałyśmy się ostatnio, wiedząc, że nigdy do niej nie zadzwonię.

Myślałam, że zdołam to zrobić. Mówiłam sobie, że będzie dobrze. Jednak gdy patrzę na puste, czekające łóżeczko, na paczki pampersów i używany fotelik samochodowy w kącie, świat zdaje się kurczyć i przytłacza mnie perspektywa samotnego przechodzenia przez to wszystko. Nie mam nikogo. I jak to możliwe? Miałam przyjaciółki w Manchesterze, paczkę dziewcząt ze szkoły, którą z żalem zostawiłam, kiedy mama postanowiła, że przeprowadzimy się do Fremton. Jednak kiedy poznałam Connora, nic poza tym nie miało znaczenia. A po tym wszystkim, gdy przeprowadziłam się do Londynu, wspomnienie Heather i tego, co zaszło między nami, sprawiało, że unikałam bliższych kontaktów z ludźmi, odrzucając wszelkie propozycje przyjaźni. No i teraz jestem tu. Mam wrażenie, że stoję na skraju urwiska, gotowa skoczyć, i nie ma nikogo, kto by mnie złapał, gdy spadnę.

Niekończąca się, bezsenna noc. Długo stoję przy oknie, patrząc na ulicę, obserwując, jak stopniowo się wyludnia, jak zapada zmrok i tylko sporadycznie światła reflektorów jakiegoś przejeżdżającego samochodu lub samotny przechodzień dowodzą, że na tym świecie żyje jeszcze ktoś oprócz mnie. Myślę o wujku Geoffie, ale na myśl o tym, jaki byłby przerażony, gdybym go teraz wezwała, niemal się uśmiecham.

Gdy następny skurcz przychodzi nad ranem, jest tak bolesny i przerażający, że dzwonię do szpitala, zbyt zdesperowana, żeby dłużej czekać. Gdy w końcu łączą mnie z dyżurną położną, jej głos z wyraźnym londyńskim akcentem jest opanowany i miły.

— Czy ktoś jest z panią? Ojciec dziecka?

Tłumię szloch.

— Nie — mówię. — On w tym nie uczestniczy.

— Rozumiem. Cóż, proszę się nie obawiać. Może pani zadzwonić po jakąś przyjaciółkę lub krewną? Kogoś, kto zaczekałby z panią i pomógł, kiedy…

— Nie, nie mam nikogo.

Chwila ciszy.

— W porządku. No dobrze, kochana. Nic ci nie będzie.

Współczucie w jej głosie sprawia, że łzy stają mi w oczach.

— Tak — szepczę.

— Przykro mi, kochana, wiem, że to trudne. Jednak musisz jeszcze trochę poczekać. Oddział pęka w szwach i prosimy nasze pacjentki, żeby przybywały, jeśli skurcze następują co pięć minut i trwają co najmniej minutę. Jednak będziemy na panią czekać, bo zapisałam panią na dzisiaj, więc nie ma powodu do obaw.

— W porządku.

Ściskam aparat, rozpaczliwie nie chcąc się rozłączać. W tle słyszę dzwoniące telefony i odgłosy krzątaniny na oddziale.

— To świetnie. Naprawdę doskonale sobie pani radzi. Zadzwoni pani znowu w razie potrzeby, dobrze? A gdy tylko te skurcze zaczną się nasilać, wezwie pani taksówkę i przyjedzie prosto tutaj.

— Dobrze — mówię. — Tak. Dobrze. Dziękuję.

Niechętnie się rozłączam i zaczynam czekać. Dochodzi południe, gdy wzywam taksówkę i wyruszam w podróż do szpitala.

*

Nazywa się Maya i ma jasnobrązową skórę z różowawym od-
cieniem. Ma gęste, czarne włosy i patrzy na mnie spod długich
czarnych rzęs wielkimi ciemnymi oczami jej ojca. Jest doskonała.
I od chwili, gdy ją widzę po raz pierwszy, od momentu, gdy podaje mi ją pielęgniarka, wiem, że nie mogę jej kochać.

Na porodówce wydawało się, że strach i zaskoczenie pojawiły się nagle i niespodziewanie. Pamiętam, jak głośno wzywano
lekarza, pospiesznie przewożono mnie na wózku korytarzem,
pamiętam pospieszne wyjaśnienia położnej, że pępowina jest
owinięta wokół szyi dziecka. A potem salę operacyjną, ludzi
w maskach, postawną Szkotkę krzyczącą, że wszystko będzie
dobrze, że mam spróbować się odprężyć, głęboko oddychać,
że nie ma powodu się bać, absolutnie żadnego, ale muszę leżeć
zupełnie nieruchomo.

Poczułam się dziwnie oderwana od rzeczywistości, jakby
zupełnie niezwiązana z tym, co się działo z dolną połową mojego ciała, która już była znieczulona i zasłonięta niebieskim
parawanem. Zapadłam w senny spokój, na pół zahipnotyzowana
przez popiskujące maszyny, lakoniczne polecenia lekarki, atmosferę pośpiechu i skupienia. Gdy jedna z zamaskowanych postaci
podniosła — niczym królika z kapelusza — zakrwawione i sine
stworzenie, gdy usłyszałam jego słaby i urywany krzyk, miałam
absolutną pewność, że ono nie jest moje, nie wyszło ze mnie.

— Dziewczynka! — oznajmił głos ze szkockim akcentem. —
Patrz, babo: śliczna maleńka dziewczynka!

Oddział, na którym leżę, jest zatłoczony, kilka świeżo upieczo-
nych matek upchnięto razem ze mną. Gdy przynoszą mi dziecko,
uśmiecham się, biorę je na ręce, kiwam głową i słucham pielęgniar-
ki, która pokazuje mi, jak karmić je piersią. A potem zostawiają

ją przy moim łóżku, śpiącą, i zgroza ogarnia mnie lodowatymi falami: to nie moje dziecko. Ona nie wyszła z mojego ciała.

Budzę się godzinę później, czując palący ból rozchodzący się od miednicy. Obserwuję inne matki, ich zmęczony triumf, ich czułe uśmiechy, gratulujących im odwiedzających zebranych wokół ich łóżek. Moje dziecko leży w swym jasnym plastikowym łóżeczku, patrząc na mnie, bezradnie popłakując.

Wuj Geoff odwiedza mnie następnego dnia i siedzi przy moim łóżku na plastikowym krześle, zbyt wielki i męski wśród wszystkich tych niemowląt i odzianych w nocne koszule kobiet pachnących mlekiem, ze zgrozą odwracając oczy, gdy moja sąsiadka rozpina koszulę, żeby przyłożyć dziecko do piersi. Trzyma Mayę w swoich grubych, poplamionych nikotyną palcach, przy czym jej główka niezdarnie opada na jego stary skórzany płaszcz. Nie wie, co powiedzieć.

— Ma małe uszka — stwierdza w końcu i oboje kiwamy głowami. Gdy mała zaczyna płakać, pospiesznie mi ją oddaje. — Co jej jest? — pyta niespokojnie.

— Myślę, że trzeba ją nakarmić.

Spogląda na moje piersi i zrywa się, zaalarmowany.

— No cóż, to chyba lepiej już pójdę, no nie?

Biorę od niego Mayę i usiłuję się uśmiechnąć. Przystaje.

— Powiem twojej matce, dobrze? — mówi. Napotyka moje spojrzenie i dodaje łagodnie: — No wiesz, chyba powinna wiedzieć, że ją masz.

Bez słowa kiwam głową. Ujmuje moją dłoń i delikatnie ją ściska.

— Dobra robota, kochana, mała jest cudowna. Jestem z ciebie dumny.

Nachyla się i przytula mnie, przyciskając moją twarz do swojej piersi, tak że wdycham zapach jego płynu po goleniu i skóry, a gula w gardle niemal mnie dusi.

— To na razie — mówię.

— Tak, na razie.

Uśmiecha się i udaje mi się powstrzymać płacz, dopóki nie wyjdzie z sali.

Kiedy wreszcie mnie wypisują, jadę taksówką ulicami Londynu, z Mayą śpiącą w foteliku obok mnie. Peckham i Nunhead umykają w dal, słońce świeci, ludzie i samochody podążają w swoje strony, a jednak to wszystko wydaje się nierealne, nieistotne, niewiarygodne. Taksówka przystaje na światłach i muszę walczyć z instynktem nakazującym mi otworzyć drzwi i uciec. A kiedy w końcu jesteśmy same w mieszkaniu, strach — potworny, obezwładniający, mdlący strach — niemal zwala mnie z nóg.

Patrzę na nią zaczynającą się wiercić w samochodowym foteliku na kuchennym stole i paraliżuje mnie niezdecydowanie, nie mogę sobie przypomnieć, co powinnam z nią zrobić, od czego zacząć. W szpitalu, ze względu na komplikacje przy narodzinach, była regularnie zabierana i monitorowana, oddawana mi tylko w porach karmienia. Wydaje się niewiarygodne, niepojęte, że mi ją powierzyli, że uznali mnie za zdolną do utrzymania tego stworzenia żywego i zdrowego.

Jednak mijają minuty, a potem godziny i dni. Wpadamy w rodzaj koszmarnej rutyny, ona i ja, zdominowanej brakiem snu i wrażeniem, że zaraz postradam zmysły. Pomimo tego nieustannego, męczącego lęku jakoś udaje mi się ją przewijać i karmić, kiedy trzeba; sypiam, płytko, kiedy ona śpi, lecz gdy jest nakarmiona i przewinięta, a mimo to płacze, domagając się czegoś jeszcze, czego nie mogę jej dać, tylko leżę i słucham, pragnąc, żeby przestała.

Z początku usilnie staram się karmić ją piersią, ale z każdym dniem staje się to trudniejsze. Ona długo szuka sutka, boleśnie, a kiedy wreszcie zaczyna ssać, mijają wieki, zanim się nasyci.

Potem śpi kiepsko, budząc się o wiele za często i znów domagając się karmienia. Podtrzymuję jej główkę, tak okropnie kruchą i obcą, niezdarnie wyginając jej szyjkę, a ona płacze bez końca.

Pielęgniarka środowiskowa, mała i bardzo blada dziewczyna imieniem Lucy, przychodzi w następny wtorek. Nie mówię jej, że marzę, by uciec i nigdy nie wrócić, że z każdym dniem jestem coraz bardziej przerażona i przeważnie nie chce mi się ubrać ani umyć. Lucy siedzi na mojej kanapie, pije herbatę i mierzy oraz waży Mayę, sprawdza moją bliznę pooperacyjną i mówi o tym, jakie straszne są dziś korki, dokąd pojedzie na urlop i uparcie mówi na mnie „mamuśka". Słucham tego w sennym otępieniu, obserwując jej sprawne białe dłonie śmigające jak myszy.

— Jak tam z karmieniem, mamuśka? — pyta. — Są jakieś problemy?

Odwracam oczy, gdyż na porodówce wbito mi w głowę, że źle wypadnę, jeśli nie będę karmić piersią.

— Wszystko w porządku — mamroczę, choć najwyraźniej niezbyt przekonująco, gdyż ona mruży oczy i natychmiast łapie mnie za słowo.

— Zechciałabyś ją nakarmić teraz, mamuśka, żebym mogła zobaczyć, jak ssie?

Kręcę głową.

— Mocno śpi i nie chcę jej budzić. Jest w porządku, słowo daję.

A tak naprawdę nie chcę, by zobaczyła, jak kiepsko sobie z tym radzę. Te łagodnie uśmiechnięte kobiety o rozmarzonych oczach z ulotek wciśniętych mi w szpitalu, te kochające matki z ich zadowolonymi, ssącymi niemowlętami, które nagle wydają się być wszędzie, są tak odległe od mojej rzeczywistości, że nie mogę znieść myśli, iż mogłaby to zobaczyć. Nie mówię jej o puszce pożywki, którą w rozpaczy kupiłam akurat tego ranka, o cudownej uldze, jaką przynosi karmienie Mai z butelki, nie musząc znosić jej ugryzień ani słuchać rozdzierającego żałosnego krzyku.

Powoli pogrążam się, zapadam się coraz głębiej każdego dnia.

— Na jakiś czas wyjeżdżam do matki — mówię Lucy, gdy przychodzi następnym razem.

Umęczona i przepracowana, z wdzięcznością skreśla mnie z listy, z niejasną obietnicą, że zadzwoni za parę tygodni. Gdy wuj Geoff znów mnie odwiedza, widzę, że nie ma pojęcia, iż po jego wyjściu opadnę wyczerpana na podłogę, zasmarkana i zapłakana, a Maya będzie wyła na drugim końcu pokoju. Stopniowo przestaję odpowiadać na jego SMS-y i telefony.

Jestem tak zmęczona, że zaczynam mieć zwidy: kątem oka widzę czarne pająki biegające po suficie lub przedmioty bezgłośnie toczące się po podłodze. Ze zmęczenia mam wrażenie, że cierpię na chroniczną chorobę morską i ziemia wciąż kołysze mi się pod nogami. Nieczęsto opuszczam mieszkanie, ale w dniu, gdy jestem zmuszona pójść do sklepu na rogu po pampersy, znów spotykam moich nowych sąsiadów. Stojąc w kolejce, widzę przez szybę wystawową tych dwóch chłopaków przechodzących przez ulicę, z pochylonymi głowami i kapturami niemal zupełnie zakrywającymi twarze, z psem podążającym przed nimi bez smyczy i obroży.

Maya, która spokojnie spała przez całą drogę tam i z powrotem, zaczekała, aż wrócimy do kamienicy i gdy stoję w sieni, usiłując wykrzesać z siebie energię, żeby wnieść ją i wózek na trzecie piętro, budzi się i zaczyna płakać, głośno i nieprzerwanie.

Jakby tysiąc wron krakało w mojej głowie, skrobiąc i dziobiąc, usiłując się wydostać. Opieram się o poręcz i zamykam oczy, zbierając wszystkie siły, żeby nie wyjść ponownie przez frontowe drzwi bez niej i nigdy nie wrócić. Nie wiem, jak długo tak stoję, zanim uświadamiam sobie, że jestem obserwowana, i podniósłszy głowę, widzę tę kobietę obserwującą mnie z otwartych drzwi. Podrywam się z poczuciem winy, ale zanim zdołam coś powiedzieć, ona podchodzi do wózka Mai i nie patrząc na mnie, łapie za uchwyty.

— Chwyć za drugi koniec — mówi mi.

Robię to i na jej skinienie głową zaczynamy wspinaczkę. Idąc do góry, ukradkiem zerkam na jej drobną twarz o twardych bystrych oczach i wyrazistych rysach, na rude włosy i liczne tatuaże na jej chudych rękach, na grube złote pierścionki na palcach, ale nie rozmawiamy — nawet Maya teraz tylko marudnie gaworzy bez przekonania — i dziękuję jej, dopiero kiedy docieramy na górę. Zaczyna schodzić po schodach, gdy pospiesznie dorzucam:

— Przy okazji, jestem Edie. — W pierwszej chwili myślę, że nie odpowie, ale odwraca się i posyła mi przelotny uśmiech.

— Monica — odpowiada, po czym znika mi z pola widzenia. Stoję i spoglądam w ślad za nią i chociaż nie potrafię wyjaśnić dlaczego, dziwnie pociesza mnie myśl o tej wyglądającej na twardzielkę nieznajomej żyjącej własnym życiem zaledwie kilka pięter niżej, niczym błysk świateł wybrzeża widzianych z ciemnego i wzburzonego morza.

Parę tygodni później, mijając w ulewnym deszczu salę parafialną, dostrzegam ogłoszenie o spotkaniu koła matki i dziecka. Przystaję, spoglądając na Mayę, która choć raz leży spokojnie pod przeciwdeszczowym nakryciem. Jestem przemoczona, ale nie mogę znieść myśli o powrocie do mojego ciasnego, zapuszczonego mieszkania. Pod wpływem nagłego impulsu otwieram drzwi i zaglądam do środka. Sala jest duża i pełna kobiet siedzących, pijących herbatę i jedzących ciasteczka, podczas gdy w środku chyba kilkaset maluchów tratuje dywan plastikowych zabawek w jaskrawych kolorach. Hałas jest potworny. Chcę się wycofać, gdy podchodzi do mnie jakaś kobieta po sześćdziesiątce, nosząca koloratkę.

— Wchodzisz? — pyta raźnie. — No już, wchodź. I zamknij za sobą drzwi, nie chcemy, żeby któreś uciekło, no nie?

Zaskoczona, robię, co każe.

— Wózki spacerowe stawiamy tam, no właśnie, dobra robota.

Posłusznie wyjmuję Mayę z wózeczka i zostawiam go wśród innych, po czym idę w głąb sali, niepewnie się rozglądając. W kącie dostrzegam grupkę kobiet z niemowlętami na kolanach. Podchodzę tam i znalazłszy wolne miejsce, układam Mayę w ramionach, z rozpaczliwą nadzieją, że jeszcze przez chwilkę będzie cicho. Kątem oka obserwuję inne matki, z zazdrością zauważając, jakie są zrelaksowane, jak swobodnie trzymają dzieci na rękach lub kołyszą je na kolanach, niemal nie zwracając na nie uwagi i rozmawiając ze sobą.

W końcu jedna z nich obraca się do mnie z uśmiechem.

— Cześć — mówi i ruchem głowy wskazuje Mayę. — Och, jaka ona śliczna. Ile ma?

— Sześć tygodni — mówię jej. — A twoje dziecko?

— Już osiem miesięcy.

Waham się, po czym wypalam:

— Czy potem jest łatwiej? Chodzi o to, po prostu... ona nie przestaje płakać. Rozumiesz, co chcę powiedzieć? Sama nie wiem. Pewnie one wszystkie są takie, no nie? A jak twoje? Czy ono też cały czas płacze?

Kobieta współczująco przechyla głowę i mruga.

— Nie, mój mały jest zawsze radosny. Taki luzak! Zawsze uśmiechnięty! — Milknie i po chwili dodaje: — Pewnie dlatego, że mój mąż i ja jesteśmy tacy wyluzowani, wiesz? — I z uśmiechem samozadowolenia dorzuca: — Może powinnaś spróbować dać sobie trochę luzu? Dzieci wyczuwają, jeśli jesteś zestresowana. Próbowałaś jogi?

Przecząco kręcę głową i niepewnie mamroczę, że spróbuję, a ona odwraca się z powrotem do przyjaciółki w chwili, gdy Maya otwiera buzię i wydaje przeraźliwy wrzask. Jak najszybciej się zbieram i wychodzę.

Przejaśnia się, gdy dochodzę do parku na końcu mojej ulicy i z ulgą opadam na mokrą ławkę. Maya śpi teraz w wózeczku obok mnie. Z parku widać panoramę Londynu, ale zamykam oczy i nie patrzę na nią, bliska utraty przytomności ze zmęczenia. Nie wiem, jak długo drzemię, zanim budzę się nagle, wyczuwając padający na mnie cień i czyjąś obecność w pobliżu. Osłaniam dłonią oczy i patrzę na twarz, dopiero po chwili rozpoznając człowieka, który sprzedał mi łóżeczko. Zauważam, że jego tlenione kępki znikły i czarne włosy ma teraz krótko ścięte.

— Cześć — mówi. — Edie, prawda? — Stoi przy wózku Mai, uśmiechając się do mnie. — James. To ja sprzedałem pani łóżeczko. Tak mi się zdawało, że to pani!

Jego syn jest kilka kroków dalej i grzebie patykiem w trawie.

Kiwam głową, nagle uświadamiając sobie, że tłuste włosy oblepiają mi twarz i to, że wzięłam pierwsze lepsze rzeczy leżące na podłodze, zanim wyruszyłam na tę doniosłą wyprawę. Zdaję sobie sprawę, że nie pamiętam, kiedy ostatnio się myłam.

— Wszystko dobrze? — pytam.

— Jest piękna. — Teraz zagląda do wózeczka, a ja staram się przywołać oczekiwany uśmiech.

— Dzięki — mówię.

— Jak leci? — pyta. — Wszystko w porządku, prawda? — A ja jestem przerażona, gdy nagle oczy mam pełne łez. Spuszczam głowę, usiłując je powstrzymać.

Zapada cisza, w której on taktownie odwraca wzrok.

— Jest ciężko, no nie, radzić sobie samemu — mówi po chwili, a potem dodaje: — Ja i mama Stana rozeszliśmy się niedługo po jego narodzinach.

Kiwam głową, patrząc na moje ręce.

— Z czasem jest łatwiej — mówi. — To brzmi jak pieprzenie, ale tak jest, naprawdę.

Jestem zbyt zmieszana, żeby napotkać jego spojrzenie; ze wszystkich sił powstrzymuję pochłaniającą mnie falę beznadziei. W końcu ku mojej uldze bierze synka za rękę, żeby odejść.

— No cóż, lepiej już pójdziemy — mówi — bo to pora lunchu i w ogóle. — Kiwam głową, z trudem przełykając ślinę. — Uważaj na siebie — dodaje i z ostatnim współczującym uśmiechem odchodzi.

W tym momencie Maya budzi się i znów zaczyna płakać. Resztki silnej woli, które do tego momentu udawało mi się zmobilizować, zupełnie mnie opuszczają i schowawszy twarz w dłoniach, zalewam się łzami. Nie mogę znieść bezkresu tego wszystkiego, tej okropnej świadomości, że to będzie trwało bez końca i każdego kolejnego dnia będę trochę bardziej zmęczona i trochę mniej zdolna to znosić. Maya wciąż wrzeszczy, a jednak ani myślę wziąć ją na ręce: jestem zbyt wyczerpana, żeby choć podnieść głowę.

I nagle, z twarzą wciąż schowaną w dłoniach, czuję, jak ławka pode mną ugina się pod czyimś ciężarem, przestaje mnie grzać słońce świecące po mojej prawej stronie i wyczuwam znajomy, cebulowy zapach. Silna ręka obejmuje moje ramiona. Podnoszę głowę i widzę siedzącą obok mnie Heather.

— Już dobrze, już dobrze — mówi łagodnie. — Uspokój się.

Nie myślę o tym, jak i dlaczego mnie znalazła, ani co to oznacza. Coś we mnie pęka na widok tej starej, znajomej twarzy i opieram głowę na jej ramieniu, zapadając w jej wielkie, miękkie ciało. Po długiej chwili klepie mnie po plecach, wstaje i jedną ręką chwytając wózek, wyciąga do mnie drugą, jakbym była małym dzieckiem.

— Zaprowadzimy was do domu, dobrze? — mówi. — I napijemy się dobrej herbaty.

I tak Heather powraca do mojego życia. Tak się to zaczyna.

CZĘŚĆ DRUGA

Przedtem

Czasem, kiedy jest mi smutno, jest coś, co robię, żeby poczuć się lepiej. Wybieram jakieś wspomnienie z czasów, gdy byłam naprawdę szczęśliwa, i zanurzam się weń, pozostawiając świat daleko za sobą. Wszystkie jego obrazy i odgłosy znikają, aż to wspomnienie jest wszędzie wokół mnie, bardziej rzeczywiste, ciepłe i kolorowe niż życie, które właśnie wiodę.

Ponieważ jest niedziela, wszyscy poszliśmy do kościoła: mama, tato i ja. Spóźniliśmy się, więc ławki były prawie pełne i musiałam usiąść oddzielnie, po drugiej stronie przejścia. Nabożeństwo odbywało się tak jak zwykle, z tymi samymi starymi modlitwami i psalmami. Jednak nagle, w trakcie „Ojcze nasz", gdy pochyliłam głowę wraz z wszystkimi innymi i zaczęłam odmawiać słowa, doznałam przedziwnego wrażenia, jakby zimnego ucisku na karku. Nie przerwałam modlitwy... *jako i my odpuszczamy naszym winowajcom, i nie wódź nas na pokuszenie, ale nas zbaw ode złego...* a to wrażenie przybierało na sile, aż w końcu odwróciłam się i tam, wśród wszystkich tych pochylonych i mamroczących głów, była moja matka, siedząca prosto, z zaciśniętymi wargami i oczami wbitymi we mnie. Na widok wyrazu jej twarzy serce zamarło mi w piersi, dosłownie przestało bić na długi, zatrważający moment.

W następnej chwili odwróciła wzrok, a ja kontynuowałam modlitwę. Moje serce znów zaczęło bić, tłukąc się pod żebrami, w drżącym ciele. Modlitwa się skończyła i zastąpiły ją szmery, szuranie nóg i pokasływanie wiernych szykujących się do odśpiewania kolejnego psalmu. Jednak mnie już nie było wśród nich. Zostawiłam tę niezdrową, smutną, przygnębiającą rzeczywistość i w następnej chwili miałam pięć lat, a Lydia dwa i bawiłyśmy się razem w naszym dawnym pokoju w Walii.

Moja matka gdzieś wyszła, a ojciec był w innym pokoju. Byłam zajęta moimi lalkami, więc minął jakiś czas, zanim podniosłam głowę i odkryłam, że Lydia jest otoczona pustymi pojemnikami po farbkach plakatowych, którymi bawiłam się przedtem. Jej twarz i dłonie, jej ubranie i dywan wokół niej były pokryte różnokolorowymi smugami gęstej i mokrej farby. Jęknęłam, gdy uśmiechnęła się do mnie, zadowolona z siebie. Mama lada chwila wróci do domu i będzie wściekła: to moja wina, że zostawiłam farby tam, gdzie Lydia mogła je dosięgnąć. Jednak w tym momencie Lydia odchyliła głowę do tyłu i zaczęła się śmiać, a ja nagle uświadomiłam sobie, że wcale się tym nie przejmuję. Podeszłam do niej, objęłam ją i mocno uścisnąłam, i śmiałam się bez końca, kochając, tak mocno kochając.

Potem

Wygląda na to, że nie mogę się zmobilizować. Wiem, że powinnam się sprężyć i wziąć do roboty, ale mijają godziny i dni, a ja wciąż nie ruszam z miejsca. Pomiędzy jawą a snem wspomnienia pojawiają się i umykają. Czasem płacz Mai przebija opar smutku, który zasnuł całe moje ciało, czyniąc mnie apatyczną i przykutą do łóżka, pozbawioną energii i celu. Czasem wynurzam się na dostatecznie długą chwilę, aby usłyszeć uspokajającą reakcję Heather, zanim znów się zapadnę, wciągana coraz głębiej przez lodowato zimne palce przeszłości.

Dryfuję.

Jestem na ulicy, przy której mieszkałam z mamą. Nad naszym szeregiem bliźniaków o ścianach pokrytych tynkiem z powciskanymi kamykami niebo zasnuły ciężkie deszczowe chmury, jednak gdzieś za nimi wciąż świeci słońce, oblewając świat dziwnym metalicznym blaskiem, z miedzianymi drzewami na tle żelaznego nieba. Łuk tęczy wisi nad rzędem podwórek od strony ulicy z ich sznurkami do suszenia prania, kubłami na kółkach, porzuconymi zabawkami i rozmaitym złomem, a gdzieś w oddali ryczy niewidoczna autostrada, jak krew szumiąca w uszach.

Idę w kierunku Pembroke Estate i dziwię się, że zanim się poznaliśmy, nie wiedziałam, że Connor tam jest — przez cały ten czas był na tym świecie, oddychając, śpiąc, czując, po prostu będąc bez mojej wiedzy, a ja nie miałam pojęcia o jego istnieniu. Czuję przelotny, przeszywający skurcz przerażenia na myśl o tym, że tak łatwo mogłam wcale go nie spotkać i moje życie mogło jakoś nadal trwać bez niego.

Budzę się w ciemności. Przez moment jestem zagubiona pomiędzy przeszłością a teraźniejszością, niezdolna odnaleźć się w obu. Słyszę przejeżdżający na dole samochód, głosy dobiegające z chodnika do mojego okna. A potem chrapanie dochodzące z kąta pokoju. Heather. Jest tutaj, w moim mieszkaniu, przynosząc ze sobą przeszłość i gdy zaczynam sobie przypominać, znajdować sens tego, inny dźwięk zakłóca nocną ciszę: ochrypły skrzek, który szybko przechodzi w głośne wycie dobiegające gdzieś z mroku. Wstrzymuję oddech i niepokój zmienia się w ulgę, gdy Heather porusza się i bierze małą, po czym chwiejnie idzie z nią do kuchni. Wkrótce słychać brzęk butelek, gwizd czajnika, ciche pomruki. Maya uspokaja się, a ja dryfuję.

Nie wiem, jak dawno temu znalazła nas w parku. Pamiętam, jak błagałam, by została, mówiłam, że nie mam nikogo, kto by mi pomógł, a ona obiecała, że to zrobi. Dni stapiają się ze sobą. Heather przynosi mi do łóżka kanapki lub zupę, czasem przygotowuje mi kąpiel i delikatnie prowadzi mnie do łazienki, ale przeważnie daje mi spać, patrzeć i wspominać. Godziny płyną, światła i cienie pełzają po suficie, i słyszę, jak wychodzi i znów wraca z Mayą.

Czasem w trakcie tych niekończących się godzin myślę o nas obu wtedy, jaka samotna i zagubiona się czułam po przeprowadzce do Fremton. Jak przy Heather czułam się, jakbym po raz pierwszy w życiu mogła być sobą, powiedzieć jej wszystko, a ona i tak by uważała, że jestem wspaniała. Była to najlepsza przyjaźń, jaka kiedykolwiek mi się zdarzyła. A potem myślę o tym, jak powoli wszystko się zmieniło, i koszmar tej ostatniej nocy pędzi na mnie jak pociąg pośpieszny, a ja zwijam się w kłębek, zamykam oczy i zakrywam rękami uszy, rozpaczliwie usiłując zablokować wspomnienia. Nie wiem, dlaczego przyszła mi teraz z pomocą, po tak długim czasie, po tym wszystkim, co się wtedy stało, i nic mnie to nie obchodzi. Wiem tylko, że nie jestem w stanie zająć się moją córką, że nie jestem dla niej dobra, a Heather jest wszystkim, co mam.

Tylko raz w ciągu tych długich, ponurych tygodni wychodzę z mieszkania. Budzę się wcześnie, zlana potem, z łomoczącym sercem i rozpalona. Maya i Heather mocno śpią po drugiej stronie pokoju, gdy ściska mnie w piersi, jakby tkwiła w imadle, a odgłos ich oddechów staje się coraz głośniejszy, aż wydaje mi się, że od niego oszaleję. Mija dziesięć minut, a potem jeszcze dziesięć i jeszcze. Sufit zdaje się powoli opadać, ściany zbliżać i czuję przerażenie, którego nie jestem w stanie dłużej znieść. Muszę się wydostać, wydostać, i gorączkowo szukam moich rzeczy, ubieram się i wybiegam.

Jednak ulgę wywołaną ucieczką z mieszkania zastępuje lęk przed gołym niebem i budynkami, które zdają się pochylać nade mną i szydzić. Nagły ryk silnika motocykla sprawia, że wydaję okrzyk przestrachu. W popłochu rozglądam się i pod wpływem nagłego impulsu idę do mojego lekarza rodzinnego, nie wiedząc, czego od niego chcę, tylko to, że ten koszmar jest nie do zniesienia i musi się skończyć.

Rejestratorka patrzy na mnie podejrzliwie, gdy otwiera gabinet, a ja proszę, żeby zapisała mnie na wizytę.

— Czy to nagły przypadek? — pyta.

— Tak, to znaczy… tak myślę, nie wiem.

Łzy stają mi w oczach, gdy ona wzdycha i sprawdza w komputerze.

— Mamy odwołaną wizytę za czterdzieści pięć minut — mówi niechętnie.

Z wdzięcznością kiwam głową i po podaniu jej moich danych siadam, aby czekać. Powoli poczekalnia wokół mnie się zapełnia. Staruszek z atakami suchego kaszlu, kobieta z dwójką małych dzieci, para plotkujących uczennic. Powoli zaczyna brakować mi powietrza w płucach. Odgłosy wydawane przez innych czekających pacjentów wydają się coraz głośniejsze — kaszel staruszka, śmiech uczennic, marudzenie dzieci. Jeden z chłopców zaczyna raz po raz tłuc samochodzikiem o samochodzik i te dźwięki odbijają się echem w mojej głowie jak wystrzały.

— Przepraszam, dobrze się pani czuje?

Podnoszę wzrok i widzę stojącą nade mną rejestratorkę. Kiedy próbuję odpowiedzieć, słyszę, jak rozpaczliwie łapię powietrze, czuję spływający po twarzy pot i popatrzywszy na innych pacjentów, widzę, że oni też gapią się na mnie z ciekawością. Podnoszę się, wytaczam na ulicę i chociaż czuję okropny ucisk w piersi, pędem ruszam do domu, nie zatrzymując się, dopóki nie otworzę drzwi, chwiejnie minę zaskoczoną Heather i w końcu opadnę na łóżko, naciągając kołdrę na głowę, nadal w płaszczu i butach. Muszę pozostać tutaj, powtarzam sobie z rozpaczą, gdzie jestem bezpieczna, gdzie się mną opiekują, gdzie jest Heather.

Budzi mnie wczesnym wieczorem dzwonienie mojej komórki. Czekam, z rosnącym niepokojem, modląc się, by Heather odebrała telefon, i w końcu to robi.

— Tak? — mówi uspokajająco, ostrożnie. Słucha przez chwilę. — Geoff? — mówi z powątpiewaniem. — Geoff. Och. Wuj Geoff. No tak. Nie, obawiam się, że ona nie jest w stanie przyjmować gości, nie czuje się dobrze. — Milknie. — Kim jestem? Jej najlepszą przyjaciółką. Heather… Nie, nie, z Fremton. Przyjechałam zaopiekować się przez jakiś czas Edie i małą. Tak, nic jej nie będzie, yhm, jak najbardziej, oczywiście, że to zrobię. Nie, nie sądzę, żeby to był dobry pomysł, ale jak tylko poczuje się lepiej… taa, w porządku, tak zrobię. Na razie. W porządku, do widzenia.

Kończy rozmowę i nasze spojrzenia się spotykają, a jej miły uśmiech wcale nie gaśnie.

— Może będę ją trzymała przy sobie — mówi, chowając do kieszeni moją komórkę. — Nie chcesz przecież, żeby ludzie wciąż zawracali ci głowę, no nie?

A ja kiwam głową i odwracam się do ściany, otulając się kołdrą.

Później słyszę, jak Heather w kuchni cicho nuci kołysankę, i słucham jej przez chwilę, próbując zebrać siły, żeby wstać. Gdy to robię, odkrywam, że w małym przedpokoju leży mnóstwo jej rzeczy: pudełka i reklamówki pełne brudnych rajstop, butelka szamponu, jakiś podarty tygodnik ilustrowany, sterty ubrań. Zastanawiam się, kiedy to tu przyniosła, jak długo je tu gromadziła, a ja tego nie zauważałam. W łazience znajduję jej bieliznę — duże poszarzałe majtki i biustonosz — schnące na szynie prysznica. Przy umywalce leży szczotka zapchana jej siwożółtymi włosami, a na spłuczce pudełko wkładek higienicznych.

Waham się, stojąc przed drzwiami kuchni, słuchając ich obu w środku, usiłując się zmusić do wejścia. A kiedy otwieram drzwi, one w pierwszej chwili mnie nie zauważają, Heather uśmiecha się do małej, karmiąc ją z butelki, a zadowolona Maya wpatruje się w jej twarz. Gdy Heather w końcu odrywa od niej oczy, w milczeniu spoglądamy na siebie przez chwilę, po czym mówi łagodnie:

— Może położysz się i odpoczniesz, Edie? Poradzę tu sobie.

Sen leży i czeka na mnie, głęboki, ciemny i ciepły. Robię krok w otchłań i on tam jest, gotów mnie złapać, gdy spadam, a wspomnienia wciągają mnie, wciągają...

Leżę z Connorem na jego łóżku, a promień słońca pieści nasze nagie ciała.

— Nie jesteś taka jak inne dziewczyny, nie taka jak te, z którymi byłem przedtem.

Wodzę palcem po zielonkawo-czarnym tatuażu, który jeży się i wije poniżej jego pępka. Mówi, że to celtycki, a ja myślę o czymś, co mówiła mi niania, kiedy byłam mała. Mocno mnie tuliła i mówiła, że kocha moje kosteczki, i myślę, że teraz rozumiem, co to oznacza, że w ciągu tych paru krótkich tygodni dowiedziałam się, jak to jest kochać każdy centymetr czyjegoś ciała: rzęsy, uszy, paznokcie nóg, skórę, mięśnie, żyły i kości, co do jednej. On owija moje włosy wokół swojej dłoni i delikatnie unosi moją głowę leżącą na jego piersi, przesuwa ją w dół, aż wargami muskam tatuaż, a potem jeszcze niżej, aż jest w moich ustach.

Mijają dni. Słucham, jak Heather przychodzi i wychodzi z Mayą, odgłosów jej krzątaniny wokół mnie, sprzątanie bałaganu, który zrobiłam. Jest tam, zagotowując wodę, żeby rozpuścić mleko w proszku dla małej. Teraz napełnia i włącza zmywarkę, następnie sprząta kuchnię, zmienia pieluchę, kąpie Mayę. Robię wszystko, co mogę, żeby nie patrzeć na moją córkę, gdyż jej widok wywołuje takie potworne poczucie winy i strach, że ledwie mogę oddychać.

Domofon głośno brzęczy pewnego popołudnia, gdy oglądamy z Heather telewizję i obie spoglądamy na siebie ze zdziwieniem, dopóki Heather nie wstanie i nie podejdzie do drzwi.

— Tak? — mówi do słuchawki.

Głośnik trzeszczy.

— Edie?

Rozpoznając głos wuja, instynktownie zrywam się na równe nogi, lecz zanim zdążę coś powiedzieć, wyręcza mnie Heather.

— Edie nie ma — mówi.

Chwila ciszy, w której słyszę uliczny ruch na dole.

— Zatem chciałbym wejść na górę i zostawić jej wiadomość — mówi wuj Geoff stanowczo. Już mam się odezwać, gdy

Heather odwraca się i posyła mi spojrzenie, które mnie ucisza i natychmiast zamykam usta.

— Proszę poczekać — mówi i odkładając słuchawkę, nie patrzy na mnie, gdy mamrocze: — Ja się tym zajmę.

— Może jednak... — zaczynam niepewnie. — Chcę powiedzieć, że powinnam... przyjechał taki kawał drogi i chyba chciałabym wiedzieć, czy u niego wszystko w porządku...

— Nie! — Heather mówi to tak głośno, że podskakuję i spoglądam na nią wstrząśnięta. Ułamek sekundy później jej uśmiech powraca. — Nie sądzę, żeby to był dobry pomysł, jak uważasz, Edie? — dodaje cicho. Spuszcza oczy, a ja czuję jej wzrok przesuwający się po mnie i kulę się, obejmując się rękami. — No wiesz, spójrz na siebie — ciągnie tym samym łagodnym tonem. — Doprowadziłaś się do okropnego stanu, no nie?

Patrzę na siebie, na brudne cichy, które noszę już od wielu dni, czuję brud na mojej skórze, tłuste włosy, i kiwam głową.

— Tak — szepczę.

— Tak — powtarza i nasze spojrzenia spotykają się na moment, zanim odwraca się, otwiera drzwi i wychodzi.

Słuchając jej kroków na schodach, wiem, że powinnam pójść za nią i sama porozmawiać z wujem, ale na myśl o tym, że zobaczyłby mnie w takim stanie, czuję wstyd. Tak więc tylko podchodzę do okna i czekam, kompletnie wyczerpana, aż zobaczę go przechodzącego przez ulicę. Gdy dociera na drugą stronę, nagle zatrzymuje się i odwraca, aby spojrzeć w okno, przy którym stoję. Pospiesznie się chowam i w ciszy słucham, jak łomocze mi serce, aż Heather wróci i delikatnie zaprowadzi mnie do łóżka.

Im dłużej Heather jest u mnie, tym trudniej mi sobie wyobrazić życie bez niej.

Przedtem

Stoję na moście nad kanałem, rzucając kamyk za kamykiem. Myślę o Lydii. Chmury przepływają po niebie i rzucane przez nie cienie są jak ciemne nieforemne stwory pływające pod powierzchnią wody. Kiedy byłam mała, myślałam, że jestem adoptowana. Jak znajda z bajki. Tylko w ten sposób mogłam wytłumaczyć, dlaczego zawsze czułam się tak inna od pozostałych członków rodziny. Czasem wyobrażałam sobie, że moi prawdziwi rodzice mieszkają gdzieś daleko, wyglądając i zachowując się tak samo jak ja. Pewnego dnia ich znajdę i w końcu będę wiedziała, że jestem tam, gdzie zawsze powinnam być.

Nie tylko przez te moje głupie jasne kędziory ani to, że jestem taka duża i niezdarna. Również wewnętrznie różniłam się od reszty rodziny. Nigdy nie zdołałam pojąć, jak potrafią trzymać wszystko w sobie, powstrzymywać się od wyrzucenia tego z siebie tak, jak to zawsze robiłam ja. Nic nie mogłam na to poradzić: jeśli byłam szczęśliwa, podekscytowana czy coś, to uczucie rosło we mnie, aż nie mogłam już tego dłużej powstrzymać. Czasem byłam tak wściekła, że eksplodowałam.

Pamiętam ranek, kiedy przynieśli Lydię do domu — jaka już wtedy była doskonała. Kochałam ją — jak wszyscy — bo była taka ładna, dobra i słodka. Nazywała mnie Hebba i chodziła za mną wszędzie. Wyjmowałam ją z łóżeczka i niosłam do domu Wendy albo wkładałam do mojego wózeczka dla lalek i woziłam ją tam i z powrotem po ścieżce w ogrodzie.

— Nie, Heather! Zbyt brutalnie się z nią obchodzisz — mówiła moja matka. — Połóż ją! Połóż ją w tej chwili!

Pewnego dnia, gdy mama parzyła herbatę, wyjęłam Lydię z jej kojca i umieściłam na ogrodowej huśtawce. Kiedy spadła i zobaczyłam strużkę krwi na jej twarzy, wpadłam w przerażenie. Słysząc jej krzyk, mama wypadła z domu i wściekła porwała ją w ramiona.

— Rany boskie, Heather! Co się z tobą dzieje? Dlaczego nigdy nie robisz tego, co ci się każe?

A ja stałam tam, patrząc, w jaki sposób ona spogląda na Lydię, jak obsypuje pocałunkami jej miękkie jedwabiste włosy i tak mocno ją tuli, i na ten widok przytłoczyła mnie nagła jak spadający głaz świadomość tego, że moja matka czuje do Lydii coś, czego nigdy nie czuła do mnie i nigdy czuć nie będzie.

Rzucam do wody ostatnie kamyki. Niebo nade mną zaczyna ciemnieć od deszczowych chmur, a ja drżę. Lydia wciąż trwa gdzieś tam w tym wilgotnym wietrze, który muska palcami mój kark i w ciemnych kształtach poruszających się w wodzie, z trudem usuwam ją z moich myśli i spoglądam na zegarek. Druga godzina. Dokładnie za godzinę zobaczę się z Edie. Podekscytowana tą myślą, w końcu zapominam o Lydii. Zapinam sweter i pospiesznie idę do domu.

Jest wpół do czwartej, zanim puka do drzwi.

— Tato jest w pracy, a mama poszła do supermarketu — mówię jej. — Tak więc mamy cały dom dla siebie.

— Taak? — mówi, ziewając i zauważam, że wygląda na zmęczoną, twarz ma ściągniętą i bladą. Jednak rozpromienia się. — Hej, no to oprowadź mnie po włościach.

Trochę oszołomiona, pokazuję jej dom.

— To nasz salon — mówię i obserwuję jej twarz, gdy spogląda na półki z książkami, zwyczajne niewyszukane meble, ciemnozielone ściany. Zegar stojący za jej plecami wybija pół godziny, a ona podskakuje zaskoczona i śmieje się. Gdy obchodzimy dom i pokazuję jej różne rzeczy, mam wrażenie, że słucha tylko jednym uchem, odpowiadając sennie i niejasno. Nagle pojmuję, że ona myśli o nim, o Connorze. Mówiła mi wcześniej, że teraz wciąż się z nim widuje, że wymyka się do niego późną nocą, gdy jej matka śpi. Wymieniła także kilka innych imion. Tully, Jonny i chyba Niall. Czuję smutek i gorycz. Nie sądzę, żeby on potrafił ją tak kochać jak ja. Nie sądzę, żeby dostrzegał wszystkie te drobne, dotyczące jej rzeczy, które ja widzę. Jak jej szyja się czerwieni, gdy się śmieje, lub że pod fiołkoworóżowym lakierem jej paznokcie są ogryzione do krwi.

Kiedy dochodzimy do gabinetu mojego taty, przystaję przed drzwiami.

— Co tam jest? — pyta ona.

Waham się, wiedząc, że nie wolno mi tam wchodzić, a potem pod wpływem nagłego impulsu otwieram drzwi. Na jego biurku nie ma nic poza stertą papierów i dzbanka z długopisami.

— Nic szczególnego — odpowiadam, wzruszając ramionami, ale zatrzymuję się, widząc, że Edie ogląda jakieś zdjęcie, które trzyma w ręku.

— Czy to ty? — pyta, pokazując mi je.

Nagle trudno mi oddychać.

— Gdzie je znalazłaś? — pytam.

Ruchem głowy pokazuje regał z książkami.

— Tam, wystawało spomiędzy książek.

— To moja siostra — mówię jej. — Lydia.

Przez moment jestem zbyt ogłuszona, by mówić. Przywykłam do tego, że rodzice zachowują się, jakby nigdy nie istniała, nigdy nie wymawiają jej imienia, więc oniemiałam, odkrywszy, że ojciec ma schowane jej zdjęcie, na które zapewne spogląda od czasu do czasu.

Edie kiwa głową.

— Była śliczna — mówi cicho.

I z zaskoczeniem widzę, że ma łzy w oczach, że mi współczuje. Chcę jej powiedzieć, że Lydia miała buciki z niebieskimi kokardkami, że lubiła, gdy śpiewałam jej kołysanki, że nie mogła wymówić „l". Chcę jej powiedzieć, że brak mi siostry bardziej niż czegokolwiek na świecie, że wciąż ściska mi się serce na myśl o niej. Jednak milczenie się przedłuża i odkrywam, że nie mogę niczego takiego powiedzieć, bo gdybym zaczęła, może nigdy nie przestałabym płakać. Zamiast tego biorę od niej zdjęcie, chowam do kieszeni i bez słowa wychodzę z pokoju.

Jesteśmy w kuchni, kiedy moja matka wraca do domu. Marszczy brwi na widok opartej o lodówkę Edie ze szklanką soku w dłoni.

— Cześć — mówi Edie, i uderza mnie, jak beztrosko to mówi, jaka zuchwała wydaje się w obecności mojej mamy. Podbiegam, by pomóc z zakupami, i pospiesznie wypakowuję je na kuchenny stół. Nie mogę przestać gadać i mówię im, że do rozpoczęcia roku szkolnego zostały dwa tygodnie, gdy mama mi przerywa:

— Heather — mówi. — Proszę, przynieś mi z góry pulower, dobrze? Trochę mi zimno.

Waham się, nie chcąc zostawiać ich samych, ale ona posyła mi ostre spojrzenie i popędza:

— No, pospiesz się.

Niechętnie odkładam trzymane w ręku ziemniaki i biegnę do pokoju rodziców. Pospiesznie łapię sweter i wracam, przeskakując po dwa stopnie. Jednak na dole przystaję, słysząc głos mamy.

— Nie przywykliśmy, by Heather miała przyjaciółki, które ją odwiedzają — słyszę, jak mówi.

— Nie? — odpowiada Edie.

Słychać odgłos otwieranych i zamykanych drzwiczek kredensu, po czym mama kontynuuje.

— Nie. Nigdy nie była jedną z tych, którymi interesują się inne dziewczęta.

Czuję, że się czerwienię. Edie nie odpowiada, ale niemal widzę, jak marszczy brwi i wzrusza ramionami, w ten swój znudzony sposób.

— Szczególnie takie dziewczyny jak ty — dodaje moja matka.

Zapada krótka cisza.

— Jak ja? — pyta Edie, nagle zupełnie innym tonem.

Mama śmieje się.

— Cóż, ona nigdy nie wykazywała zbytniego zainteresowania rzeczami, które, jak sądzę, ty lubisz. Na przykład ciuchami i chłopakami. Jest spokojną, pracowitą dziewczyną. Chyba trochę... naiwną.

— Czy to dobrze?

Odgłos kolejnych otwieranych drzwiczek kredensu.

— Po prostu nie wyobrażam sobie, żebyście miały wiele wspólnych tematów. Mamy nadzieję, że pewnego dnia będzie studiowała medycynę, i jestem pewna, że tak się stanie, jeśli nie pozwoli się jej zbyt... rozproszyć.

Zapada długa chwila ciszy, a potem odzywa się Edie.

— Przyjaźnię się z Heather, ponieważ uważam, że jest świetna. Jest zabawna i miła. Może tylko to jest ważne, nawet dla „kogoś takiego jak ja". Przepraszam, chyba pójdę jej poszukać.

Słyszę, jak maszeruje do drzwi, i stoję tam, trzymając się poręczy, cała szczęśliwa.

Gdy Edie wychodzi z kuchni i widzi mnie, kręci głową.

— Chryste — mamrocze ponuro. — A myślałam, że to moja matka jest wredna.

*

Tydzień później, kilka dni przed rozpoczęciem roku szkolnego, Edie i ja jedziemy autobusem do Walsall. Powiedziałam mamie, że muszę kupić kilka podręczników potrzebnych w nowym semestrze, chociaż to nieprawda, i nie wspomniałam, że Edie też pojedzie.

Kiedyś myślałam, że kłamstwa gniewają Boga i pójdę przez nie prosto do piekła. Uważałam, że On karze złych ludzi. Ostatnio jednak myślę, że może jednak małe kłamstwo od czasu do czasu nie ma większego znaczenia. Od czasu tamtej wizyty Edie w moim domu i jej rozmowy z moją matką łączy nas coś w rodzaju niemego porozumienia; świadomość tego, że niezależnie od tego, jak kiepsko wyglądają sprawy w naszych domach, nie ma to znaczenia, ponieważ teraz mamy siebie. Siedzimy na końcu autobusu, Edie i ja, każda z nas ma w uchu jedną słuchawkę, słuchamy muzyki z jej odtwarzacza i nie sądzę, żebym kiedykolwiek była taka szczęśliwa. Zawsze słyszałam, jak dziewczyny w szkole umawiały się na wspólne zakupy w Walsall w weekendy, a teraz po raz pierwszy ja też tam jadę.

Galeria handlowa przy Bridge Street ma marmurowe posadzki i łukowate szklane sufity oraz szeregi sklepów przypominających baśniowe jaskinie ze skarbami Aladyna, pełne drogich i nowiutkich rzeczy, kolorowe i dudniące muzyką. Zerkam na Edie, sprężyście kroczącą przede mną, z rozwianymi włosami, a ona w tym momencie ogląda się i uśmiecha, przystając przed sklepem z odzieżą.

— Ten mi się podoba — mówi. — Chodź!

Bierze mnie za rękę i ciągnie za sobą.

Podążam za nią między wieszakami z odzieżą, gdy pewnie chodzi tu i tam, biorąc różne rzeczy i przymierzając na mnie. Ja nigdy, nawet za milion lat, sama nie weszłabym do takiego sklepu.

— To świetnie by na tobie wyglądało — mówi. — I to też.

Uśmiecham się, gdy bierze naręcze rzeczy i ciągnie mnie do przymierzalni, gdzie wciskamy się razem do kabiny i czerwona zasłona osłania nas przed wzrokiem znudzonej ekspedientki.

— No już — mówi Edie, podając mi czarne dżinsy i obcisły zielony top. — Przymierz je.

Odwraca się ode mnie i nie krępując się, zaczyna zdejmować ubranie, aż zostaje w samej bieliźnie. Zaczerwieniona, robię, co mi kazała, niezdarnie próbując zakrywać się zdjętą spódnicą, gdy ściągam z siebie top. Kątem oka zauważam małe czerwone malinki na jej szyi i torsie. Wiem, czym są, ponieważ pamiętam, jak Sheridan Alsop miała taką na szyi i razem z Aishą Robinson robiły wielkie halo z maskowania tego śladu pastą do zębów w klopie.

Gdy już obie jesteśmy ubrane, mierzy mnie wzrokiem.

— O, Heather. Wyglądasz niesamowicie!

Odwracam się do lustra. Rzeczywiście, wyglądam lepiej. Top, który dla mnie wybrała, ma głęboki dekolt i mocno opina moje piersi, jest rozkloszowany w talii, a w czarnych dżinsach moje nogi mniej przypominają kłody. Wyglądam na starszą i szczuplejszą. Za zdziwieniem uświadamiam sobie, że wyglądam niemal ładnie.

Edie też patrzy na moje odbicie.

— Naprawdę wyglądasz super, wiesz? — mówi. — Weźmiesz je?

— Nie jestem pewna.

Z jakiegoś powodu trochę boję się tej nowej wersji mnie, chociaż nie wiem dlaczego.

Edie przewraca oczami.

— Musisz przestać ubierać się tak, jakby mama kupowała ci ciuchy.

Już mam odpowiedzieć, gdy zauważam sukienkę, którą przymierzyła. Wygląda pięknie, metalicznie błękitny materiał przylega do jej ciała, a kolor tak ślicznie kontrastuje z jej skórą, że ta zdaje się jaśnieć. Edie sięga za kołnierz, sprawdza metkę i krzywi się, widząc, ile kosztuje ta sukienka.

— Chyba sobie żartują, no nie? — Niechętnie ściąga z siebie sukienkę. — No cóż, nie ma szans, żebym ją kupiła.

Później, gdy jesteśmy ubrane i oddałyśmy ubrania ekspedientce, mówi:

— Hej, już wiem, chodźmy do McDonalda. Jestem cholernie głodna.

— Nigdy tam nie byłam — mówię jej.

Przystaje.

— Nabierasz mnie, prawda? — Ze zdumieniem kręci głową, patrząc na mnie, a potem uśmiecha się i bierze mnie pod rękę. — Chodź. Opchamy się hamburgerami.

Wciąż się śmiejemy, wychodząc ze sklepu. Gdy włącza się alarm, jego nagłe przeraźliwe wycie sprawia, że obie przystajemy z poczuciem winy i stropione rozglądamy się wokół. Dopiero kiedy podchodzi do nas ochroniarz i kładzie dłoń na moim ramieniu, czuję zimne ukłucie strachu. Gdy inni klienci przystają i się gapią, bierze moją torbę i zaczyna w niej grzebać. Strach wzbiera we mnie falami i ślina napływa mi do ust, jakbym miała zaraz się pochorować. Kiedy w końcu triumfalnie wyciąga niebieską sukienkę Edie, widzę, jak na jej twarzy pojawia się zrozumienie. Opada jej szczęka.

— Och, Heather, nie. — Zamyka oczy. — Chryste. Ty cholerna idiotko!

Zabierają nas do pokoiku na tyłach sklepu, gdzie czekamy w milczeniu, aż przychodzi mężczyzna z plakietką głoszącą „Keith Liddle, kierownik", a za nim dziewczyna, która odebrała od nas rzeczy w przebieralni. Zaczynam się trząść. On jest niski, łysy i dziobaty, wypręża się i wyciąga szyję, przysuwając swoją twarz do mojej.

— Masz zwyczaj brać rzeczy, które nie należą do ciebie? — pyta, a potem zerka na ekspedientkę, która uśmiecha się drwiąco i podrzuca włosami. Łzy stają mi w oczach. Spoglądam na swoje stopy i potrząsam głową. — Hej! — ryczy. — Mówię do ciebie! — Ja podskakuję i zaczynam płakać. Jestem zbyt przestraszona, by spojrzeć mu w oczy, więc zamiast tego skupiam wzrok na wyblakłej brązowej plamie na jego różowym krawacie. W jego oddechu czuję woń chipsów z serem i cebulą. Zakłada ręce na piersi. — Zobaczmy, co na to powie policja, no nie?

— No to przestań pan truć i wzywaj ich — mruczy Edie.

On spogląda na nią z niechęcią — jak podejrzewam — związaną z tym, że ona jest taka ładna, a on niski i łysy.

— Nie będziesz taka pyskata, kiedy twoja koleżanka wyląduje w więzieniu, co? — mówi zjadliwie.

Edie przewraca oczami.

— Ona ma szesnaście lat. Nie pójdzie do więzienia za zwędzenie jakiejś nędznej pieprzonej sukienki. Heather, przestań płakać, na litość boską. Nie pójdziesz do więzienia.

Następna godzina upłynęła jak w chorym, nierzeczywistym koszmarnym śnie. Nie sądziłam, że mogę bać się jeszcze bardziej, ale kiedy zjawili się dwaj policjanci o twardych, bezlitosnych spojrzeniach, wysocy i groźni w swych czarnych mundurach, mój strach jeszcze się pogłębił. Poprowadzili nas z powrotem przez galerię, przez tłum gapiów, do drzwi z napisem „Ochrona" przy windach na parking. Nawet Edie teraz milczy, ponuro zaciskając usta, gdy wprowadzono nas do słabo oświetlonego biura z rzędem monitorów na ścianie. Zostawiają nas same w kącie, a do policjantów dołącza Keith i ochroniarz, po czym razem patrzą na ekrany. W luce między ich głowami widzę ziarnisty czarno-biały obraz sklepu, w którym przed chwilą byłyśmy, w szybko zmieniających się ujęciach pod różnym kątem i z różnych miejsc, gdy mężczyźni naradzają się ze sobą.

Ledwie tego słucham, zbyt przerażona, by zrozumieć, co mówią, i gdy słyszę słowa „martwe pole", nie rozumiem ich, dopóki Edie nie szturchnie mnie w żebra.

— Słyszałaś? — szepcze. — To oznacza, że nie sfilmowali tego. Nie mają cię na taśmie.

I uśmiecha się triumfalnie.

Zaczyna się we mnie budzić rozpaczliwa nadzieja, dopóki kierownik nie odwróci się, żeby warknąć:

— Ale i tak znaleźliśmy sukienkę w twojej torbie, więc się nie ciesz.

I przez cały czas mam świadomość, że zbliża się chwila, której obawiam się najbardziej: gdy moja matka dowie się, co zrobiłam. Wkrótce tylko o tym jestem w stanie myśleć i mam wrażenie, że wolałabym pójść do więzienia, niż stawić jej czoło. Zanim jeden z policjantów prosi mnie, żebym napisała mój adres i numer telefonu, trzęsę się tak, że ledwie mogę utrzymać długopis. Słucham jak w transie, gdy podnosi słuchawkę i wybiera numer.

— Pani Wilcox? — mówi i świat jakby zastyga.

Edie dotyka mojej dłoni.

— Dobrze się czujesz?

Nie odpowiadam, tylko słucham beznamiętnego i rzeczowego głosu wyjaśniającego mojej matce, co zrobiłam. Wyobrażam ją sobie na drugim końcu linii, niesmak na jej twarzy. W końcu policjant odkłada słuchawkę i zerka na kolegę.

— Już jedzie — mówi.

Kierownik, jeden z policjantów i ochroniarz znów sobie poszli. Po czterdziestu minutach zjawia się moja matka. W ciągu tych paru sekund, zanim na mnie spojrzy, mam przedziwne wrażenie, że patrzę na nią cudzymi oczami i jestem wstrząśnięta tym, jak zwyczajnie wygląda, jak każda matka, trochę przestraszona, trochę bezbronna, i czuję smutek, rozpacz, miłość. A potem jej oczy odnajdują moje i w tej krótkiej chwili zanim zdąży je zmienić, jej spojrzenie natychmiast przenosi mnie do tamtego lata przed dziesięcioma laty. Czuję miażdżący ucisk w piersi i w następnej chwili matka odwraca się do mnie plecami.

— O co właściwie chodzi? — pyta policjanta.

— Pani córka została przyłapana na próbie opuszczenia sklepu z artykułem odzieżowym, za który nie zapłaciła — mówi jej.

Mama zaciska usta.

— Cóż, musiała zajść jakaś pomyłka.

— Wydaje się, że ten artykuł został umieszczony w jej torbie w miejscu, gdzie nie ma kamer — ciągnie policjant. — Jednak ochrona została zaalarmowana przez system antykradzieżowy i znalazła ten artykuł w torbie pani córki.

Jestem tak otępiała ze strachu, że w pierwszej chwili nie słyszę, że Edie coś mówi. Potem zauważam, że wszyscy odwrócili się i patrzą na nią. Ona prycha i zakłada ręce na piersi, patrząc na policjanta.

— To ja — mówi. — Ja włożyłam to do jej torebki, kiedy nie patrzyła.

Potrząsam głową.

— Nn... — Jednak spojrzenie Edie zamyka mi usta. Mówi głośno i wyraźnie:

— Ja to zrobiłam.

Moja matka prycha.

— No tak! — mówi triumfalnie. — Widzicie? Moja córka nie jest złodziejką. — Bierze moją torbę i płaszcz. — Sądzę, że nie ma powodu dłużej nas tu zatrzymywać, prawda? Chodź, Heather. Jedziemy do domu.

Policjant patrzy na nią, a potem wzrusza ramionami i kiwa głową.

— Jeśli zdaje pani sobie sprawę z powagi sytuacji, może odejść, ale będziemy musieli porozmawiać z nią później. Będziemy w kontakcie.

Mama ciągnie mnie za rękę, ale nie ruszam się. Patrzę na Edie, siedzącą w tym biurze, zupełnie samą z policjantem i chcę zostać, by krzyczeć, że to nieprawda, że to nie ona, tylko ja. Jednak matka tak mocno ciągnie mnie za ramię, że zanim biorę wdech, już jesteśmy w pasażu galerii i drzwi zatrzaskują się za naszymi plecami.

— Nie — mówię, rozpaczliwie kręcąc głową. — Nie.

Ona patrzy na mnie, mrużąc oczy i jej zimna furia natychmiast mnie ucisza.

— Nic nie mów, Heather — syczy. — Nic.

W drodze do domu nie odzywa się słowem, tylko raz, cedząc przez zaciśnięte zęby, gdy wyjeżdżamy z parkingu.

— Masz nigdy więcej nie spotykać się z tą dziewczyną. Słyszysz, co mówię?

Opieram głowę o okno i odpływam w głąb siebie, myśląc o Edie, zupełnie samej w tym okropnym pokoju, niemającej nikogo, kto by po nią przyszedł, i o tym, jak mnie uratowała.

Potem

Jest powolne, to wychodzenie z ciemności, ale stałe i pewne. Budzę się pewnego jasnego, zimnego ranka w bębnieniu deszczu o szybę i przez chwilę patrzę na puste, białe niebo, usiłując przypomnieć sobie, jaka to pora roku albo ile dni lub tygodni minęło, gdy leżałam tutaj, nie mogąc wstać. Czy jest już jesień, a może nawet zima?

Rozdzierający krzyk przerywa ciszę. Maya. Nie ruszam się z miejsca, niespokojnie czekając, aż przyjdzie Heather, ale mała płacze i płacze. Zakrywam uszy rękami i zamykam oczy, czując znajomy przypływ paniki. Mija trzydzieści sekund i drugie tyle, a krzyk Mai staje się coraz głośniejszy, na pograniczu histerii. Czy Heather gdzieś wyszła? Zostawiła mnie? W końcu wyłażę spod kołdry i zmuszam się, aby podejść do łóżeczka.

Maya na mój widok przestaje wyć i patrzymy na siebie w milczeniu, czujnie, przez bardzo długą chwilę. Spoglądam na jej czerwoną od krzyku buzię, gęste, czarne włosy, wydęte usteczka, zaciśnięte pięści i zmarszczone czoło, i nagle, niespodziewanie, mała się uśmiecha. Ten uśmiech rozchodzi się po jej twarzy jak słoneczny blask i ledwie zdaję sobie sprawę z tego, co robię, gdy powoli wyciągam rękę. Wstrzymuję oddech, gdy chwyta paluszkami mój kciuk. Czas staje, świat czeka. W milczeniu wyjmuję ją z łóżeczka i przytulam, trzymam jej główkę pod moją brodą, a jej ciepły oddech grzeje moją szyję. Trwamy tak przez długą chwilę, i wdycham jej słodki ciepły zapach, gdy nagle uświadamiam sobie, że dotknęłam jej po raz pierwszy od bardzo wielu tygodni. Ona lekko porusza się w moich ramionach, gdy łzy spływają mi po policzkach, i cicho wzdycha przy mojej piersi.

— Maya!

Obie drgnęłyśmy na głos Heather i buzia małej natychmiast się marszczy. Z poczuciem winy zaczynam kłaść ją z powrotem do łóżeczka, gdy Heather, opatulona moim szlafrokiem, z mokrymi włosami oblepiającymi głowę, przechodzi przez pokój i wyrywa mi ją tak gwałtownie, że zataczam się do tyłu, przestraszona. Patrzę, wstrząśnięta i z mocno bijącym sercem, jak idzie z Mayą do okna.

— Przestraszyłaś się? — uspokaja ją Heather cicho. — Biedna dziewczynka, nie bój się, już jestem przy tobie.

Tak więc idę, zostawiając je same i zamykając za sobą drzwi. Jednak coś… coś się zmieniło.

Po raz pierwszy od tygodni wiem, kim i gdzie jestem: że mam brudną skórę i włosy, nieświeży kwaśny posmak w ustach, a w mieszkaniu jest duszno. W końcu budzę się pewnego ranka i wiem, że dłużej nie mogę tak leżeć, w tej brudnej pościeli i własnym smrodzie, z moimi wspomnieniami i koszmarami, ani chwili dłużej. Zanim wstanę z łóżka i powlokę się do łazienki, przez chwilę nasłuchuję odgłosów w mieszkaniu, by upewnić się, że Heather i Maya wyszły.

Dopiero stojąc pod prysznicem, uświadamiam sobie, jak bardzo schudłam: żebra sterczą mi pod szarą skórą, a ręce i nogi są cienkie jak patyki. Zamykam oczy, pozwalając, by gorąca woda mnie omywała, i stoję nieruchomo, starając się nie myśleć. Gdy wychodzę, pachnąca mydłem i w czystym ubraniu, czuję się dziwnie bezbronna i krucha, jakby brud i tłuszcz były zbroją chroniącą mnie przed zbyt jasnym, zbyt zimnym światem. Moje myśli są mętne i ospałe. Przez chwilę stoję przy oknie, spoglądając w dół na zalewane deszczem ulice, na dachy, samochody i latarnie, psy, ludzi i gołębie dziobiące resztki w rynsztokach.

Heather zrobiła nam na śniadanie fasolkę na grzankach i po raz pierwszy, od kiedy się wprowadziła, usiadłyśmy razem w kuchni, żeby zjeść. Czuję się niemal, jakbym spała, wciąż śniła, a mój umysł nie jest w stanie w pełni ogarnąć rzeczywistości, w której obie siedzimy tu razem, po tak długim czasie.

— Czy twoi rodzice dobrze się mają? — pytam i te słowa zawisają w powietrzu, absurdalnie uprzejme.

Ona kiwa głową.

— Tak, dziękuję — mówi. — Wszystko u nich w porządku. Cisza.

— Co oni znów robią w Birmingham?

Wzrusza ramionami.

— Ojciec tam uczy — odpowiada niejasno.

Pamiętam, że mówiła mi, kiedy po raz pierwszy stanęła w moich drzwiach wiele tygodni temu, że pracuje w kiosku z gazetami, więc chwytam się tego.

— A ty pracujesz w…

— Bibliotece — kończy za mnie, raźnie. — Tak. Zgadza się.

— Ale… — Patrzę na nią zmieszana. Jednak coś w jej nieruchomym spojrzeniu sprawia, że dalsze pytania grzęzną mi w gardle i przez jakiś czas jemy w milczeniu.

Słyszę tylko odgłos mojego przeżuwania i przełykania, a jedzenie rośnie mi w ustach. Ukradkiem zerkam na Heather, próbując odgadnąć, o czym myśli, lecz ona znów ma na twarzy ten łagodny, miły wyraz, który tak dobrze pamiętam, najwyraźniej zadowolona, że nie musi nic mówić, nieświadoma dziwaczności sytuacji, w jakiej się znalazłyśmy.

Nagle mucha, która leniwie bzycząc, krążyła po pokoju, ląduje na stole między nami. Heather przygląda się jej przez moment, po czym spokojnie podnosi rękę i zabija ją. Machinalnie ociera rękę o sweter, po czym je dalej.

Odkładam nóż i widelec.

— Tak mi przykro, Heather, że zwaliłam ci to na głowę. — Ona patrzy na mnie, wciąż żując i nie zmieniając miny. — Chyba trochę przytłoczyło mnie to wszystko. Czułam się tak... — Kręcę głową, usiłując wyrazić słowami, jaka byłam zrozpaczona, jak nie dbałam o Mayę ani o to, czy będę żyła, czy umrę, w jak głębokim tkwiłam mroku. I jak bardzo się boję, że ta mała zmiana jest tylko chwilowa; że to coś tylko czeka, żeby znów mnie pochłonąć, i nie zdołam nic zrobić, żeby to powstrzymać. — Jestem ci taka wdzięczna za pomoc, szczególnie że... tak długo nie miałyśmy ze sobą kontaktu.

Słysząc to, Heather mruga i uśmiecha się.

— Nie bądź niemądra, Edie — mówi. — Jestem twoją najlepszą przyjaciółką. Cieszę się, że znów się odnalazłyśmy i że mogłam pomóc. Nie bój się, nigdzie się nie wybieram, nie zostawię was. — Wyciąga rękę nad stołem i ujmuje moją dłoń. — Będzie nam dobrze, wszystkim trzem, zobaczysz.

Patrzę na jej grube białe palce ściskające moje. Już mam ją zapytać, *dlaczego* zjawiła się u mnie teraz, po tylu latach, gdy dostrzegam jej odsłonięte przedramię. Jest pokryte bliznami, niektórymi tak starymi, że są srebrzyste i wyblakłe; ale większość jest ciemniejsza, świeższa, tworząca czerwoną pajęczynę wybrzuszeń pokrywającą rękę aż do łokcia. W następnej chwili jej oczy podążają za moim spojrzeniem i cofa rękę; blizny znikają pod rękawem, zanim otrząsam się z zaskoczenia.

W tym momencie Maya zaczyna płakać w sąsiednim pokoju
i zaczynam się podnosić z krzesła.

— Czego ona chce? — pytam niespokojnie. — Czy mam…?
Jednak Heather uśmiecha się i wstaje.

— Chce swoją butelkę, to wszystko — mówi. — Nie martw
się, dam jej.

I w ten sposób znalazłam się w najdziwaczniejszej z możliwych
sytuacji, mieszkając tu z Heather, osobą, której kiedyś mia
łam nadzieję już nigdy w życiu nie zobaczyć. Każdego ranka
zmuszam się, by wstać, umyć się, ubrać i zjeść z nią śniadanie
w kuchni. Odkrywam, że mogę trzymać na wodzy ataki paniki,
jeśli nie próbuję sięgać myślami poza następną godzinę. Heather
i ja gnieździmy się w tym ciasnym mieszkanku i ona zajmuje się
Mayą; kąpie ją, przewija i karmi z taką wprawą, że moje ostrożne,
lękliwe próby pomocy są zupełnie bezużyteczne.

— W porządku — mówi, ilekroć sięgam po pieluchę lub butelkę. — Ja to zrobię.

— Dobrze ci to idzie — mówię jej.

Promiennie uśmiecha się do mnie.

— Lubię opiekować się wami obiema — mówi Heather. —
Tobą i Mayą. Ona jest taka piękna, tak bardzo ją kocham.

Wyciąga rękę i klepie moją dłoń swymi zaskakująco ciepłymi, grubymi palcami. Staram się jak umiem odpowiedzieć
uśmiechem i w myślach liczę do czterech, zanim cofam rękę.

— Tyle dla nas robisz — mówię później, patrząc na pełną
lodówkę, paczki pampersów, chusteczek i puszki z odżywkami.
Niejasno pamiętam, że w pewnej chwili podczas tych ciemnych
i ponurych pierwszych tygodni oddałam jej moją kartę kredytową, żeby mogła korzystać z mojego zasiłku na dziecko. — Następne duże zakupy zrobię sama, obiecuję.

Jednak gdy to mówię, przeraża mnie myśl o wyjściu z mieszkania.

Zamiast tego spędzam całe dnie przed telewizorem, patrzę przez okno lub obserwuję krzątającą się Heather, chłonąc jej znajomy wzrost, tuszę i ruchy, kręcone jasne włosy, w których teraz są już pasemka siwizny, okrągłą twarz, która jest dokładnie taka jak dawniej, nie licząc cienkich zmarszczek wokół oczu i ust. I obserwując ją, zastanawiam się, jakie było jej życie po opuszczeniu Fremton, gdzie była i co robiła przez te lata, wcześniej i teraz.

Próbuję sobie wyobrazić, co pomyślałby o niej ktoś, kto nie znał jej przedtem; kogo by zobaczył. Pospolitą, krępą kobietę, zupełnie zwyczajną; taką, jakie widuje się wszędzie, każdego dnia. A jednak w Heather jest coś — zawsze było — nietypowego, coś co zauważa się dopiero, kiedy zna się ją przez jakiś czas. Jakiś nieokreślony brak. Jest tam, w tym zbyt szerokim uśmiechu, który nigdy nie gaśnie, w tym nieruchomym spojrzeniu piwnych oczu. W tym, że choć jest taka duża i niezgrabna, potrafi podejść do ciebie od tyłu tak cicho, że nie zdajesz sobie sprawy z jej obecności, dopóki nie odwrócisz się, żeby ujrzeć ją tuż obok, w odległości zaledwie kilkunastu centymetrów.

Myślę o początkach naszej przyjaźni, jaka byłam zagubiona i samotna, kiedy mama przeprowadziła się z nami do Fremton. Heather była dla mnie taka miła, kochająca i bezgranicznie oddana. Słuchała moich narzekań na matkę, i wiedziałam, że mnie rozumie; w końcu to było coś, co nas łączyło, poczucie, że nic nie obchodzimy naszych rodziców. Chyba nawet podobało mi się to, że była trochę na bakier ze światem, ponieważ to oznaczało, że skupiała się na mnie i poświęcała mi całą swoją uwagę. Podobała mi się osoba, jaką we mnie widziała — znacznie bardziej interesująca od tej, jaką naprawdę byłam. Jednak niebawem pochłonął mnie Connor i jego świat. Może wtedy poczuła się porzucona. Może dlatego później zdradziła mnie w taki sposób.

Wieczorami, gdy Maya śpi, siadamy obok siebie na wąskiej kanapie i jemy kolację, trzymając talerze na kolanach. Ona lubi oglądać powtórki *Przyjaciół*, cztery lub pięć odcinków za jednym razem, i siedzi w rozświetlanym przez ekran mroku z podgrzanym w mikrofalówce posiłkiem chyboczącym się na jej podołku, chichocząc wraz ze śmiejącymi się z taśmy, całkowicie pochłonięta akcją, ocierając się o mnie udem lub ramieniem podczas jedzenia.

W końcu budzę się pewnego ranka z perspektywą kolejnego długiego, jałowego dnia i uświadamiam sobie, że jeśli zostanę dłużej w tych trzech ciasnych pomieszczeniach, to znów położę się do łóżka i zostanę w nim na zawsze, nie wstając, aż zupełnie zniknę i nic ze mnie nie zostanie. I chociaż chęć poddania się tej pokusie jest niemal nieodparta, jest jednak coś, co mnie powstrzymuje, coś, co poruszyło się we mnie tego dnia, w którym Maya uśmiechnęła się, a ja ją przytuliłam. Cichy, lecz nieustępliwy głos mówiący mi, żebym się pozbierała i zajęła córką, a przynajmniej spróbowała to zrobić.

Czekam, aż Heather pójdzie do łazienki i usłyszę wodę tryskającą z prysznica, a wtedy, drżącymi rękami, niezupełnie wierząc, że to robię, przygotowuję butelkę odżywki, biorę wyjściowe ubranko Mai oraz kocyk, wyjmuję ją z łóżeczka, po czym nie zważając na łomot w piersi i ściskanie w gardle, wymykam się z mieszkania.

Świat na zewnątrz wydaje się za duży, za jasny, codzienny hałas i ruch zbyt głośny, i gorączkowy po dusznym, uspokajającym więzieniu mojego mieszkania. Spiesznie idę ulicą, nie mając pojęcia, dokąd ani co zamierzam zrobić. Z początku jakbym chodziła we śnie: moje nogi nie pracują jak należy, sykomory, uliczny ruch, latarnie i trotuar rozmywają się w mgiełce jesiennej mżawki. Idę, odwracając twarz od przechodniów, w obawie, że mnie zatrzymają i zapytają, co robię; wezmą za porywaczkę, przestępczynię. Autobus zatrzymuje się na przystanku, uwalniając potok wysiadających i wsiadających pasażerów, więc po krótkim wahaniu wskakuję do niego tuż przed zamknięciem drzwi.

Wewnątrz jest ciepło i tłoczno. Kiedy ktoś ustępuje mi miejsce, opadam na nie z wdzięcznością, mocno trzymając Mayę owiniętą w kocyk i wciąż śpiącą. Poranni pasażerowie tłoczą się wokół mnie, pachnąc wilgotnymi płaszczami. Deszcz zaczyna tłuc o szyby, autobus wzdycha i dygocze, przedzierając się do Lewisham ulicami pełnymi pojazdów dowożących uczniów do szkół, a ja po raz pierwszy od miesięcy zaczynam się odprężać. Patrzę na moją śpiącą córkę, czuję jej ciepły spory ciężar w moich ramionach i ze zdumieniem uświadamiam sobie, że tym razem nie towarzyszy temu atak paniki. Trzymam ją w ramionach, osłaniając przed naporem parujących, ciepłych ciał.

Moją uwagę zwraca grupa dziewcząt przy drzwiach, mokra gromadka w butach z miękkiej owczej skóry i marynarskich mundurkach, spowita oparem perfum. Chichoczą, pokazując ortodontyczne aparaty, posyłając sobie nerwowe, podekscytowane spojrzenia spod sklejonych tuszem rzęs. Jednak gdy na następnym przystanku wsiada inna dziewczyna, w minispódniczce i z długimi nogami, zdyszane chichoty i paplanina cichną, gdy w milczeniu patrzą, jak wchodzi po schodach na górę i znika. Ich młode twarze natychmiast gorzknieją.

— Myśli, że z niej taki pieprzony cud.

— Uważa się za piękność.

— On ją rzuci, a wtedy ona będzie się przymilać, znów próbując się z nami kumplować.

— Wiedziała, że on mi się podoba.

— Suka. Pieprzona dwulicowa suka.

Autobus już wjechał na wzgórze pomiędzy Lewisham a Blackheath i przez mokre okna widzę pofalowane zielone morze wrzosowisk rozpościerających się po obu stronach drogi. Pod wpływem nagłego impulsu naciskam przycisk przystanku na żądanie i gdy wysiadam z autobusu, zauważam, że deszcz przestał padać i na szarym niebie zaczęły się pojawiać skrawki błękitu. Wybieram ścieżkę prowadzącą środkiem wrzosowiska, odległą od drogi i przejeżdżających nią pojazdów. Tutaj, gdzie nie ma zasłaniających niebo budynków, wydaje się ono bezkresne. Wdycham zapach mokrej trawy i mam wrażenie, że ogromny ciężar spadł mi z piersi. Znajduję ławkę i siadam, za plecami mam kościół, sklepy i ulice Blackheath, i obserwuję jakąś parę w oddali idącą z psem w kierunku Greenwich Park. Zrywa się łagodny wietrzyk, a niebo zbladło, przybierając zamglony, jasnoniebieski kolor. Daleko po mojej prawej ręce troje dzieci biega za pomarańczowym latawcem. Ciemne i zagracone mieszkanie oraz Heather wydają się czymś bardzo odległym.

Czuję, że Maya porusza się w moich ramionach i patrzę, jak zaczyna się budzić, spoglądając na mnie tymi dużymi piwnymi oczami. Wstrzymuję oddech, obawiając się jej reakcji, gdy zobaczy, że to ja ją trzymam, a nie Heather, ale ona tylko ziewa i rozgląda się, najwyraźniej nieprzejęta tym, że jest tu ze mną, pod gołym niebem i na środku wrzosowiska. Obraca głowę, aby znów mi się przyjrzeć i gdy nasze spojrzenia się spotykają, przez moment czuję się dziwnie lekko, jak w stanie nieważkości. W tym momencie coś we mnie pękło i patrzymy na siebie bez końca, a ja z nagłym wstrząsem myślę: Jak mogłam nie widzieć? Jak mogłam nie zauważyć, jaka jesteś piękna i urocza?

Niecałe dwie godziny później inny autobus zawozi nas z powrotem na moją ulicę, lecz teraz jest tak, jakby trochę tej otwartej przestrzeni i świeżego powietrza, które pozostawiłam za sobą, wsączyło się we mnie, podnosząc na duchu, zdejmując ciężar z ramion. Gdy idę, Maya tuli się do mnie, ufna i spokojna w moich ramionach. Ten spokój pozostaje we mnie, gdy dochodzę do mojej kamienicy, lecz gdy wyjmuję z kieszeni klucz i spoglądam w górę, staję jak wryta na widok stojącej tam Heather, konturu jej postaci za szybą. Spięta, z nagłym bólem głowy, niepewnie spoglądam na Mayę. Wkrótce będzie głodna i trzeba ją przewinąć, lecz choć serce ściska mi się z niepokoju, na myśl o powrocie do mieszkania jestem bliska rozpaczy. Pozostaję na schodach, znieruchomiała.

— Dobrze się czujesz?

Na chodniku za mną stoi Monica, obładowana siatkami z zakupami.

Czuję, że się czerwienię, świadoma, jak dziwnie muszę wyglądać.

— Tak — mówię, ale nie jestem w stanie ruszyć się z miejsca ani zrobić cokolwiek, tylko gapię się na nią, stojąc z kluczem w ręku.

Oczami szaroniebieskimi jak chłodna spokojna woda przez moment patrzy na mnie taksująco, zanim mnie minie i otworzy przed nami drzwi.

— Rzadko cię widuję — mówi, gdy stoimy w sieni. Ma miły głos, niski i chrapliwy, z wyraźnym londyńskim akcentem.

Mocniej przytulam Mayę.

— Tak — mówię i wbijam wzrok w posadzkę. — Nie czułam się najlepiej.

Ona kiwa głową i czuję na sobie jej zamyślone spojrzenie, zanim podchodzi do drzwi swojego mieszkania.

— No cóż, uważaj na schodach — mówi i wiem, że powinnam odejść, wrócić na górę, ale wciąż nie mogę się ruszyć.

Patrzę, jak przekręca klucz w pierwszym zamku, potem w drugim, a przy trzecim odwraca się do mnie.

— Możesz wpaść na filiżankę herbaty, jeśli chcesz — mówi, a ja kiwam głową i wchodzę za nią do jej mieszkania, gdzie rozglądam się, gdy ona rygluje za nami drzwi.

Przedtem

Tato stoi za swoim biurkiem, plecami do mnie, spogląda na ogród. W końcu chrząka.

— Koryntianie mówią nam, Heather, że złe towarzystwo psuje dobrych ludzi.

Odwraca się i patrzy na mnie, jakby sprawdzając, czy to pojmuję, a ja posłusznie kiwam głową. Od kiedy pamiętam, tato rozmawia ze mną cytatami z Biblii, jakby tak było mu łatwiej. W każdym razie dobrze, że on to robi, a nie mama, która nie odzywa się do mnie, od kiedy dwa dni temu wróciłyśmy z Walsall.

— Twoja matka jest… no, twoja matka i ja jesteśmy bardzo przejęci tym, co zdarzyło się w zeszły wtorek.

— Tato… — zaczynam, ale on ucisza mnie, unosząc palec.

— Zdaję sobie sprawę, że to… hm… tamta dziewczyna była winowajczynią, ale niewątpliwie niepokojące jest to, że w ogóle dałaś się wplątać w coś takiego.

Patrzę na swoje stopy.

— Musisz myśleć o przyszłości — ciągnie ojciec. — Co z twoją edukacją? Twoimi studiami medycznymi?

Nie jestem pewna, czy chce usłyszeć odpowiedź; chyba nie, gdyż pospiesznie dodaje:

— Myślę, że od tej pory powinnaś unikać tej… całej Ellie.

Zamiast odpowiedzieć, zaciskam pięści tak mocno, że paznokcie wbijają mi się w dłonie. Po chwili tato podchodzi do mnie i kładzie dłonie na moich ramionach.

— Heather, ufaj Panu całym sercem i nie polegaj tylko na swoim rozumie. We wszystkim zdaj się na Niego, a On wyprostuje twoje ścieżki.

Kiwam głową, zastanawiając się, jak, do licha, on potrafi zapamiętać takie kawałki, i w odpowiedzi mamroczę coś pod nosem, po czym wreszcie pozwala mi odejść. Idę do mojego pokoju i siadam na łóżku, aby myśleć o Edie. Nie rozmawiałam z nią od wtorku i nie mogłam spać z niepokoju. A jeśli policja ją aresztowała? Co, jeśli ma poważne kłopoty? To byłaby moja wina. Dwukrotnie wymknęłam się z domu do budki telefonicznej na rogu, żeby zadzwonić do Edie. Za pierwszym razem nikt nie odebrał, za drugim połączyłam się niemal natychmiast, lecz moje nadzieje legły w gruzach, gdyż w słuchawce usłyszałam głos jej matki.

— Nie ma jej — warknęła. — Nie widziałam jej od kilku godzin. Jeśli ją znajdziesz, to powiedz, żeby wróciła do domu, bo musi zrobić dla mnie zakupy.

Przynajmniej nie wyglądało na to, żeby Edie zamknięto w więzieniu. Siedziałam i ogryzałam paznokieć kciuka. Gdzie ona się podziała? Czy nic jej nie jest? Czy mnie nienawidzi?

Słyszę odgłos otwieranych drzwi gabinetu ojca i jego kroki cichnące na schodach. Trochę później stłumione, podniesione głosy. Nawet tu słyszę, że się kłócą. Ostre *staccato* głosu mojej matki na tle niskiego, upartego burczenia ojca, jak grzechot kamyków uderzających o ceglany mur. Zakrywam uszy rękami, a potem pod wpływem nagłego impulsu zrywam się z łóżka. Z mocno bijącym sercem przystaję w drzwiach mojego pokoju i nasłuchuję. Następnie przebiegam przez korytarz do gabinetu ojca. Staję, patrząc na telefon na jego biurku, po czym biorę go

i wybieram numer, który znam na pamięć. *Proszę, proszę, proszę*
— myślę. Po piątym sygnale odbiera.

— Edie! — syczę. — To ja!

— O, cześć — mówi, i to brzmi tak, jakby coś jadła, bo słowa
głuszy odgłos chrupania i przeżuwania. Wyobrażam sobie, że
gryzie grzankę, palce ma lepkie od masła lub dżemu, okruszki
na wargach. Przepełnia mnie ulga i radość.

— Wszystko u ciebie w porządku? — pytam. — Tak się martwiłam.

— Co? — mówi z roztargnieniem. — Och, tak, policja i tamto. Pieprzone nudziarstwo. — Jestem tak szczęśliwa, słysząc jej
głos, że twarz mnie boli od uśmiechu. — Co ty sobie myślałaś,
pączusiu?

— Wiem — szepczę. — Naprawdę bardzo mi przykro. Co
się stało? Wszystko z tobą w porządku? Czy oni… czy oni cię
oskarżyli?

— Daj spokój. Jasne, że nie. Wysłali mnie do domu i zadzwo-
nili do mojej matki. Którą najwyraźniej gówno to obchodzi.
Bardziej ją martwi to, że skończyły jej się fajki. — Gryzie kolejny
kęs, i słyszę, jak żuje, a potem przełyka. — Chcieli, żeby przyszła
na komisariat, ale oczywiście nie poszła. Tak więc mają kogoś
przysłać, a przynajmniej tak zapowiadali. Tylko że tego nie zrobią. To oczywiste.

— Nie wiem, jak ci dziękować — mówię jej. — No wiesz, że
wzięłaś winę na siebie. Jeszcze nikt nie zrobił dla mnie czegoś
takiego. To było zdumiewające, Edie, to było…

— Taak, dobrze. Twoja matka wyglądała tak, jakby chciała
cię zabić, więc…

Słyszę otwierające się na dole drzwi kuchni.

— Muszę kończyć, muszę kończyć! — mówię gorączkowo.
— Zobaczymy się w szkole, dobrze? Będziesz tam, prawda?

— Tak — mówi. — Ja…

Słysząc kroki ojca na schodach, pospiesznie odkładam słuchawkę i pędzę z powrotem korytarzem do mojego pokoju.

Tego wieczoru kładąc się spać, myślę o tym, jak wspaniale było usłyszeć jej głos. Trzy dni do rozpoczęcia roku szkolnego i znów ją zobaczę. A najlepsze jest to, że będę ją miała tylko dla siebie, bo nie będzie tam Connora. Wyobrażam sobie, jak plotkujemy i śmiejemy się razem na korytarzach na przerwach między lekcjami, pożyczając sobie kosmetyki i dzieląc się sekretami w klopie. Myślę o tym, jak uratowała mnie w sklepie, i moje serce niemal szaleje ze szczęścia.

Później, gdy w domu jest cicho, na zewnątrz panuje ciemna noc, a ja leżę w łóżku pod kołdrą, kolejny raz wracam myślami do chwili, gdy poszłam z Edie do mieszkania Connora i widziałam ich leżących razem na materacu. Myślę o tym, co czuła Edie, gdy dłonie Connora dotykały ją, o jej rozpiętej i podciągniętej sukience, o drżącym ciele.

W sobotę wcześnie wymykam się na rynek i udaje mi się znaleźć parę takich topów jak ten, który Edie wybrała dla mnie w Walsall. W niedzielę idę do kościoła z ojcem, spodziewając się, że mama do nas dołączy, i jestem zdziwiona, gdy wyruszamy bez niej. Zerkam na tatę i zamierzam zapytać go, gdzie ona jest, ale nie robię tego. Uświadamiam sobie, że w zeszłą niedzielę mama też nie była w kościele — powiedziała, że źle się czuje, i tato poszedł bez niej. Zaskoczona próbuję sięgnąć pamięcią do poprzednich weekendów: czy to zdarzało się wcześniej? Byłam tak zaprzątnięta Edie, że nie zwracałam na to uwagi.

W poniedziałek budzę się wcześnie i przy śniadaniu obrzucam mamę niespokojnymi spojrzeniami, zastanawiając się, czy powie coś o moich nowych ciuchach i makijażu, ale ona prawie na mnie nie patrzy. Jestem lekko wstrząśnięta, tak przywykłam do jej czujnego, krytycznego spojrzenia. Prawdę mówiąc, odzywa się tylko raz, mówiąc do ojca:

— Nie będzie mnie, kiedy wrócisz, spędzę to popołudnie we Wrexham. Pomagam w zbiórce funduszy.

On kiwa głową, ale nie patrzą na siebie, i rozmyślam o tym przez chwilę, zanim znów wrócę myślami do Edie, zastanawiając się, o której przyjdzie do szkoły.

Kiedy przychodzę, sekcja szóstoklasistów jest już pełna uczniów kręcących się po korytarzach. Wypatruję w tłumie twarzy Edie, czekając, aż zabrzmi ostatni dzwonek i korytarze będą zupełnie puste, zanim niechętnie wejdę do klasy na lekcję matematyki, nie zobaczywszy się z nią. Rozczarowana znajduję wolne miejsce i próbuję się skupić. Pan Shepherd nadaje bez końca monotonnym głosem, ja wbijam niewidzący wzrok w podręcznik, a przez okno wpada gorący blask wczesnojesiennego słońca, od którego moje powieki robią się ciężkie i boli mnie głowa. Gdy tylko lekcja się kończy, gramolę się z krzesła i kieruję do bufetu. Staję w kolejce i — pełna nadziei — kupuję colę dla siebie i Edie, po czym szybko biorę jeszcze sok pomarańczowy i filiżankę herbaty, na wypadek gdyby lubiła je bardziej, następnie znajduję pod oknem stolik dla dwóch osób, przy którym siadam i czekam.

Słyszę ją wcześniej, niż widzę. Jej głośny śmiech przedziera się przez gwar bufetu, więc zrywam się i wyciągam szyję, żeby w końcu zobaczyć ją idącą między Alice Walsh i Vicky Morris, dwiema dziewczynami, z którymi do ubiegłego roku chodziłam na zajęcia. Waham się i podupadam na duchu. Widzę, jak stają w kolejce i razem kupują lunch, a potem zabierają swoje tace i wciąż roześmiane idą na drugi koniec bufetu, gdzie znajdują wolny stolik. Nawet nie szuka mnie wzrokiem.

Powoli biorę moją tacę i idę tam.

— Edie? — mówię i muszę odkaszlnąć i powtórzyć to, zanim wszystkie trzy na mnie spojrzą.

— Och, cześć — mówi z uśmiechem. — Zastanawiałam się, gdzie się podziałaś.

Czuję na sobie wzrok Vicky i Alice, pieką mnie policzki. Dlaczego spośród tylu dziewczyn Edie musiała wybrać towarzystwo akurat tych dwóch? Ponownie kaszlę.

— Myślałam, że... cóż, zajęłam tam dla nas stolik — mamroczę.

— Och, racja — mówi. — Przepraszam, nie wiedziałam.

Nadal tam stoję, trzymając tacę i marząc, by wstała.

— No, może usiądziesz tutaj? — pyta, uśmiechając się z zakłopotaniem.

I robię to. Zauważam, że już wzięła sobie colę, i patrzę na cztery napoje na mojej tacy, nie mając już ochoty na żaden.

— W porządku, Heather? — mówi Vicky, a ja mruczę „cześć".

— Znacie się wszystkie, prawda? — Edie wodzi po nas wzrokiem.

— Tak, wszystkie znamy Heather — mówi Alice znaczącym tonem. — Jak się masz? — dodaje sztucznie dorosłym głosem, ale ja nie odpowiadam. Odwraca się z powrotem do Edie, znów mnie ignorując. — No tak, może więc pójdziesz z nami któregoś dnia?

Nie wiem, o czym one mówią, i nic mnie to nie obchodzi. Popijając colę, zerkam na wszystkie trzy: Vicky ma przylizane blond włosy, brzoskwiniową szminkę i chytre niebieskie oczka, a Alice jest jej niemal idealną kopią. Szkolne celebrytki. Drwiny i szyderstwa z ostatnich pięciu lat odbijają się echem w mojej głowie. Przygryzam policzek, aż czuję smak krwi, gdy widzę, że Edie patrzy na mnie.

— Mówią o tym klubie w Walsall, do którego chodzą — wyjaśnia. — Poszłabyś?

Zanim zdążę odpowiedzieć, Vicky mówi ze śmiechem:

— To chyba nie dla ciebie, no nie, Heather?

Wbijam wzrok w talerz.

— Nie chciałybyśmy, żebyś dostała tam jednego z tych twoich napadów, no nie? — mówi Alice i razem z Vicky chichoczą.

Czuję, że jestem czerwona jak burak. Mówią o tych snach na jawie, jakie miewam, tych, z których nie mogę się otrząsnąć. Czasem „budzę się" w środku lekcji i widzę, że cała klasa gapi się na mnie, szydząc, a ja rozglądam się wokół, mrugając, zawstydzona. A innym razem tracę panowanie nad sobą lub wybucham gniewem. Nie chcę, żeby Edie dowiedziała się i o tym. Nie chcę, żeby ona też uważała mnie za dziwoląga.

— O czym ty mówisz? — ostrym tonem pyta Edie, patrząc na Alice. — Heather?

Odwraca się do mnie, ale ja wstaję i wybiegam z sali.

Jestem w połowie boiska, zanim mnie dogania.

— Hej — mówi, łapiąc mnie za rękę. — Co się z tobą dzieje, do diabła?

Przystaję, ze ściśniętym gardłem.

— Nic. Myślałam… — mówię słabym głosem. — Zajęłam ci miejsce.

— Och, nie świruj. Wiesz, że mogę siedzieć, gdzie chcę. — Patrzy na mnie z irytacją, a kiedy nic nie mówię, wzdycha. — Te dwie były wcześniej w mojej klasie, to wszystko. Nie prosiłam, żeby poszły ze mną na lunch.

Żałośnie kiwam głową, a ona daje mi szturchańca. Podnoszę głowę i widzę, że się do mnie uśmiecha, i to jest ten jej śliczny, ciepły, szeroki uśmiech, który sprawia, że czuję się, jakby poza nami dwiema nikogo nie było na świecie: opromienia mnie i ogrzewa, jakby wyciągnięto mnie z zimnej wody na słońce.

— I tak nie chciałam tam z nimi siedzieć — mówi. — Potrafią tylko plotkować i obgadywać, a ja tego nie znoszę. — Przedrzeźnia ich miejscowy akcent: — Widziałyście taką a taką w mi-

nispódniczce, ależ grubo w niej wygląda. A tamta prowadza się
z tym palantem, ale z niej zdzira. — Przewraca oczami. — Boże!
To takie cholernie nudne, nie uważasz?

— Tak — mówię, sama mimo woli zaczynając się uśmiechać.
Ona bierze mnie pod rękę.

— Chodź, marudo, mam się spotkać z Connorem na rynku.
Ty też możesz iść, jeśli chcesz. Nawiasem mówiąc, uwielbiam
twój top.

On już jest na placu, kiedy tam docieramy, stoi w grupce chłopaków przy posągu, a kiedy ona podchodzi do nich, ja siadam na
ławce, aby na nią poczekać. Może później zechce gdzieś ze mną
pójść, mówię sobie. Tylko my dwie — może ten dzień zakończy
się tak, jak miało być. Ściskam teczkę i ich obserwuję. Koledzy
Connora to takie typy, na widok których zwykle przechodzi się
na drugą stronę ulicy. Kręcą się tam, mają harde miny i rozbie-
gane oczy, ogolone głowy i tatuaże, palą skręty lub popijają piwo
z puszek, i unosi się nad nimi opar rozdrażnionego znudzenia.
Moi rodzice nazwaliby ich mętami i zemdleliby na myśl, że mogłabym się do nich zbliżyć.

Connor stoi w środku tej grupy, przystojny i milczący, czuj-
ny w sposób odróżniający go od innych, którzy często na niego
spoglądają, jakby czekając na jego aprobatę. Edie stoi przy nim,
trzymając dłoń na jego ramieniu i mówiąc coś z ożywieniem,
lecz on odpowiada monosylabami, jakby nie słuchał, i gdy tak
patrzę, nasze spojrzenia spotykają się, przez moment jego zielone
oczy zatrzymują się na mojej twarzy, zanim je odwróci, a ja drżę.

Nagle wybucha jakieś zamieszanie. Puszka piwa szybuje
w powietrzu i trafia stojącego z boku grupy chłopaka, którego
wcześniej nie zauważyłam. Pienisty płyn oblewa mu twarz i szyję.

— Do kurwy nędzy — mówi, a pozostali śmieją się i drwią.
Odchodzi, kierując się ku mnie. Jest młodszy od pozostałych,

zapewne w moim wieku, o wąskich ramionach pod bluzą z kapturem i jest coś dziecinnego w tym, jak schował dłonie w jej rękawach. Siada na drugim końcu ławki i zaczyna robić sobie skręta, a ja po chwili łapię oddech i mówię:

— Cześć, jestem Heather, przyjaciółka Edie.

Zerka na mnie i kiwa głową.

— Liam — mówi.

— Patrzcie na niego, cwanego dupka — dolatuje do nas drwiący głos. — Czaruje grubą laskę!

Czuję, że się czerwienię.

— Zamknijcie się, to moja kumpela — karci ich Edie i choć mówi to z oburzeniem, przez moment zdaje mi się, że w jej głosie słyszę nutę rozbawienia.

Przeszywam ją wzrokiem, ale jest już odwrócona do mnie plecami i nie mam pewności.

Nagle Connor mamrocze coś, co wywołuje głośny śmiech. Pieką mnie policzki, gdy uświadamiam sobie, że gapią się na moje piersi. Spoglądam w dół i widzę, że mój nowy top zaczął się pruć, ukazując spory kawałek dekoltu. Zawstydzona obciągam go, usiłując zasłonić piersi. Kiedy patrzę na Edie, widzę, że przestała się śmiać i zimnym spojrzeniem mierzy mnie i Connora.

— No weź — ponuro mówi do niego. — Myślałam, że pójdziemy na plac zabaw na dymka?

On kiwa głową i zaczynają odchodzić. W ostatniej chwili Edie ogląda się na mnie.

— Idziesz, Heather? — mówi, nie patrząc mi w oczy.

Kręcę głową.

— Nie, w porządku, lepiej…

Lecz ona już się odwróciła do mnie plecami.

Liam wstaje i patrzy na mnie.

— Na ra… — mamrocze, po czym pospiesznie idzie za nimi.

Ja zostaję na ławce, patrząc, jak przechodzą przez plac, a tłum rozstępuje się, przepuszczając ich. W końcu wstaję i powłócząc nogami, ruszam z powrotem do domu. Kiedy przechodzę przez most nad kanałem, dostrzegam szybko oddalającą się postać, którą poznaję po płaszczu. To moja matka. Staję jak wryta i obserwuję zdumiona, jak idzie ścieżką holowniczą w kierunku Langley. Co ona, do licha, tu robi? Powiedziała tacie, że będzie cały dzień we Wrexham, a przecież to parę mil w przeciwnym kierunku — a ponadto ścieżka nad kanałem to ostatnie miejsce, w którym spodziewałabym się zobaczyć ją na samotnym spacerze. Skonsternowana, obserwuję ją, aż znika mi z oczu, a potem podejmuję przerwany marsz do domu.

Potem

Mieszkanie Moniki jest zupełnie inne niż moje: znacznie większe oraz jaśniejsze i przytulniejsze pomimo krat w oknach oraz szczelnie zaciągniętych gęstych firan, a ponadto niezagracone. Kuchnia, do której mnie prowadzi, jest czysta i świeżo pomalowana, z kolorowymi obrazami na ścianach i zdjęciami jej uśmiechniętych synów przyczepionymi do lodówki. Suka, którą widywałam wcześniej, spokojnie leży w kącie pokoju i zaledwie macha ogonem, kiedy wchodzimy. Zajmuję miejsce wskazane mi przez Monikę i z Mayą na kolanach obserwuję gospodynię, gdy nastawia czajnik i zaczyna wypakowywać zakupy.

Monica jest — jak sądzę — po czterdziestce, o pociągłej pobrużdżonej twarzy i z rudymi zaczesanymi do tyłu włosami przetykanymi siwizną. Chociaż jest drobna, to przez sposób, w jaki się porusza i trzyma prosto, sprawia wrażenie żylastej, silnej i twardej. Kiedy zdejmuje kurtkę, przyglądam się kolorowym, skomplikowanym wzorom i obrazom wytatuowanym na niemal każdym centymetrze jej szczupłych rąk i ramion. Odwraca się i zauważa, że się na nią gapię, a ja czerwienię się i spuszczam wzrok. Gdy kończy parzyć herbatę i siada naprzeciwko mnie, poprawiam w ramionach Mayę i szukam w myślach czegoś, co mogłabym powiedzieć.

Żałuję, że tu przyszłam. Dziwię się, że to zrobiłam, to zupełnie niepodobne do mnie — wpraszać się w taki sposób do mieszkania obcej osoby, a teraz, gdy już tu siedzę, dokucza mi boleśnie świadomość tego, że ona na pewno żałuje, że mnie zaprosiła, bo zapewne ma sto ciekawszych rzeczy do zrobienia.

— Wirus, tak? — pyta, nagle skupiając na mnie wzrok. — Mówiłaś, że byłaś chora.

— Nie — odpowiadam. — To nie wirus.

Z przerażeniem czuję w gardle gulę i muszę wbić wzrok w blat stołu, dopóki nie przejdzie. Patrzę na dłonie Moniki obejmujące kubek z herbatą, na grube złote pierścionki na jej cienkich palcach. Zauważam, że tatuaże kończą się kilka centymetrów nad przegubami i jestem dziwnie poruszona widokiem tego wąskiego paska nietkniętej igłami skóry. Kręcę głową.

— Sama nie wiem — mówię. — Chyba…

— Byłaś w dołku, no nie? — pyta, a kiedy kiwam głową, zastanawia się chwilę, po czym mówi: — Ja też to miałam, przy moim pierwszym, Ryanie. Tygodniami ledwie mogłam zwlec się z łóżka. Moja siostra musiała zajmować się moim niemowlakiem, a w końcu zaciągnęła mnie do lekarza.

Nie patrzy na mnie, mówiąc, nie licząc tych momentów, gdy omiata moją twarz chłodnymi, a jednocześnie ciepłymi oczami, zupełnie innymi od nieruchomego spojrzenia Heather.

— Co ci było? — pytam po chwili wahania.

Wzrusza ramionami.

— Depresja poporodowa. Baby blues, czy jak tam chcesz to nazwać. Lekarz przepisał mi jakieś pigułki i szybko doszłam do siebie.

Czy to było to? Obracam tę myśl w głowie. Depresja poporodowa. Zobojętniający, przytłaczający ciężar.

— U mnie to trwało tygodniami — mówię jej. — Nie mogłam… nie byłam w stanie zająć się nią, moim dzieckiem.

Czuję wstyd i łzy napływają mi do oczu.

Jestem jej wdzięczna, że zamiast odpowiedzi sięga po paczkę papierosów i zapala jednego, gdy ja biorę się w garść. Wydmuchuje długą smugę dymu, po czym pyta z namysłem:

— Teraz wyszłaś z domu po raz pierwszy od długiego czasu, tak?

Przełykam ślinę i kiwam głową.

— No cóż — mówi. — Może zaczynasz czuć się trochę lepiej.

— Uśmiecha się do mnie i przez łzy widzę uderzającą przemianę jej twarzy, w wyniku której przez moment wydaje się o wiele młodsza i ładniejsza. — Czasem to przechodzi samo z siebie — ciągnie. — Hormony i w ogóle. — Ruchem głowy wskazuje Mayę. — Ile ma?

A ja niemal wpadam w panikę, uświadamiając sobie, że nie mam zielonego pojęcia.

— Hmm, który jest dzisiaj? — pytam najspokojniej, jak umiem.

— Pierwszy października.

Szybko liczę w myślach.

— Sześć miesięcy — cicho mówię w końcu. — Ma sześć miesięcy.

Tylko jak to możliwe? Jak mogłam stracić tyle tygodni? To by oznaczało, że Heather mieszkała z nami przez ponad cztery miesiące! Jestem zdezorientowana i przestraszona, i w tym momencie Maya zaczyna płakać. Próbuję ją uspokoić, gładząc po plecach, tak jak robi to Heather, ale ona wyje jeszcze głośniej, z buzią wykrzywioną i czerwoną ze złości, a jej płacz szybko przybiera na sile.

— Cii — uciszam ją rozpaczliwie, z sercem ściśniętym z niepokoju. — No już, Maya, proszę, przestań.

Jednak ona płacze jeszcze głośniej.

Monica, zakłopotana, obserwuje mnie przez chwilę.

— Czekaj, daj mi spróbować.

Wtyka papieros w kącik ust i bierze ode mnie Mayę, po czym chodzi z nią po pokoju, uciszając ją i kołysząc, aż mała się uspokaja, a wtedy oddaje mi ją. Nerwowo biorę Mayę, pewna, że zacznie znów płakać, jak tylko ją dotknę.

— Kołysz ją — zachęca mnie Monica. — Chodź z nią po pokoju i przytulaj.

Robię to i jestem zdumiona, gdy Maya znów z zadowoleniem wtula się w moje ramiona. Monica uśmiecha się.

— Widzisz? — mówi. — Dobrze ci idzie.

Patrzę na moją córkę i zadaję sobie pytanie, czy to może być prawdą.

Siadamy i w milczeniu pijemy herbatę, obie obserwujemy Mayę, która znów śpi na moim podołku, a ja zaczynam rozmyślać o Monice, o bliźnie na jej plecach, zamkach i łańcuchach na drzwiach jej mieszkania, o kratach w oknach. Po chwili zapala następnego papierosa.

— Zauważyłam, że masz u siebie przyjaciółkę — mówi. — Widuję ją, jak chodzi z małą na spacery. — Wydmuchuje kolejną smugę dymu. — Opiekowała się tobą, tak?

I coś w jej spojrzeniu, w tonie jej głosu, sugeruje więcej niż zwykłą ciekawość.

Kiwam głową. Na kilka minut zapomniałam o Heather i uświadamiam sobie, że na myśl o niej czuję nagłe przygnębienie.

— To twoja dobra przyjaciółka, tak? — docieka Monica, a ja zastanawiam się, jak odpowiedzieć na to pytanie. — Ja tylko pomyślałam sobie, że to trochę dziwne — ciągnie, nie doczekawszy się mojej odpowiedzi.

— Dziwne?

— Ponieważ poznałam ją, z dawnych czasów. Szczerze mówiąc, byłam trochę zdziwiona, kiedy znów ją zobaczyłam.

— Znasz ją? Skąd?

Nagle przerywa nam głośne pukanie do drzwi. Suka budzi się i zaczyna wściekle ujadać, ukazując dwa rzędy wielkich i błyszczących kłów. Przed oczami staje mi twarz Heather i nagle ogarnia mnie lęk, który znika, gdy spoglądam na Monikę i z zaskoczeniem widzę, że jest blada ze strachu.

— Kto tam? — pyta cicho, spięta.

Znów słychać walenie w drzwi, a potem męski głos.

— Mamo. To my. Znów zablokowałaś zamek.

Gdy podchodzi do drzwi, widzę ulgę na jej twarzy.

Ci wysocy, mówiący basem młodzieńcy wyglądają na zdziwionych, widząc mnie siedzącą przy ich kuchennym stole. Jednak uprzejmie się uśmiechają, kiedy matka mi ich przedstawia, i uderza mnie fakt, jak z bliska różnią się od obrazu, który stworzyłam, patrząc na nich z daleka. Starszy, Ryan, jest wyższy od Moniki i opiekuńczo obejmuje jej ramiona, natomiast jego młodszy brat, Billy, klęka przy suce i czule do niej przemawia, drapiąc ją za uszami. Mam wrażenie, że wypełniają pomieszczenie swoją energią, młodością i męskością, patrząc na mnie wrażliwymi, bystrymi, niebieskimi oczami jak oczy matki.

— Wszystko w porządku, mamo? — pyta Ryan, uważnie ją obserwując. — Jak ci minął dzień?

Ona się uśmiecha.

— Nieźle. Wcześniej byłam na zakupach.

Billy odrywa wzrok od psa i unosi brwi.

— Sama? — Kiedy Monica potwierdza skinieniem głowy, on wygląda na zadowolonego. — Super.

Niechętnie wstaję i opieram Mayę o biodro.

— Chyba lepiej wrócę do siebie — mówię. — Ale dziękuję za herbatę.

Monica uśmiecha się.

— Przyjdź znowu, gdybyś czegoś potrzebowała.

Dopiero kiedy dochodzę do drzwi mojego mieszkania, przypominam sobie, że nie odpowiedziała mi na pytanie. Co miała na myśli, mówiąc, że poznała Heather? Wciąż zastanawiając się nad tym, wyjmuję klucz z kieszeni i otwieram drzwi.

Stojąc w progu mojego mieszkania, spoglądam świeżym okiem na zagracony przedpokój z wytartym chodnikiem pokrytym warstwą częściowo wypełnionych reklamówek i kartonowych pudeł zawierających dobytek Heather. Znów zaczęło padać i półmrok na zewnątrz przeniknął do tych trzech małych pomieszczeń, gdzie jedynym źródłem światła jest migoczący w salonie telewizor, którego blada mglista poświata dociera do korytarza i niesie ze sobą wesołe gaworzenie głosów mówiących z amerykańskim akcentem, brawa i śmiech z taśmy.

Gdy zapalam górne światło, Heather zrywa się z kanapy i tak szybko podchodzi do mnie przez pokój, że mimowolnie cofam się o krok, uderzając barkiem o futrynę. Mierzy mnie palącym wzrokiem, zaciskając i otwierając opuszczone ręce. Mam wrażenie, że zamierza mnie uderzyć, ale zaraz uświadamiam sobie, że rozpaczliwie chce przytulić Mayę, i bez słowa oddaję jej małą.

— Gdzie byłaś? — pyta, już idąc po butelkę z mlekiem tkwiącą w podgrzewaczu na poręczy kanapy, a ja zastanawiam się, jak długo tam tkwiła, czekając na nas.

— Na spacerze.

— Martwiłam się o was — mówi ponuro, sadowiąc się na kanapie z Mayą i butelką.

Siadam na poręczy kanapy.

— Wiem — mówię. — Przepraszam. Powinnam ci była powiedzieć, zostawić kartkę albo coś. — Ona nie odrywa oczu od Mai, która pije łapczywie. — Pomyślałam, że najwyższy czas, żebym wzięła się w garść — mówię jej. — I że może samotny spacer z Mayą dobrze mi zrobi.

— Widziałam, jak wróciłaś wieki temu — mówi. — Obserwowałam cię przez okno.

— Wpadłam na sąsiadkę — mówię jej, a kiedy Heather przeszywa mnie wzrokiem, milknę na moment, po czym dodaję: — Monikę, która mieszka na parterze. Zaprosiła mnie na filiżankę herbaty. — Wzruszam ramionami, słysząc obronny ton mojego głosu. — Maya była zadowolona, więc zostałam tam chwilę.

Mówiąc, czuję na sobie oczy Heather przesuwające się po mojej twarzy, ich zwężone źrenice, jakby raczej oceniała sposób, w jaki to mówię, niż słuchała. Ten brak reakcji jest dziwnie niepokojący, jak wtedy, gdy mówisz do kogoś, kto ma oczy ukryte za ciemnymi szkłami okularów. W końcu milknę i siedzimy spokojnie przed ryczącym telewizorem.

Później, gdy Heather wykąpała Mayę i położyła ją spać, idę do kuchni i zaczynam sprzątać. Gdy kończę, zamykam drzwi, siadam przy stole i myślę o Monice oraz o tym, co powiedziała mi dzisiaj, a także o tym, jak się czułam, gdy na wrzosowisku trzymałam Mayę i patrzyłam jej w oczy, i pieczołowicie zachowuję to wspomnienie.

Na pół przebudzona, wciąż w półśnie walcząca z niechętnie uwalniającymi mnie snami, spoglądam w ciemność. Śniłam o Connorze i wciąż czuję jego zapach, smak i dotyk, jakby mógł sięgnąć przez otchłań czasu i przestrzeni, przez tę cichą ciemną noc, żeby mnie zabrać i bym znów mogła być przy nim. Czuję, jak się zsuwam, zsuwam, jego palce zacieśniają chwyt i przyciągają mnie, gdy płynę do niego. A potem nagle budzę się z mocno bijącym sercem. Coś mnie obudziło. Co to było? Jakiś dźwięk, jakiś ruch w pobliżu, bardzo blisko. Wyciągam rękę, aby podnieść się z materaca, i moje palce nagle, niespodziewanie dotykają czyjegoś ciała. Z krzykiem odsuwam się tak gwałtownie, że o mało nie spadam z łóżka. Gdy w panice rozglądam się wokół, mój wzrok oswaja się z mlecznobiałą księżycową poświatą i widzę, że to Heather siedzi na moim łóżku i patrzy na mnie.

Skręcam się z zażenowania i strachu. Czy ona nie śpi? A może lunatykuje? Nie rusza się, tylko wciąż uważnie mi się przygląda. To takie dziwne, upiorne. Jak długo tak tu siedzi? Kiedy w końcu odzyskuję głos, jest on cichym szeptem.

— Heather?

Ona nagle porusza się, odrobinę pochylając się ku mnie, i w końcu się odzywa.

— Pomożesz mi, prawda, Edie? — mówi. Wytrzeszczam oczy. — Zrobisz to, prawda? — nalega.

Moje serce zamiera, niemal przestaje bić i kiwam głową w ciemności.

— Tak — szepczę.

Ona wciąż nie odrywa ode mnie oczu, a potem, jakby usatysfakcjonowana, również kiwa głową i wstaje, a materac unosi się, uwolniony od jej ciężaru. Patrzę, jak Heather wraca do swojego łóżka, słyszę, jak stęka, opadając na nie, a następnie zapina swój śpiwór. Kilka chwil później jej oddech przechodzi w pochrapywanie.

Kiedy znów się budzę, jasny słoneczny blask wpada przez okna, a Heather kręci się tam i z powrotem, nucąc coś pod nosem, z Mayą przytuloną do piersi. Nic się nie zmieniło. Zerka na mnie i promiennie się uśmiecha, widząc, że ją obserwuję.

— Zaparzę herbatę, dobrze? — to wszystko, co mówi.

Czy to naprawdę się zdarzyło? Moje sny są ostatnio takie realistyczne. Czuję rosnącą niepewność. W końcu to bez sensu: o co mogło jej chodzić. To był sen, nic więcej. Tylko jeden z moich snów.

*

Dziś jest jeden z tych wspaniałych, pogodnych jesiennych dni, gdy nad Londynem rozpościera się bezchmurne błękitne niebo. Jednak Heather stoi plecami do okna, w milczeniu obserwując mnie, gdy ubieram Mayę do wyjścia. Ostatnio zauważyłam, że z każdym mijającym dniem, im bardziej ja czuję się silniejsza i sprawniejsza, tym bardziej Heather wydaje się przygnębiona. Dzisiaj nawet nie chciało jej się wziąć prysznica ani ubrać; tylko apatycznie posmarowała grzankę masłem orzechowym i otarła palce o szlafrok, obserwując, jak kręcę się po pokoju.

Kiedy widzi, jak się zmagam z zatrzaskami kurteczki Mai, podbiega, by pomóc.

— Pozwól mi to zrobić — mówi ochoczo. — Trudno się zapinają.

Jestem zdziwiona moim nagłym przypływem irytacji.

— Nie trzeba — mówię, powstrzymując chęć odepchnięcia jej ręki. — Poradzę sobie.

Później, kiedy jesteśmy z Mayą gotowe, przystaję przy drzwiach, jak zwykle z poczuciem winy.

— Co będziesz dzisiaj robić? — pytam. — Dziś jest naprawdę ładnie.

Wzrusza ramionami.

— Mogłabym pójść z wami — proponuje.

Kiwam głową i marszcząc brwi, zastanawiam się nad tym.

— Tak, mogłabyś, ale spójrz, my już jesteśmy ubrane, a i tak nie będziemy długo, więc raczej wyskoczymy same na momencik. — A kiedy nie odpowiada, nie mogę się powstrzymać, żeby nie dodać: — Ponadto dobrze nam zrobi chwila wytchnienia od siebie, nie sądzisz? Gnieździmy się tak razem w tym maleńkim mieszkanku...

— Lubię spędzać z wami czas — odpowiada Heather, a ja

uśmiecham się, kiwam głową i mamroczę coś, przytakując, po czym w końcu otwieram drzwi. Jednak jeszcze przystaję w progu. — Heather? — mówię.

Podnosi głowę.

— Tak?

— Czy masz mój telefon? — Natychmiast odwraca oczy i nie odpowiada. — Ja tylko się zastanawiałam, gdzie on jest.

Wzrusza ramionami.

— Nie wiem — wykręca się. — Gdzieś go położyłam...

Nagły przypływ irytacji.

— Chciałabym go odzyskać, proszę. Muszę zadzwonić do wuja.

Ona znów kiwa głową i wciąż nie patrzy mi w oczy, lecz widzę jakiś przelotny grymas na jej twarzy, który zatrzymuje mnie w progu.

— Heather? — mówię.

Patrzy na mnie posępnie.

— Tak, w porządku, znajdę go.

A potem w końcu, w nagłej gęstej ciszy, wychodzę.

Nie widziałam Moniki od tamtego dnia, gdy wybrałam się do Blackheath, więc jestem zadowolona, gdy wpadam na nią przed frontowymi drzwiami.

— Jak się masz? — pyta.

— Dobrze — mówię. — Prawdę mówiąc, znacznie lepiej.

Obrzuca mnie jednym z tych swoich szybkich, taksujących spojrzeń.

— To dobrze — mówi. — Dokąd się wybierasz?

Wzruszam ramionami.

— Tylko na krótki spacer. — Krzywię się. — Muszę się przejść.

— Pójdę z tobą — mówi, a mnie przyjemnie to słyszeć.

Od tak dawna nie mam żadnych przyjaciół, że już nie wiem, jak to się robi — jak wykonać ten przeskok, pokazać komuś, że chcesz z nim spędzać czas. Przez chwilę idziemy w milczeniu, Maya wesoło gaworzy w swoim wózeczku, łagodne październikowe słońce grzeje nasze twarze.

— Dlaczego musiałaś wyjść z mieszkania? — pyta Monica.

Zastanawiam się nad odpowiedzią, ale w końcu mówię:

— Trochę tam mało miejsca dla nas trzech.

Ona kiwa głową.

— Taak — mówi. — Założę się, że tak.

I coś w jej głosie przypomina mi o tym, co wcześniej powiedziała o Heather.

— Co miałaś na myśli — pytam ją — w zeszłym tygodniu, kiedy powiedziałaś, że rozpoznałaś moją przyjaciółkę? Gdzie już ją widziałaś?

— Kilka miesięcy temu — mówi, zapalając papierosa — widywałam, jak kręciła się tutaj.

Śmieję się nerwowo.

— Kręciła się? — pytam. — Co masz na myśli? Kiedy?

— Tuż po tym, jak się tu wprowadziłam. — Właśnie dotarłyśmy do bramy parku i idziemy na jego koniec, do ławki pod kasztanowcem. — Mam problem z moim byłym — ciągnie Monica, patrząc przed siebie. — Przeprowadziliśmy się tutaj, żeby się od niego uwolnić. Staram się tego nie robić, ale często spoglądam przez okno, sprawdzając, czy go tam nie ma, szczególnie nocą, gdy nie mogę spać. — Zerka na mnie. — A ona była tam, ta twoja przyjaciółka, przesiadywała na murku naprzeciw naszej kamienicy, czasem o drugiej lub trzeciej rano. — Potrząsa głową, marszcząc brwi. — Raz nawet poszłam z nią porozmawiać, zapytać, czy znaleźć jej jakieś schronisko lub przynajmniej dać coś do jedzenia, ale uciekła. To trwało kilka tygodni. Nie wierzyłam własnym oczom, gdy zobaczyłam, jak kilka miesięcy później wchodzi i wychodzi z naszej kamienicy z twoim wózkiem.

Gdy Monica to mówi, zimny dreszcz przechodzi mi po plecach. Kiedy to było? Wracam myślami do chwili, gdy Heather po raz pierwszy stanęła w moich drzwiach. Czy to było po tym, jak zaczęła... co robić? Obserwować mnie? Śledzić? Czy może trwało to dłużej? Skręcam się z niepokoju i niepewności. Myślę o tym, jak czasem, gdy przyłapuję Heather na tym, że się na mnie gapi, przez moment widzę w jej oczach błyskawicznie znikający chłód. Potem powraca ten jej zwykły nieodłączny uśmiech, spojrzenie umyka jak mysz do dziury i wszystko znów wraca do normy. Uświadamiam sobie, że Monica obserwuje mnie, czekając na odpowiedź, ale nie mam pojęcia, co jej rzec.

Po długiej chwili taktownie odwraca wzrok.

— No cóż, to nie moja sprawa. Jestem pewna, że istnieje jakieś wyjaśnienie tego wszystkiego.

Przez jakiś czas siedzimy w parku na ławce, grzejąc się w słońcu. Wyjmuję Mayę z wózeczka i kładę na trawie przy stercie kasztanów zapewne pozostawionych przez jakieś dziecko. Czerwone i pomarańczowe liście spadają wokół, dolatuje do nas zapach ognisk z odległych o kilka przecznic posesji i cichy szum ulicznego ruchu, warkot autobusów, ryk klaksonów i wycie syren unoszący się z gąszczu miejskich ulic biegnących daleko w dole. Maya sięga po kasztan, ogląda go i zanosi się perlistym śmiechem.

Kiedy opuszczamy park, wpadamy na mężczyznę, od którego przed kilkoma miesiącami kupiłam łóżeczko.

— Cześć! — mówi z takim entuzjazmem, że muszę zerknąć przez ramię, sprawdzając, czy nie wita tak kogoś innego.

— James — mówi z szerokim uśmiechem. — To ja sprzedałem pani, hmm...

— Pamiętam. — Kiwam głową, usiłując nie myśleć o tym, w jakim stanie byłam, kiedy ostatnio się widzieliśmy. — Jak leci?

Zwracam się do Moniki:

— James sprzedał mi łóżeczko dla Mai.

W jej oczach widzę błysk rozbawienia, gdy wita się z nim. Zapada krótka, niezręczna cisza.

— Cóż, miło było znów pana spotkać — mówię.

— Właśnie idę do pracy — wyjaśnia mi, gdy już mamy pójść dalej.

— Och — mówię i ponieważ nie mam pojęcia, co robić, staję i kiwam głową. Zdaję sobie sprawę z tego, że Monica mi się przygląda, i czuję, że się czerwienię, chociaż nie mam pojęcia dlaczego. — W porządku, zatem miłego dnia.

Jednak on nie rusza się z miejsca.

— Prowadzę wieczorowe zajęcia w Goldsmiths. Ze sztuk pięknych. — Kiedy nic nie mówię, zerka na Monikę i dodaje: — To... hmm... uniwersytet przy tej ulicy.

— Taak — mówię. — Wiemy.

Kątem oka widzę unoszące się kąciki ust Moniki.

— W przyszłym tygodniu moi studenci urządzają wystawę swoich prac — ciągnie pospiesznie James. — Mogłabyś przyjść, jeśli chcesz.

— Ja?

Śmieje się.

— To zazwyczaj miły wieczór. Kilka kieliszków gównianego wina na wystawie, a później mała impreza w pubie.

— Mogłabym popilnować małej — mówi Monica i uśmiecha się kpiąco, gdy przeszywam ją wzrokiem nad ramieniem Jamesa.

— No cóż. — James szuka w torbie długopisu, po czym pisze coś na kartce papieru. — Tu jest mój numer. Jeśli chcesz przyjść w przyszły wtorek, to zadzwoń.

Biorę kartkę.

— Dobrze. W porządku. Dzięki.

Monice ledwie udaje się powstrzymać śmiech, dopóki on nie znajdzie się poza zasięgiem głosu.

— Fajny facet. Zrobiłaś na nim ogromne wrażenie.

Potrząsam głową, zmieszana.

— Na nim? Nie bądź niemądra.

Trąca mnie łokciem.

— Nie wciskaj mi kitu.

Ma miły śmiech i mimo woli odpowiadam jej uśmiechem.

— No cóż, i tak nie jest w moim typie — mówię.

Spogląda na mnie ze zdziwieniem.

— Był całkiem w porządku. Uważam, że nawet wyjątkowo.

— Wyjątkowo? — powtarzam, też się śmiejąc.

Przechodzimy kawałek drogi, zanim łagodnie pyta mnie:

— Jaki więc jest twój typ faceta?

Wzruszam ramionami. Staje mi przed oczami twarz Heriego, a potem kilku mężczyzn, z którymi przezornie nie związałam się w ciągu minionych lat. Tak naprawdę po Connorze nie było nikogo i kiedy o nim myślę, o jego zielonych oczach, ustach, to widzę go tak wyraźnie, tak dokładnie przypominam sobie, jak pachniał, jak go całowałam, ten przemożny, pochłaniający wszystko pociąg, jaki do niego czułam, że aż drżę. Nigdy więcej nie chcę czuć czegoś takiego do nikogo.

— Żaden — mówię. — Nie mam żadnego.

Zdaję sobie sprawę, że Monica przygląda mi się, ale unikam jej wzroku i żartobliwy nastrój pryska. Idziemy dalej w milczeniu.

Kiedy dochodzimy do naszej ulicy, pyta delikatnie:

— Dlaczego nie pójdziesz na tę wystawę? Może będzie fajnie? Dobrze ci zrobi taki wypad, nawet jeśli tylko… — naśladuje nieco wytworny akcent Jamesa — na kieliszek gównianego wina.

Uśmiecham się.

— Może — mówię.

— Naprawdę mogę popilnować dziecka.

— No, przecież jest Heather — odpowiadam.

— No tak — mówi, odwracając oczy. — To prawda, jest Heather.

Żegnamy się i stoję jeszcze przez chwilę na korytarzu, patrząc na zamknięte drzwi jej mieszkania i rozważając, co powiedziała wcześniej — że widywała Heather przed naszą kamienicą kilka miesięcy temu. To nie ma sensu, i idąc po schodach na górę do mojego mieszkania, czuję rosnący niepokój.

Przedtem

Spoglądam na zadanie domowe z matematyki, nie mogąc się skupić, raz po raz wracając myślami do tego dziwnego widoku mojej matki szybko idącej ścieżką holowniczą godzinę temu. Dom jest opustoszały i cichy; ojciec wróci dopiero za kilka godzin. Gryząc długopis, przewracam kartkę, próbując się skoncentrować. Czy było coś skrytego w sposobie, w jaki się poruszała — w jej szybkim kroku, w głowie pochylonej, jakby nie chciała być rozpoznana — czy może tylko to sobie wyobraziłam? Moja matka nigdy nie robiła niczego niewłaściwego. Wszystko robiła należycie i poprawnie — nigdy nie popełniała błędów. Ułamki i tablice statystyczne rozmywają mi się w oczach i w końcu odkładam podręcznik, schodzę na dół i oglądam telewizję.

Parę godzin później, kiedy robię sobie w kuchni kanapkę, otwierają się frontowe drzwi i pojawia się mama. Instynktownie odsuwam na bok słoik z masłem orzechowym, ale za późno, bo już go zauważyła i marszczy brwi.

— Heather, zdajesz sobie sprawę, jakie to tuczące, prawda? — Odkłada torebkę i napełnia czajnik. — Jak było w szkole? — raźnie pyta.

— W porządku — mówię, wdzięczna, że w końcu znów się do mnie odzywa.

— Mam nadzieję, że trzymałaś się z daleka od Edie?

Niemo kiwam głową.

— Dobrze. — Krząta się, robiąc sobie herbatę. — Zapewne musisz odrobić zadania domowe albo pouczyć się czegoś.

Patrzę, jak odwraca się do lodówki, i nagle budzi się we mnie gniew. *Mam szesnaście lat. Mogę się zadawać, z kim chcę, do cholery!* Kiedy nie ruszam się z miejsca, ogląda się na mnie, unosząc brwi.

— No?

Kiwam głową i ruszam w kierunku drzwi, lecz w ostatniej chwili odwracam się.

— Mamo? — mówię.

— Tak?

Nie podnoszę głosu.

— Jak było dziś we Wrexham? Na zbiórce funduszy?

Mruga oczami i odpowiada z lekkim wahaniem:

— Było dobrze, Heather. Dziękuję, że pytasz. Myślę, że sporo zebraliśmy.

Nasze spojrzenia spotykają się, ale to ona pierwsza odwraca oczy. Kłamie, co uświadamiam sobie ze zdumieniem. Stoję tam jeszcze chwilę, zanim odwracam się i idę na górę do mojego pokoju.

Przez kilka następnych dni nie widuję Edie, oprócz jednego razu, gdy szła w oddali z Alice i Vicky w kierunku wydziału sztuk pięknych. Zastanawiam się, czy nie pobiec za nią, ale w końcu zostaję tam, gdzie jestem, obserwując je, dopóki nie znikną mi z oczu. Po boisku niesie się dźwięk szkolnego dzwonka, zanim decyduję się ruszyć. Jest czwartek, gdy znowu ją widzę, wychodząc ze szkoły, stoi przed bramą i pali papierosa. Spogląda na mnie z roztargnieniem, po czym jej twarz rozpromienia się w uśmiechu.

— Och, cześć — mówi. Wygląda okropnie: blada i brudna, w ciuchach pomiętych, jakby w nich spała. — Gdzie idziesz?

— Chyba do domu.

Pstryknięciem odrzuca papierosa.

— Pójdę z tobą.

— Nie masz zajęć?

— Taak, mam, ale… — wzrusza ramionami. — No wiesz, pieprzyć je.

Kiedy wychodzimy na pustą przestrzeń za starą mleczarnią przy Tyner's Cross, przystajemy i siadamy na resztkach ściany jednej z przybudówek. Z początku obie się nie odzywamy. Wilgotny jesienny wiatr gładzi wysoką trawę, a niebo jest gęsto zasnute i szare niczym wypluta guma do żucia. Gdzieś za nami słychać monotonny szum autostrady. Spoglądam wokół, na napisy namalowane sprayem na cegłach, sterty śmieci na popękanej cementowej posadzce. Zauważam leżącą pod moimi nogami brudną strzykawkę i pospiesznie odrzucam ją kopniakiem.

— Wszystko u ciebie w porządku? — pytam.

Kiwa głową i przesuwa dłoń po twarzy.

— Taak. Jestem tylko zmęczona. — Spogląda w kierunku Pembroke Estate, a ja wyczuwam w jej milczeniu jakiś smutek i niepokój. Zastanawiam się, czy wciąż jest zła z powodu tego, co się zdarzyło na rynku. A potem, niespodziewanie, obraca się do mnie z uśmiechem. — A co ty porabiałaś? — pyta.

Zastanawiam się, czy powiedzieć jej o atmosferze w moim domu, o tym, jak mama i tato całymi dniami nie odzywają się do siebie. O tym, jak dziś w nocy poszłam o drugiej do łazienki i widziałam światło w szparze pod drzwiami gabinetu ojca, słyszałam poskrzypywanie jego fotela. Zanim jednak zdążę coś powiedzieć, ona podnosi dłoń do szyi.

— Zgubiłam łańcuszek — mówi. — Z tym małym złotym wisiorkiem.

— Och nie!

Pamiętam, że miała go na sobie, kiedy się poznałyśmy, był taki ładny.

— Tak. Był od mojej babci, ona mi go dała. Szukałam wszędzie, ale zniknął. — Wzdycha i z przygnębieniem gryzie paznokieć kciuka, po czym rozpromienia się. — Ta cała Vicky urządza w sobotę prywatkę — mówi mi. — Jej rodzice są na wakacjach, więc ma cały dom dla siebie.

Kiwam głową.

— To dobrze.

— Chciałabyś pójść?

Patrzę na nią ze zdumieniem.

— Nie zechcą mnie tam widzieć.

— A kogo to obchodzi? Ja przyprowadzę Connora i paru jego kumpli. Niewiele będzie mogła zrobić, gdy już tam będziemy. No już, będzie fajna zabawa.

— Nie wiem. Moi rodzice…

Głośno wypuszcza powietrze.

— Och, na litość boską, Heather! Nie masz tego dość? Traktują cię, jakbyś miała sześć lat!

Jestem zaskoczona siłą jej irytacji. Myślę o mamie, tacie i o sobie, o wszystkich tych niewypowiedzianych rzeczach, o skrywanych tajemnicach. I uświadamiam sobie, że Edie ma rację. Pomimo tylu zegarów w naszym domu, czas nie zmienia się dla nikogo z nas; wszyscy tkwimy w tamtym dniu przed dziesięcioma laty, nie mogąc lub nie chcąc pozostawić go za sobą. Dla moich rodziców i może nawet dla mnie samej jestem — tak jak mówi Edie — wciąż tym dzieckiem, którym byłam w dniu, gdy straciliśmy Lydię. Usiłuję coś powiedzieć, ale gardło mam ściśnięte nagłym poczuciem winy.

Ona zbiera swoje rzeczy.

— W każdym razie decyzja należy do ciebie. Jeśli zechcesz

iść, to ja i Connor najpierw spotkamy się z jego kumplami na rynku. Jeśli nie, to pewnie zobaczymy się w szkole.

Z rosnącym przygnębieniem i rozpaczą patrzę, jak odchodzi, maszerując przez wysoką trawę.

Naszyjnik, który znajduję u jubilera we Wrexham w sobotę rano, nie jest tak ładny jak ten, który Edie zgubiła, lecz pomimo to jestem zadowolona z siebie, gdy za niego płacę. Wychodzę z zakupem tkwiącym w aksamitnym puzderku, wsiadam na rower i rozpoczynam długą jazdę z powrotem do domu. Mam nadzieję, że się jej spodoba. Myślę o chwili, kiedy go jej dam, i wyobrażam sobie jej minę, jej zaskoczenie i zadowolenie.

Później tego dnia, przy lunchu, gdy wszyscy troje siedzimy przy kuchennym stole — mama rozmawiająca tylko ze mną, ojciec w jednym ze swych dziwnych, roztargnionych nastrojów, czytający gazetę — nabieram tchu i mówię:

— Chciałabym wyjść wieczorem.

Potem odkładam widelec i wstrzymuję oddech.

Matka patrzy na mnie, marszcząc brwi:

— Dokąd?

Waham się, nie patrząc jej w oczy.

— Na prywatkę.

Ona kręci głową.

— Raczej nie.

Zaczynam coś mówić, ale ojciec budzi się.

— Myślę, że po tym, co się zdarzyło w galerii handlowej…

— Przecież to nawet nie ja wzięłam tę cholerną sukienkę!

Po moim wybuchu zapada krótka cisza. Matka przeszywa mnie wzrokiem, z czerwoną od gniewu twarzą.

— Poza tym to nie jest prywatka u Edie — dodaję ponuro, dziobiąc widelcem ziemniak. — U kogoś innego. Kogoś ze szkoły.

Jednak wiem, że zostałam pokonana. Matka wstaje i zaczyna zbierać naczynia ze stołu.

Dochodzi dziesiąta wieczór, zanim wymykam się z domu. Odczekuję, aż ojciec pójdzie na górę do swojego gabinetu, a matka zacznie oglądać *Morderstwa w Midsomer*, po czym wołam „dobranoc", głośno tupiąc, idę do mojego pokoju, po czym gaszę światło i czekam. Dziesięć minut później na palcach schodzę na dół, ostrożnie otwieram zamek tylnych drzwi i wymykam się w noc. Serce wali mi jak młotem, ale bardziej z podniecenia niż ze strachu — uzmysławiam sobie, że nie obchodzi mnie, czy rodzice odkryją moją nieobecność, czy nie — i spiesznie odchodzę, oddalając się od nich, do Edie.

Noc jest zimna i jasna, więc zapinam płaszcz i idę pustymi, cichymi ulicami, mijając ciemne pokoje od frontu, w których nieznajomi ludzie siedzą nieruchomo na kanapach, z twarzami migoczącymi w upiornym niebieskawym blasku telewizorów. Nawet główna ulica jest wyludniona i cicha. Nigdy nie byłam tak późno poza domem sama i czuję się beztroska, wolna i zuchwała. Sięgam do kieszeni i znajduję tkwiący w niej naszyjnik, gładząc palcami błyszczący złoty papier, w który tak starannie go zapakowałam.

I nagle, jak za dotknięciem czarodziejskiej różdżki, gdy wychodzę zza rogu na plac, świat znów jest pełen ludzi. Staję na uboczu, zaskoczona tym nieoczekiwanym widokiem. Na środku przy pomniku grupki młodzieży stoją lub siedzą na ławkach, ich twarze pojawiają się w kręgach światła rzucanego przez latarnie i znikają, a chmury papierosowego dymu unoszą się w ich żółtym blasku. Dziewczęcy śmiech głośno dźwięczy w zimnym powietrzu nocy, a gdzieś za moimi plecami rozbija się butelka i jakiś chłopak krzyczy: „Ty palancie!", przy chórze okrzyków i drwin. Z zaparkowanego samochodu dochodzi rytmiczny łomot muzyki. Niepewnie podchodzę bliżej, szukając w tym tłumie Edie.

— Heather!

Jest tam, wyłania się z grupki ludzi stojących przed pubem na rogu. Uśmiecham się i macham do niej, czując ogromną ulgę, gdy do mnie biegnie.

— Przyszłaś!

Dobiega i obejmuje mnie, potykając się tak, że o mało obie nie lądujemy na ziemi. Śmieje się i całuje mnie, w ostatniej chwili obracając twarz, dotykając moich warg swoimi, lepkimi od błyszczyku. Jest mocno pijana i kiedy podaje mi butelkę bacardi, którą trzyma w ręku, pociągam spory łyk, a potem drugi, nie zważając na jego smak, od którego chce mi się rzygać.

— Ooo! — woła śpiewnie. — Heather się wkurzyyyyła!

— Edie! Idziesz czy nie? — woła nas szorstko i nieprzyjaźnie Connor z drugiej strony placu i dopiero teraz dostrzegam go w tej grupie, z której wybiegła.

Edie bierze mnie za rękę i ciągnie za sobą, i nagle nic innego nie jest już ważne, nic poza tym, że jestem tu z nią. Kiedy docieramy do niego, uwalnia moje palce, które mrowią mnie z braku jej ciepła, gdy stoję tam, pomiędzy nimi wszystkimi, groźnie wyglądającymi obcymi, którzy zerkają na mnie i szybko odwracają oczy. Myślę o moim cichym, ciepłym pokoju, moich niczego niepodejrzewających rodzicach mocno śpiących i budzą się we mnie wątpliwości. W tym momencie Connor krzyczy coś i instynktownie się odsuwam, gdy dopada jakiegoś chłopaka stojącego tuż za mną, tak agresywnie ściskając jego szyję, że przeszywa mnie dreszcz strachu, dopóki nie zobaczę, że obaj się śmieją — więc to tylko taki żart. Nagle zauważam Liama, chłopaka, którego już kiedyś spotkałam, stojącego trochę dalej, ale rozmawia z Królikiem, współlokatorem Connora, więc pospiesznie odwracam wzrok.

Edie wpycha się teraz między nich, biorąc Connora za rękę.

— Hej, już wróciłam, tęskniłeś za mną?

Uderza mnie jej zbyt głośny śmiech, który wydaje się trochę wymuszony i rozpaczliwy, więc patrzę na nią ze zdziwieniem. On spogląda na nią i niemal niedostrzegalnie odpycha, a ja widzę, jak jej promienny uśmiech gaśnie, zaledwie na moment, a jego miejsce zajmuje smutny grymas, zanim znów uśmiechnie się i obróci do mnie.

— Heather! Heather! — woła. — Chodź tutaj!

Niechętnie podchodzę do nich.

— Hej, to jest Heather! — mówi do pozostałych. — To moja przyjaciółka Heather! Lepiej bądźcie dla niej mili, dobrze?

Przysuwa się do mnie i gdy wszyscy odwracają się i patrzą na nas, zdaję sobie sprawę z tego, jak pospolicie musi wyglądać moja twarz przy jej twarzy, jak pięknie ona wygląda w porównaniu ze mną, i przez głowę przelatuje mi myśl, znikając, niemal zanim się pojawiła, że może właśnie tego chciała — ale natychmiast odrzucam ten pomysł.

— Idziemy czy nie? — mówi Connor.

Ona obejmuje mnie i ruszamy ulicą, chłopcy za nami, a ona chwiejnie ze mną, obijając się o mnie.

— Kurwa, jestem uchlana — mówi. — Jestem cholernie uchlana.

— Wymknęłam się z domu — mówię jej dumnie. — Moi rodzice nawet nie wiedzą, że tu jestem! Myślą, że śpię w swoim łóżku!

Uśmiecham się do niej wyczekująco, lecz ona jakby tego nie słyszała i przez chwilę idziemy w milczeniu.

— Myślisz, że on mnie kocha, Heather? — pyta nagle. — Connor? Myślisz, że mnie kocha?

Spoglądam na nią zaskoczona, próbując znaleźć właściwą odpowiedź.

— Oczywiście, że tak — mówię w końcu. — Chciałam powiedzieć, że owszem, na pewno cię kocha.

— Bo ja kocham go tak mocno, tak kurewsko mocno — mówi z nagłym zapałem.

— Ja... — zaczynam.

Jednak w następnej chwili ona znów się śmieje i złapawszy mnie za rękę, woła „Chodź!", po czym rzuca się biegiem, ciągnąc mnie za sobą.

Dom Vicky stoi na końcu cichego zaułka i przez chwilę stoimy na zewnątrz, słuchając dochodzących z niego wybuchów śmiechu i dudniącej muzyki, a Edie zagląda przez okno do środka. Alice otwiera drzwi i piszczy z emocji, nadzwyczaj uradowana widokiem Edie, zanim przenosi spojrzenie na mnie i stojących za nią siedmiu chłopaków.

— To mój chłopak, Connor — mówi Edie pospiesznie, wypychając go przed siebie. — Mówiłaś, że nie ma sprawy, mogę go przyprowadzić.

Alice lekko się rumieni na jego widok.

— Tak, tak, oczywiście — mówi oszołomiona i odsuwa się, wpuszczając nas.

Przechodzimy wąskim korytarzem do kuchni, mijając zatłoczony salon, i uświadamiam sobie, że jestem pijana: duszna i gorąca atmosfera tego domu nieprzyjemnie wzmacnia działanie rumu, który wypiłam po drodze. W kuchni zastajemy Vicky chichoczącą z grupką chłopców, którzy piją wódkę, z trzaskiem odstawiając kieliszki na stół i głośno się zachęcając do następnej kolejki. Jej uśmiech przygasa, gdy wszyscy wchodzimy, i widzę, jak wymienia spojrzenia z Alice, która niepewnie stoi w drzwiach za nami. W tym momencie wydają się bardzo młode, a ich pijący wódkę przyjaciele są jak małe dzieci w porównaniu z Connorem i jego kumplami.

Nikt nic nie mówi, dopóki Connor nie podejdzie do nich i klepnie jednego z chłopców po plecach tak mocno, że ten się chwieje.

— Masz trochę tego i dla mnie, koleś? — pyta, po czym wyjmuje z jego rąk butelkę wódki i odchodzi z nią.

Chłopak wzrusza ramionami i kiwa głową, nerwowo zerkając na swoich kolegów. W tym momencie Królik otwiera lodówkę i wyjmuje czteropak piwa. Widzę, jak Vicky otwiera usta, żeby coś powiedzieć, po czym spogląda na Alice i zamyka je. Zafascynowana, obserwuję dziewczyny, nagle takie onieśmielone i stropione.

Edie łapie mnie za ramię.

— Chodź — mówi. — Pójdziemy zatańczyć.

Idę za nią korytarzem, a frontowymi drzwiami wchodzą następni goście, wpuszczając do środka falę zimnego powietrza i głośnych rozmów. Edie bierze mnie za rękę i ciągnie za sobą do salonu pełnego ludzi podskakujących w rytm dudniącej z głośników muzyki, w powietrzu gęstym od dymu. Bierze z regału prawie pełną butelkę wina i unosząc ją w górę, uśmiecha się, po czym wypija trochę i podaje mi ją, a następnie wpycha się w tłum tańczących.

Przez chwilę stoję, patrzę, jak tańczy, i jestem pełna podziwu. Nigdy nie umiałabym się tak poruszać — nawet nie wiedziałabym, jak zacząć. Machinalnie ściskam butelkę wina, jest mi za gorąco w płaszczu, którego nie chcę zdjąć, żeby nie zgubić prezentu dla Edie, i wciąż potrącają mnie ludzie przeciskający się obok mnie do pokoju. W końcu chwiejnie docieram do kanapy, opadam na nią z ulgą i pociągam łyk za łykiem wina, żeby coś robić. Czas rozmywa się i płynie, leci utwór za utworem, a Edie wciąż tańczy. Czuję się okropnie pijana, mam ciężkie powieki, kręci mi się w głowie i mam mdłości. Nagle jakiś bardzo pijany chłopak siada przy mnie i zaczyna mi coś krzyczeć do ucha. Usiłuję skupić się na jego słowach, ale muzyka jest zbyt głośna i czuję się tak, jakbym miała zwymiotować. Chwiejnie wstaję i próbuję odszukać wzrokiem Edie, ale znikła.

Na korytarzu chwytam się poręczy i zaczynam wlec się po schodach na górę, przedzierając się przez ludzi siedzących na prawie każdym stopniu, chcąc tylko znaleźć Edie i zrobić coś, żeby powstrzymać nudności. Kiedy w końcu docieram do łazienki i stwierdzam, że jest zamknięta, otwieram drzwi do jednego z pokoi, mając nadzieję, że będę mogła gdzieś posiedzieć, aż wytrzeźwieję. Jednak w środku wita mnie scena, na widok której staję jak wryta. Edie siedzi na łóżku, z głową pochyloną nad nocnym stolikiem, a Connor i Królik stoją za nią, obserwując ją w milczeniu. Gwałtownie się odwracają, kiedy wchodzę.

— Edie? — mówię, zmieszana.

A potem podchodzę bliżej i widzę trzy kreski białego proszku. Patrzę ze zdumieniem, jak Edie przytyka do nosa zrolowany banknot i mocno pociąga nosem, a potem prostuje się i patrzy na mnie szeroko otwartymi i jasnymi oczami, zarumieniona.

— Cześć, Heather — mówi.

Jestem w stanie tylko na nią patrzeć, zszokowana.

— Zobaczymy się później, skarbie — mówi do Connora, oddając mu banknot, po czym wstaje, mija mnie i wychodzi na korytarz.

Po chwili zaskoczenia idę za nią.

— Edie! — syczę, łapiąc ją za ramię. — Czy to... czy ty... ćpasz?

Gapię się na nią z niedowierzaniem.

Ona się śmieje.

— Spoko, Heather. To tylko szczypta koki. Wszyscy to robią.

— Wzrusza ramionami i zaczyna iść schodami na dół, a ja wlokę się za nią.

Kładę dłoń na jej ramieniu, żeby ją zatrzymać.

— Edie!

Ona jednak odsuwa się.

— Jezu, Heather, naprawdę musisz się wyluzować. To prywatka, na litość boską.

Patrzę, jak znika w salonie. Chcę iść do domu. Oszołomiona zachodzę do kuchni, przeciskając się przez gwarny tłum do zlewu. Wśród brudnych szklanic z piwem i niedopałków papierosów znajduję pustą szklaneczkę i napełniam ją zimną wodą, którą wypijam, po czym przyciskam zimne szkło do czoła. Otępiała, wyjmuję z kieszeni pakiecik z prezentem. Papier zmiął się i wygląda nieładnie. Nawet nie miałam okazji, żeby go jej dać. Wzbiera we mnie rozczarowanie. Dopiero po chwili zauważam Vicky i Alice z ożywieniem rozmawiające ze sobą tuż obok.

— Co, do diabła, mam zrobić? — mówi Vicky. — Rodzice mnie, kurwa, zabiją! Sąsiedzi lada chwila wezwą policję. Prosiłam ludzi, żeby sobie poszli, ale nie słuchają. — Alice obejmuje się rękami, a Vicky opiera głowę o jej ramię. — To koszmar — jęczy. — Co ja mam robić?

Nagle Alice podnosi głowę i zauważa, że na nie patrzę.

— Czego, kurwa, chcesz? — warczy.

Vicky odwraca się, ocierając łzy.

— Właśnie, Heather. A w ogóle co ty tu robisz?

— Edie mnie zaprosiła — mamroczę.

Krzywi twarz w szyderczym grymasie.

— Taa, a ja cię wypraszam, więc wypierdalaj stąd!

Patrzę na nią, czując, że ogarnia mnie pijackie znużenie. W tym momencie ona spogląda na moją dłoń, w której wciąż trzymam pakiecik z prezentem dla Edie.

— Aaa — mówi drwiąco. — Przyniosłaś mi prezent? Patrz,

Alice, Heather przyniosła mi prezent! — Zanim zdążę zareago-
wać, wyrywa mi go z ręki i teraz ze śmiechem, mówi: — No cóż,
zobaczmy!

Budzi się we mnie gniew.

— Oddaj to — mówię.

Jednak ludzie zaczynają na nas patrzeć i Vicky cieszy to za-
interesowanie.

— Nie ma mowy!

Rzucam się na nią, żeby odebrać jej paczuszkę, ale wpadam
na stół.

— Uważaj — mówi Vicky — pierdolona krowo.

Teraz już wszyscy się gapią i słychać śmiechy.

— Oddaj to! — krzyczę, ponownie próbując go złapać, ale
ona rzuca prezent Alice, która łapie go i trzyma nad głową, za-
nosząc się perlistym śmiechem.

— Chodź i weź go sobie!

Wściekłość pojawia się nie wiadomo skąd i spowija mnie,
opróżniając umysł z wszelkich myśli poza potrzebą odzyskania
prezentu Edie. Doskakuję, łapię Alice za przegub i odginam jej
palce, wyłuskując z nich pakiecik. Nie wiem, co robię ani z jaką
siłą, dopóki nie zaczyna wrzeszczeć. Wokół robi się cicho. Alice
ściska swoją dłoń, a jej twarz wykrzywia ból.

— Jezu, mój palec! — wrzeszczy. — Mój pierdolony palec!

Rozdziawiam usta.

— Ja… ja nie…

— Złamałaś go, kurwa! Co ci odbiło? — Z jej twarzy odpły-
nęła krew.

Vicky, która patrzyła na nas z otwartymi ustami, podrywa
się do działania.

— Wypierdalaj z mojego domu!

Wciąż oniemiała spoglądam na Alice.

— Przepraszam — mówię. — Tak mi przykro… ja nie…

Ale Vicky wypycha mnie na korytarz.

— Spadaj. Już.

Prowadzi mnie korytarzem, wbijając palce w moje ramię, po czym otwiera drzwi, wypycha mnie na ulicę i zatrzaskuje drzwi za mną.

Potem

Po powrocie z parku ze zdziwieniem zastaję puste mieszkanie. Przez długą chwilę stoję w korytarzu, nasłuchując ciszy. Jestem tak przyzwyczajona do stałej obecności Heather, że z początku nie mogę w to uwierzyć, w każdej chwili spodziewając się usłyszeć jej znajome kroki na schodach. Jednak gdy mijają minuty, a ona wciąż nie wraca, siadam z Mayą i karmię ją z butelki, czując, jak z ramion natychmiast spada mi ciężar, którego ledwie byłam świadoma.

Maya obserwuje mnie, pijąc i zaciskając paluszki na moim przegubie. Spoglądam na nią, na mnóstwo gęstych czarnych włosków, które skręciły się w lśniące kędziorki, na ogromne ciemne oczy — Heriego. Tyle muszę nadrobić, mam wrażenie, że straciłam tak wiele godzin, dni i tygodni jej życia i teraz nie mogę oderwać od niej oczu. W najgorszych chwilach minionych miesięcy najbardziej przerażała mnie myśl, że Maya jest tylko nową wersją mojej osoby, kumulacją wszystkiego, co we mnie niedobre. Teraz jednak widzę, że jest po prostu sobą, całkiem inną osobą, i to właśnie świadomość tego faktu w końcu otworzyła coś we mnie.

Później, gdy ranek niepostrzeżenie przeszedł w popołudnie i położyłam Mayę do łóżeczka, żeby się przespała, a Heather nadal nie wróciła, przez chwilę z roztargnieniem oglądam telewizję, zanim łapię się na tym, że myślę o wuju Geoffie. Mam poczucie winy: zbyt zaprzątnięta swoim cierpieniem i otępieniem, żeby zająć się czymkolwiek innym, prawie nie myślałam o nim przez tych kilka tygodni, od kiedy Heather go spławiła. On jednak też od tamtej pory nie próbował się ze mną skontaktować, co nagle wydaje mi się trochę dziwne — żadnych telefonów, kolejnych wizyt czy SMS-ów. Obrażanie się i dąsanie jest do niego niepodobne, więc dlaczego się nie odzywa?

Wstaję i zaczynam szukać mojej komórki. Zaglądam do każdej szuflady i szafki, torby i kieszeni, ale jej nie znajduję. Następnie, z rosnącą irytacją, zaczynam przetrząsać rzeczy Heather. W końcu znajduję ją, wyłączoną, owiniętą w sweter i wepchniętą na samo dno jednej z jej toreb, pod krzyżówkami i kompaktami.

Gdy ją włączam, znajduję niezliczoną ilość nieodebranych połączeń i mnóstwo wiadomości tekstowych od wuja, wysłanych w ciągu ostatnich sześciu tygodni: *Czy wszystko u ciebie w porządku?, Wiesz, kochana, martwię się o ciebie* oraz *Proszę, przekręć do mnie i zawiadom, czy wszystko w porządku.* Na niektóre z nich Heather odpowiedziała. *Cześć, jestem zdrowa, tylko bardzo zajęta. Edie.* Albo: *Przepraszam, że nie odebrałam, będziemy w kontakcie, E.* Ze zdumienia opada mi szczęka.

Potem odsłuchuję pocztę głosową i ze ściśniętym sercem słyszę ból w głosie wuja. *Wiem, że twoja przyjaciółka powiedziała, że nie chcesz żadnych gości, ale martwię się o ciebie. Czy wszystko w porządku?* I po chwili milczenia dodaje: *Wiesz, że jeśli potrzebujesz pomocy, to zawsze możesz na mnie liczyć, prawda, kochana Edie?* I następna, świeższa wiadomość, w której mówi ostrożnie i napiętym głosem: *Czy dostałaś mój list, kochana? Słuchaj, nie będę cię więcej niepokoił, ale chciałem tylko sprawdzić czy...* Milknie i wzdycha z rezygnacją. *No cóż. Miło było pogadać.* Znów milczy przez chwilę, a potem odkłada słuchawkę. Wyraźnie czuję, że jest zaskoczony i zraniony.

Jaki list? Mam zamęt w głowie. Dlaczego Heather nic mi nie powiedziała? Dlaczego wysyłała mu SMS-y, podszywając się pode mnie? Czuję gniew i przypominam sobie, jak wtedy, we Fremton, już raz mnie okłamała i oszukała. Jak śmiała, do cholery? Natychmiast wystukuję numer Geoffa, ale choć telefon długo dzwoni, wuj nie odbiera. Krążę po pokoju. A w ogóle, gdzie podziewa się Heather? Przypominają mi się słowa wypowiedziane tego ranka przez Monikę: *przesiadywała na murku naprzeciw naszej kamienicy, czasem o drugiej lub trzeciej rano...*

Patrzę na pudła z gratami Heather, na jej ubrania wiszące na oparciach krzeseł, w nagle wyraźnie wyczuwalnym zapachu smażonej cebuli. Spoglądam w dół i z lekkim obrzydzeniem dostrzegam na moim swetrze kilka pasemek jasnych włosów — obojętnie, ile ich ostatnio zdejmę, zawsze pojawiają się nowe. Zerkając na mocno śpiącą Mayę, wzdycham, idę do łazienki i biorę kąpiel.

Kiedyś sprawiało mi to przyjemność, zanim zjawiła się Maya i Heather; lubiłam długie kąpiele w środku dnia, kiedy nie miałam zmiany w restauracji. Włączam radio i zanurzam się w wodzie, zamykając oczy w obłoku pary, pozwalam myślom dryfować z muzyką, na chwilę zapominając o Heather i wuju. Zamiast o nich, myślę o Monice, o jej uśmiechu, gdy kpiła ze mnie dziś w parku. Leniwie marzę o tym, by lepiej ją poznać, wyobrażając sobie, że zapraszam ją niezobowiązująco na kawę, i wiedząc, że pewnie nigdy tego nie zrobię. A potem niespodziewanie widzę twarz Jamesa, jego wielkie ciepłe oczy i sposób, w jaki patrzył na mnie w parku, i robi mi się gorąco.

— Jezu — mówię głośno, śmiejąc się z siebie, po czym wyciągam się i zanurzam w wodzie.

Zaledwie piętnaście minut później wychodzę z łazienki, owinięta ręcznikiem. Zamierzam zrobić sobie kanapkę i przechodząc przez salon, zaglądam do łóżeczka Mai, sprawdzając, czy wciąż śpi. Zastygam, skonsternowana.

— Heather? — wołam.

Idę do kuchni i — irracjonalnie — do łazienki, którą dopiero co opuściłam, ale w mieszkaniu i w łóżeczku Mai nie ma nikogo. Czuję zimny, przeszywający strach. Pospiesznie, z rosnącym przerażeniem, ubieram się i wychodzę z mieszkania, po czym zbiegam na dół, przeskakując po dwa schodki. W drzwiach rozpaczliwie spoglądam na lewo i prawo, ale ulica jest pusta. Zastygam, niezdecydowana, po czym impulsywnie skręcam w lewo i zaczynam biec.

Uspokój się, mówię sobie, spiesząc ulicą. W końcu Heather brała Mayę na spacer niezliczoną ilość razy, a ja ledwie to zauważałam i nie dbałam o to, gdzie były ani kiedy wróciły. Jednak przestraszyło mnie to, co powiedziała mi Monica — no i dlaczego Heather wzięła Mayę, nic mi nie mówiąc? Dlaczego zakradła się tu, gdy ja byłam w wannie, po cichu wracając skądś, żeby złapać małą i znów zniknąć? W co ona pogrywa, do kurwy nędzy? Jestem coraz bardziej przerażona i biegiem wracam w kierunku parku.

Kiedy nikogo tam nie znajduję, pospiesznie wracam do mieszkania w nadziei, że Heather wróciła tam niezauważona przeze mnie, ale nie ma tam nikogo. Lodówka głośno szumi w ciszy. Opadam na krzesło i z łomoczącym sercem próbuję znaleźć jakieś racjonalne wytłumaczenie, dokąd one mogły pójść. Nieobecność Mai odczuwam jak fizyczny ból. Poszły na spacer, to wszystko, powtarzam sobie. Zaraz wrócą! A jednak dręczący niepokój, jaki czuję od czasu rozmowy z Moniką, przechodzi w panikę. Co ja sobie myślałam, pozwalając Heather się wprowadzić, powierzając jej Mayę? Myślę o szramach na przedramionach Heather i o tym długim okropnym lecie, zanim wyjechałam. Powraca wspomnienie prywatki sprzed lat. Czy coś tam wtedy zaszło między Heather a jakąś inną dziewczyną? Alison, a może Alice… miała złamany palec czy coś? Przez Heather. Nie pamiętam dlaczego. Pewnie byłam zbyt pijana, myślę w przypływie nienawiści do siebie. Czuję wstyd. Faktem jest, że byłam tak przygnębiona po urodzeniu Mai, że zupełnie mnie nie obchodziło, komu pozwalam sobie pomagać — ani jakie są pobudki tego kogoś. Jednak przecież Heather nie skrzywdziłaby Mai? Łzy napływają mi do oczu i w końcu wstaję, nie mogąc czekać już ani chwili dłużej. Zbiegam po schodach do drzwi mieszkania Moniki i walę w nie.

Po kilku sekundach słyszę niepewny męski głos, pytający:

— Kto tam?

— To ja — mówię. — Edie, z góry.

Niecierpliwie przytupuję nogą, gdy są odsuwane rygle i otwierane zamki. Gdy Billy w końcu otwiera drzwi, tylko na mnie patrzy i zaraz woła matkę.

— Edie? O co chodzi? Co się stało?

Ciągnie mnie do kuchni.

— To Heather — mówię jej, łapiąc oddech. — Zabrała Mayę i nie wiem, dokąd poszła.

— Jak to zabrała? Jak długo ich nie ma?

— Nie wiem! Może pół godziny? Widziałaś je?

— Nie — mówi, kręcąc głową, a ja jęczę z rozpaczy.

Obrzuca mnie stropionym, badawczym spojrzeniem, po czym podprowadza do krzesła.

— No cóż, nie mogły odejść daleko, prawda? — Sadza mnie. — Może poproszę chłopców, żeby objechali na motorze okolicę i poszukali ich? — A gdy kiwam głową, posyła mi krzepiący uśmiech. — Znajdą ich, Edie. Mai nic nie będzie.

Kiedy odchodzi, próbuję się pozbierać. Podchodzę do zlewu, przemywam sobie twarz i stoję tam przez chwilę, starając się oddychać powoli i głęboko. Po paru minutach słyszę trzask zamykanych frontowych drzwi i Monica wraca. Siadamy razem przy kuchennym stole.

— Co się dzieje, Edie? — spokojnie pyta Monica. — Myślałam, że ty i Heather jesteście przyjaciółkami? — Kręci głową.

— Dlaczego panikujesz?

I wtedy, ku obopólnemu zaskoczeniu, zaczynam płakać. Wstrząsa mną silne, niepohamowane łkanie, które bierze się nie wiadomo skąd, i po paru sekundach moja twarz oraz dłonie są zasmarkane i zalane łzami. A teraz, gdy już zaczęłam płakać, nie mogę przestać. Płaczę nad sobą, nad tym, jaka byłam popieprzona, gdy poznałam Connora; opłakuję Heather i to, co się wtedy stało. I w końcu płaczę z powodu Mai, tego, że przez cały czas ją zawodzę, od kiedy się urodziła. Monica nic nie mówi, ale czuję jej dłoń na ramieniu i opieram się o nią, szlochając.

— Boże. Bardzo przepraszam — mamroczę, gdy znów mogę mówić. — Tak bardzo się boję.

Biorę od niej garść chusteczek, które mi podaje, i chowam w nich twarz.

Po dłuższej chwili Monica mówi łagodnie:

— Znajdą ją, Edie. Nie mogła odejść daleko.

Kiwam głową i siedzimy w milczeniu, czekając, aż wrócą Billy i Ryan. Jestem wdzięczna Monice, że nie zadaje już żadnych pytań. Mój telefon leży na stole przede mną i patrzę, jak odmierza minuty. Ona wstaje, żeby zrobić kawę, po czym siedzimy, pijemy i czekamy, aż wreszcie słyszę, jak jej synowie otwierają drzwi kluczem i zrywam się z krzesła. Jednak Billy i Ryan są sami. Kręcą głowami.

— Nie ma po nich śladu — mówi Ryan.

Podnoszę mój telefon.

— Dzwonię na policję.

Jednak Monica powstrzymuje mnie, kładąc dłoń na moim ramieniu, i gdy jej synowie znów wychodzą z kuchni, spokojnie pyta:

— No dobrze, ale co im powiesz? Dlaczego myślisz, że Heather ją porwała? Policja będzie uważać, że twoja współlokatorka zabrała małą na spacer. I co z tego? Jeszcze nawet nie minęła godzina, od kiedy ich nie ma. Zapytają, dlaczego tak się niepokoisz.

— I po chwili milczenia pyta: — Dlaczego tak się niepokoisz, Edie?

Patrzę na nią, a potem na komórkę w mojej dłoni i w krótkim przypływie szaleństwa przychodzi mi do głowy, że poczułabym ulgę, opowiadając jej to wszystko, od początku do końca. Jednak oczywiście nie robię tego. Wystarczy mi wspomnienie twarzy mojej matki, aby wiedzieć, że już nigdy więcej nikomu tego nie powiem. Zamiast tego, chowam twarz w dłoniach, znów pogrążając się w morzu beznadziei.

— Ja tylko chcę odzyskać moje dziecko — mówię.

Czas ciągnie się bez końca i z każdą upływającą minutą mój strach się pogłębia. Gdzie ona jest? Co Heather z nią zrobiła? Wstaję i krążę po kuchni. Myślę o Heather, o tym, co się zdarzyło tamtej nocy w kamieniołomie i moje przerażenie rośnie. *A jeśli ona skrzywdzi Mayę?* Nagle nie mogę już znieść tego czekania. Sięgam po telefon i drżącą dłonią zaczynam wybierać 999. W tym momencie słyszę trzask zamykających się drzwi do budynku. Zerknąwszy na Monikę, wybiegam z jej mieszkania. A tam, na korytarzu, stoi Heather, z Mayą w ramionach.

— Gdzie, kurwa, byłaś? — krzyczę.

Otwiera usta, zaskoczona, gdy wyrywam jej moją córkę.

— Na spacerze — jąka się.

Przeszywam ją wzrokiem, zbyt wzburzona, żeby mówić.

— Dlaczego? — pyta. — Co... o co chodzi?

— Nie powiedziałaś mi, że ją zabierasz! Wyszłam z wanny, a jej... nie było. Co się z tobą, kurwa, dzieje?

Ma oczy pełne łez.

— Nie sądziłam, że się tak przejmiesz. Tyle razy wychodziłam z Mayą!

— A dlaczego nic mi nie powiedziałaś?

Heather potrząsa głową.

— Nie wiem — mówi błagalnym tonem. — Nie chciałam ci przeszkadzać!

Monica taktownie zamknęła drzwi i stoimy teraz we dwie na korytarzu, patrząc na siebie.

— Znalazłam mój telefon — mówię jej i patrzę, jak z poczuciem winy umyka wzrokiem. — Widziałam wiadomości, które wysłałaś wujowi Geoffowi. W co ty, do diabła, pogrywasz? — Słyszę znów gniewnie podniesiony swój głos. — No?

— Ja tylko się tobą opiekowałam! Nie chciałam, żeby ktoś cię niepokoił. Przecież nikogo więcej nie potrzebujemy, prawda? — Ostrożnie wyciąga rękę i dotyka mojego ramienia, a ja odsuwam się. Spogląda na mnie błagalnie. — Czy nie było nam cudownie, tylko we trójkę? Ty, ja i Maya, byłyśmy tak szczęśliwe razem.

Cofam się.

— Heather... — zaczynam, ale nie mam pojęcia, co powiedzieć. Milczenie przedłuża się, aż w końcu z niesmakiem potrząsam głową i ruszam po schodach na górę, a Heather podąża za mną. Kiedy jesteśmy już w moim mieszkaniu, zatrzaskuję jej przed nosem drzwi do kuchni i próbuję ochłonąć. Gdy moje serce zaczyna bić spokojniej, patrzę na moją córkę i nagle czuję tak głęboką miłość i ulgę, że zapiera mi dech.

— Nigdy więcej nie spuszczę cię z oczu — obiecuję jej.

Na zewnątrz zaczyna się zmierzchać. Przez jakiś czas stoję przy oknie, patrząc i myśląc o Heather.

Dlaczego przyjechała do Londynu i odszukała mnie? To nie ma sensu. Po tym, co się stało we Fremton, dlaczego w ogóle miałaby tego chcieć? Nieustannie przypominać sobie o tym, co się wtedy zdarzyło. Miałyśmy nigdy nie rozmawiać o tamtej nocy. To był nasz sekret, pogrzebany dawno temu. Patrzę na moje dziecko i uświadamiam sobie, że to, co dziś zaszło, wszystko zmienia. Moje życie i to, kim kiedyś byłam, już nie jest ważne, teraz liczy się tylko Maya. Czas odciąć przeszłość grubą kreską i pójść dalej. Kiedy wychodzę z kuchni, już to sobie wszystko poukładałam. Podjęłam decyzję.

Zastaję Heather siedzącą na kanapie, wciąż w płaszczu, i wpatrującą się w pusty ekran telewizora. Kładę Mayę do łóżeczka i siadam przy niej. W pokoju jest ciemno, a na zewnątrz ołowiane chmury tłuką kroplami deszczu o szyby. Nabieram tchu i zaczynam:

— Słuchaj, Heather — mówię łagodnie. — Myślę, że czas, żebyś się wyprowadziła.

Nie odpowiada od razu, tylko nadal wpatruje się w wyłączony telewizor i przez moment zastanawiam się, czy w ogóle mnie słyszy.

— Jestem ci bardzo wdzięczna za to, że pomogłaś mi, opiekując się Mayą — brnę dalej. — Jednak to mieszkanie jest takie małe i nie ma w nim dość miejsca.

Słysząc to, Heather w końcu obraca się i patrzy na mnie. Ma pustkę w oczach.

— Chcesz, żebym sobie poszła? — pyta beznamiętnie.

— Tak — mówię stanowczo, nie zamierzając ustąpić. — Tak, tego chcę. Przykro mi.

— Przepraszam, że zabrałam Mayę — mówi tym samym beznamiętnym tonem. — Nigdy więcej tego nie zrobię, obiecuję.

Ściska mi się serce.

— Nie w tym rzecz, Heather — mówię. — Po prostu myślę, że Maya i ja musimy teraz spróbować żyć samodzielnie.

— Jak sobie poradzicie? — pyta. — Zupełnie same, nie mając nikogo do pomocy?

— Muszę spróbować radzić sobie sama — mówię jej. — Ponadto gdybym potrzebowała pomocy, zawsze jest wuj Geoff czy Monica, która mieszka na dole.

Przy tych słowach jakiś cień przesuwa się po jej twarzy. Podnosi się i staje przede mną, tak blisko, taka wysoka i wielka, taka groźna, że odchylam się do tyłu, trochę przestraszona.

— Nie mogę odejść — mówi z pustym wzrokiem. — Nie każ mi. Nie mam dokąd pójść.

— Jak to? — pytam. — Nie możesz wrócić do Birmingham? Do rodziców?

Odwraca wzrok.

— Od lat nie mieszkam z moimi rodzicami.

Wytrzeszczam oczy.

— Przecież mówiłaś...

Heather podchodzi do łóżeczka Mai i spogląda na moją śpiącą córeczkę.

— Nie mam nikogo prócz ciebie i Mai — mówi. I zanim zdążę ją powstrzymać, sięga i wyjmuje ją z łóżeczka, po czym przyciska do piersi. Obudzona Maya protestuje krzykiem, ale Heather zdaje się tego nie słyszeć.

— Możesz odwiedzać ją, kiedy chcesz! — rozpaczliwie obiecuję, chcąc, by położyła Mayę z powrotem do łóżeczka. — Możemy nawet przyjeżdżać w odwiedziny do Birmingham.

Gdy Maya zaczyna wrzeszczeć, zrywam się na równe nogi.

— Heather, proszę, oddaj mi ją.

Ona jednak nie reaguje i nie odpowiada. A teraz patrzy tępo na moją płaczącą córeczkę.

— Nie każ mi odchodzić — powtarza.

Odbieram jej Mayę, podchodzę do okna i dopiero wtedy Heather znów spogląda na mnie z twarzą pozbawioną wyrazu.

— Heather — mówię. — Dlaczego mnie odszukałaś?

Spuszcza oczy i po długiej chwili szepcze:

— Moja matka...

Z niedowierzaniem kręcę głową.

— Co? Co twoja matka?

— Ona...

Na jej twarzy maluje się rozpacz, ale zawodzi ją głos.

— Co, Heather? Co chcesz powiedzieć?

Nadal patrzy na mnie z tą samą udręką w oczach i nagle otwiera usta i zaczyna zawodzić, przeciągle, piskliwie i okropnie, tak głośno, niespodziewanie i upiornie, że krew zastyga mi w żyłach. Nagle biegnie przez pokój ku mnie, z oczami błyszczącymi z wściekłości, tak szybko i agresywnie, że instynktownie kulę się, krzycząc ze strachu i osłaniając przed nią Mayę, unosząc rękę w obronie przed atakiem, który zaraz nastąpi. A jednak nie następuje. Słyszę tylko brzęk tłuczonego szkła i podniósłszy głowę, widzę, że cienkie szkło mojego wiktoriańskiego okna jest zupełnie rozbite, a Heather spogląda na swoją ociekającą teraz krwią pięść.

— Heather! — krzyczę. — Jezu Chryste, Heather!

Czuję przypływ adrenaliny. Jednak ona tępym i stropionym spojrzeniem wodzi po mnie i swojej ręce, a po chwili odwraca się i wybiega z mieszkania. Oszołomiona, słucham jej kroków cichnących na schodach. Po paru minutach słyszę na dole trzask frontowych drzwi i z mojego okna widzę, jak wyłania się z budynku, po czym biegnie ulicą w ulewnym deszczu. Wstrząśnięta, z trudem łapię powietrze. Mówię sobie, że powinnam pobiec za nią, bo co ona teraz zrobi, gdzie się podzieje? Jednak nie ruszam się z miejsca. Zamiast tego patrzę, jak znika mi z oczu, i czuję bezgraniczną ulgę.

CZĘŚĆ TRZECIA

Przedtem

Wracam do domu z prywatki, ledwie widząc przez łzy. Idę ciemnymi i cichymi ulicami, którymi zaledwie kilka godzin temu szłam tak pełna nadziei i euforii. Co ja zrobiłam? Co, do licha, zrobiłam? Pamiętam krzyk bólu Alice, gdy wyrwałam z jej palców prezent dla Edie. To był wypadek, mówię sobie z rozpaczą. Tylko okropny, straszny wypadek! Jednak wtedy, mimo woli, nagle przypomina mi się ten dzień sprzed czterech lat, gdy złamałam mamie rękę.

Nie miałam jeszcze dwunastu lat, kiedy to się stało. Pewnego wieczoru pokłóciłyśmy się z mamą w kuchni o moje odrabianie lekcji.

— Do niczego w życiu nie dojdziesz, jeśli będziesz leniwa — powiedziała.

I to niesprawiedliwe, całkowicie niesłuszne stwierdzenie po tym, jak pilnie uczyłam się każdego wieczoru, żeby ona i tato byli zadowoleni, wytrąciło mnie z równowagi.

Wstałam i wrzasnęłam na nią, nie będąc w stanie zapanować nad wybuchem wściekłości.

— Nie jestem leniwa! Nie jestem! — krzyczałam raz po raz. — Nie jestem, nie jestem, nie jestem!

A kiedy się odwróciłam, żeby pobiec do mojego pokoju, matka ruszyła za mną.

— Wracaj tu, młoda damo — powiedziała. — Wróć tu w tej chwili!

Byłam już równie wysoka jak ona. Gdy próbowała przejść za mną przez drzwi, odwróciłam się i z całej siły pchnęłam je, uderzając w nie raz po raz, gdy napotkałam opór, zbyt rozwścieczona, by zauważyć, że ręka mamy uwięzła w szparze, i robiąc zbyt wiele hałasu, żeby usłyszeć jej krzyk. Dopiero kiedy ojciec zbiegł po schodach i mnie odciągnął, otrzeźwiałam i zdałam sobie sprawę z tego, co zrobiłam.

Miała rękę złamaną w dwóch miejscach. O mojej winie nieustannie przypominał mi nie tylko gips, który musiała nosić przez kilka tygodni, ale i jej spojrzenie, ilekroć popatrzyłyśmy sobie w oczy. Widziałam w nich coś w rodzaju triumfu, zdawały się mówić *wiedziałam*.

Potem

W ogródku Nadziei i Kotwicy jest dziś tłoczno. Pomimo chłodu późnego października z zatłoczonego baru nieustannie wylewa się potok ludzi, wychodzących, by kulić się pod grzejnikami na patio lub siedzieć pod sznurami kolorowych lampionów, przekrzykując dudnienie muzyki dolatującej ze stojących na zewnątrz głośników. Stoję tuż za małym kręgiem pijących i sączę moje piwo, niezupełnie uczestnicząc w ich rozmowie, obserwując, jak studenci Jamesa świętują wystawę na koniec roku.

Właściwie nie wiem, dlaczego tu przyszłam, chyba chciałam coś zrobić, żeby upamiętnić wyprowadzkę Heather. Telefon do Jamesa był czymś, co dawna ja nigdy by nie zrobiła. Ta samotna, przestraszona osoba po odejściu Heather poszłaby za nią ciemną i deszczową ulicą trzy dni temu. Kiedy zamknęłam za nią drzwi, przekręciłam także klucz zamykający przeszłość, Fremton i wszystko, co się tam zdarzyło. Później siedziałam z Mayą w ramionach, czując się silniejsza i bardziej zdeterminowana, niż byłam od lat. Przyszłość — przyszłość Mai — tylko to teraz miało znaczenie.

To Monica namówiła mnie, żebym zadzwoniła do Jamesa poprzedniego wieczoru.

— I co z tego, że ci się nie podoba? — powiedziała, gdy siedziałyśmy razem w jej kuchni. — Mimo to idź i wypij kilka piw. Może będziesz się dobrze bawiła. Ja popilnuję Mai.

— Nie — powiedziałam. — Dzięki, ale nie ma mowy, żebym zostawiła Mayę.

Jednak powoli, stopniowo przekonała mnie.

— Będzie bardzo fajnie, zobaczysz. — Uśmiechnęła się. — Nie masz się czego bać, zapewniam cię.

No i w końcu się zgodziłam.

Dostrzegam Jamesa przy drzwiach, rozmawiającego z jakimś starszym panem, którego wcześniej widziałam na wystawie. Patrzę, jak odchyla głowę i zaśmiewa się z czegoś tak głośno, że ludzie stojący w pobliżu odwracają się i też się śmieją. W tym momencie pojawia się przy nim wysoka blondynka po dwudziestce. Całują się w policzki, przy czym zauważam, że jej dłoń przez moment pozostaje na jego talii, i zaczynam się zastanawiać nad tym, kim ona dla niego jest.

Wcześniej denerwowałam się, idąc na uniwersytet, podążając za tablicami i strzałkami do sali wystawowej, nie wiedząc, co tam zastanę. Jednak było tam mnóstwo ludzi, ich głosy odbijały się od murów, a nagłe wybuchy śmiechu wzbijały się pod wysokie sklepienie jak stadka przestraszonych ptaków. Zauważam Jamesa w środku, otoczonego przez jego studentów, i nie wiedząc, co robić, zaczynam przechadzać się sama.

Z początku czuję się nieswojo, mam wrażenie, że ludzie zorientują się, że od ukończenia szkoły nie byłam w galerii sztuki. Przystaję przed każdym obrazem i zastanawiam się nad tym, jak długo powinnam tak stać i jaką mieć minę, ale po paru minutach zupełnie o tym zapominam. Tak naprawdę nie znam się na sztuce, a mimo to wkrótce urzeka mnie pewien zestaw krajobrazów. Ukazują Tamizę przy Greenwich, farbą nakładaną grubymi, gniewnymi maźnięciami, w kolidujących kolorach zjadliwej zieleni i czerwieni, z wodą stapiającą się z brzegiem i niebem.

Spoglądam na nie przez długą chwilę, a potem w głębokim skupieniu obchodzę resztę wystawy. Czasem przystaję i rozglądam się po sali, usiłując połączyć poszczególne zestawy obrazów z ich twórcami. Zazdroszczę im, patrząc na nich wszystkich — na ich dumne, szczęśliwe twarze, gdy świętują z rodzinami i przyjaciółmi. Zastanawiam się, jakie to uczucie, gdy osiąga się coś takiego?

W końcu przystaję przed zestawem szkiców różnych opuszczonych budynków: walący się kościół, dom z oknami zabitymi deskami, nieczynny pub. Dopiero przy uważnych oględzinach można było w każdym dostrzec widmowe ślady ludzkiej obecności. Rozmazana twarz w oknie, jakaś znikająca postać, cień kogoś stojącego tuż poza polem widzenia. Podziwiam je, gdy zjawia się James.

— Przyszłaś! — mówi i przez jedną niezręczną chwilę spoglądamy na siebie, zapewne oboje zastanawiając się, co oznacza moja obecność. — Dobrze cię widzieć — rzuca w końcu. — Naprawdę cieszę się, że przyszłaś.

I uśmiecha się do mnie tak, jak to robią mężczyźni, kiedy im się podobasz i usiłują ocenić, jakie mają szanse. Odwracam się i mówię nieco zbyt pospiesznie:

— Te mi się podobają.

— Taak, są naprawdę wspaniałe, prawda? — Ogląda je razem ze mną. — Chcesz poznać artystę?

I zanim odpowiadam, krzyczy coś w głąb gwarnej sali, przywołując bardzo grubego Walijczyka o tubalnym głosie i uśmiechniętej twarzy, tak niepasującej do tych niesamowitych, melancholijnych obrazów, które oglądam, że w pierwszej chwili jestem zbyt zaskoczona, żeby coś powiedzieć.

— To jest Tony — mówi James, a ja ściskam dłoń tego

mężczyzny, a potem jego żony, i w ciągu następnej godziny, która mija błyskawicznie, dołączają do nas kolejni studenci Jamesa. Udziela mi się świąteczna atmosfera i absorbują rozmowy artystów o ich dziełach, a stojąc tam, słuchając, uśmiechając się i pijąc wino, obserwuję jego, Jamesa; widzę jego entuzjazm i ciepły sposób, w jaki odnosi się do swoich studentów, widzę, jak bardzo jest lubiany. Gdy ludzie ruszają w kierunku znajdującego się obok pubu, idę razem z nimi.

Chłodny pogodny wieczór zmienia się w deszczowy, więc powoli opuszczamy ogródek i wciskamy się do zatłoczonego baru. James znajduje mnie przy drzwiach, gdy żegnam Tony'ego i jego żonę.

— Bardzo przepraszam — mówi, gdy odchodzą, przekrzykując muzykę i pijackie śmiechy. — Od kiedy tu przyszliśmy, nie miałem czasu z tobą porozmawiać. — Spogląda na mój płaszcz. — Chyba nie wychodzisz?

— Naprawdę powinnam. Monica pilnuje dziecka, więc lepiej już wrócę.

— Czy mogę przynajmniej postawić ci jeszcze jedno piwo?

Teraz widzę, że jest lekko podchmielony, jego ciemne oczy odrobinę śmielej spoglądają na moją twarz. I tym razem nie odwracam wzroku ani nie rzucam jakiejś pospiesznej uwagi: zamiast tego odwzajemniam jego uśmiech, aż ktoś nazbyt energicznie przepycha się obok nas i odruchowo przytrzymujemy się siebie, a potem parskamy śmiechem. James odciąga mnie na koniec baru, dalej od dudniących głośników.

— Spędziłam przyjemny wieczór — mówię, gdy zamówił nam jakieś drinki.

— Wydajesz się tym zaskoczona — śmieje się.

— Zwykle nie robię takich rzeczy, ale owszem, dobrze się bawiłam. A ty? Musisz być z nich dumny, z twoich studentów?

Uśmiecha się.

— Dobrze się spisali, nieprawdaż?

— To musi być fajna praca.

— Taka jest. Uwielbiam ją. — Upija łyk piwa. — Jednak ty też jesteś artystką, prawda? Pamiętam te rysunki, które widziałem w twoim mieszkaniu. Uważam, że są bardzo dobre.

Odwracam głowę, zmieszana.

— Dziękuję. To… Sama nie wiem, rysowałam je dawno temu. Nie traktuję tego poważnie, ani nic takiego.

— Dlaczego? Powinnaś nadal rysować, bo moim zdaniem są naprawdę obiecujące.

Pamiętam, jak bardzo lubiłam w szkole zajęcia z plastyki, zanim przeprowadziliśmy się do Fremton, a nauczycielka pozwalała mi zostać po lekcjach i pracować nad czymś, podczas gdy ona sprawdzała prace. Pamiętam zapach tamtej sali i jak bardzo byłam zaabsorbowana, całkowicie skupiona na tym, co robię, jakie miałam wtedy ambicje. Z lekkim smutkiem wzruszam ramionami.

— Może. Ja… to po prostu coś, co kiedyś robiłam w wolnych chwilach.

— A co robisz teraz? Mam na myśli pracę.

— Teraz akurat nic, bo kiedy urodziła się Maya, miałam trochę oszczędności i pomoc wuja, ale zwykle jestem kelnerką. Zapewne wkrótce znów nią będę.

Kiwa głową.

— Lubisz tę pracę? — pyta.

Śmieję się.

— Boże, nie, ale tak zarabiam na życie.

— Myślę, że ogromną zaletą malowania czy każdej innej sztuki jest to, że pozwala uciec od tego wszystkiego, zapomnieć na chwilę o gównianej codzienności.

Kiedy mówi, zerkam na niego raz po raz, a on na mnie; ukradkowe, taksujące spojrzenia. Uświadamiam sobie, że to szczerość czyni go tak atrakcyjnym: sposób, w jaki się uśmiecha, błysk w jego oczach, kiedy mówi, ewidentne zadowolenie z życia. Chyba też taka byłam, bardzo dawno temu. Pociągam kolejny łyk piwa.

— Może kiedyś wpadniesz do studia, jeśli chcesz — mówi teraz. — Skorzystasz z naszych materiałów, gdybyś kiedyś zechciała wrócić do malowania. — A potem pyta: — Masz ochotę na jeszcze jedno piwo? — Powietrze między nami wibruje, gdy on patrzy mi w oczy.

Przecząco kręcę głową.

— Powinnam już iść. Lepiej wrócę do Mai.

Przez moment widzę na jego twarzy rozczarowanie.

Kiedy się żegnamy, lekko mnie obejmuje, i wdycham czysty, cytrynowy zapach jego karku. Przeciągamy ten uścisk odrobinę dłużej, niż jest to konieczne, i muszę opanować nagłą chęć oparcia się na nim, ponieważ czuję, że dobrze byłoby to zrobić, że utrzymałby mój ciężar i nie miałby nic przeciwko temu.

— Lepiej już pójdę… — mówię i odsuwam się.

— Hej, Edie? — dotyka mojej ręki. — Może pójdziemy kiedyś na drinka? Mam do ciebie zadzwonić?

I słyszę mój głos mówiący:

— Taak, w porządku. Chętnie pójdę.

Wracam do domu, obejmując się rękami, broniąc się przed zimnem i jeszcze czymś: czymś, czego od dawna nie czułam. Policyjne radiowozy, autobusy, pijacy i bandy nastolatków mijają mnie w pomarańczowo-czarnej nocy, wieczorne światła zmieniają w widmową poświatę rzadką mgłę wiszącą teraz w powietrzu, a ja skręcam w węższą boczną uliczkę i myślę o tych obrazach, które oglądałam, o ludziach, z którymi rozmawiałam, oraz o spokojnych, ciepłych oczach Jamesa, które spoglądały na mnie w zgiełku i gwarze pubu.

Po powrocie do domu znajduję Mayę śpiącą w łóżeczku, a Monikę oglądającą telewizję ze ściszonym dźwiękiem. Na palcach idziemy do kuchni.

— Jaka była? — pytam.

— Jak złoto. Wypiła swoje mleko i natychmiast zasnęła. — Uśmiecha się. — A ty? Dobrze się bawiłaś?

Zdejmuję płaszcz, unikając przenikliwego spojrzenia jej bladoniebieskich oczu.

— Było w porządku — mówię niedbale.

— Tak? — Uśmiecha się do mnie. — A co z Jamesem? Zobaczysz się z nim znowu?

— Może. — Wzruszam ramionami. — Napomknął, że moglibyśmy kiedyś pójść na drinka.

— Ładnie! — Daje mi kuksańca w żebra, i mimo woli śmieję się.

Stajemy przy oknie i w milczeniu spoglądamy na morze świateł.

— Oo — mówi Monica.

— Taak, patrząc na ten widok, człowiek zapomina, jaka to gówniana nora.

Odwracamy się i patrzymy na nędzne, zagracone mieszkanko, na rzeczy Heather wciąż piętrzące się w korytarzu.

— Nie jest tak źle — kłamie Monica.

— Pewnie kiedyś zrobię tu porządek. — Obracam się i uśmiecham do niej. — Dziękuję za to, że popilnowałaś dziś Mai.

Ona wzrusza ramionami.

— Nie miałam nic do roboty. Obaj chłopcy wyszli, a ja nie lubię zostawać sama.

Waham się, po czym niezgrabnie kładę dłoń na jej ramieniu.

— Naprawdę jestem ci wdzięczna — mówię. — Dziękuję ci za to, że byłaś dla mnie taka dobra przez kilka ostatnich tygodni.

Ona znów się uśmiecha i stoimy tam przez chwilę, we dwie, w mojej maleńkiej kuchni, spoglądając na miasto daleko w dole.

Później, gdy Monica poszła do domu, a Maya zaczyna się wiercić, biorę ją na kanapę i leniwie patrzę w ekran ściszonego telewizora, gdy ona pije mleko. Trzymam ją w ramionach, z główką wetkniętą pod moją brodę, czuję jej ciepłe ciałko przy moim ciele i myślę o mojej matce. Przypomina mi się dzień, gdy odszedł ojciec; miałam wtedy sześć lat. Płaczę, trzymając go za rękę i błagając, żeby został, a on pakuje się, gniewnie milcząc.

— Mamo! — krzyczę, odwracając się do niej stojącej w drzwiach i obserwującej go z bladą i ściągniętą twarzą. — Nie każ mu odchodzić! Proszę, nie każ mu!

Jednak ona odchodzi do kuchni i zamyka za sobą drzwi. Kilka minut później ojciec wychodzi, a ja z wściekłością krzyczę do zamkniętych drzwi kuchni:

— Nienawidzę cię! Nienawidzę cię! Nienawidzę!

Potem jednak przypływa inne wspomnienie, tego, że będąc bardzo mała, byłam trzymana w taki sam sposób, w jaki teraz ja trzymam Mayę; moja twarz dotykająca piersi matki, zapach i ciepło jej skóry, poczucie absolutnego bezpieczeństwa. Patrzę na Mayę i myślę, że nie wiedziałam, czym jest miłość, dopóki się nie pojawiła.

Mam już położyć się do łóżka, gdy słyszę jakiś dźwięk na korytarzu. Zastygam w przedpokoju, nasłuchując. Znów to słyszę. Skrzypienie schodów prowadzących prosto do moich drzwi. Może to Monica — może zapomniała czegoś. Czekam i po chwili znowu słyszę te odgłosy, lecz tym razem głośniejsze — kroków kogoś schodzącego na podest drugiego piętra. Włosy stają mi dęba. Kto to, do licha? Ktoś z lokatorów? Podkradam się do drzwi i posłuchawszy jeszcze trochę, ostrożnie otwieram je i wyglądam. Nic. Na schodach jest już cicho. Wychodzę na podest, ale nikogo tam nie ma. A jednak ktoś był pod moimi drzwiami. A może nie? Nagle zauważam, że drzwi do składziku piętro niżej są uchylone. Jest tam sporo miejsca — tyle, że sąsiad trzyma tam swój rower. Wystarczająco dużo, żeby się tam ukryć. Patrzę na drzwi. Czy nie były zamknięte, kiedy wcześniej przechodziłam obok nich? Odczekuję jeszcze chwilę, zanim w końcu wracam do mojego mieszkania, czując się trochę śmiesznie. Starannie zamykam za sobą drzwi.

Przedtem

W poniedziałek nie idę do szkoły, mówiąc mamie, że jestem chora, i postanawiam zostać w domu do końca tygodnia. Ilekroć myślę o tamtej prywatce, czuję przerażenie. Chociaż jednak jestem wdzięczna losowi za to, że przez jakiś czas nie muszę z nikim rozmawiać, puste godziny i dni strasznie mi się dłużą. Z początku leżę w piżamie na kanapie, oglądając *Przyjaciół* z kaset i jedząc wszystko, co uda mi się podkraść z kuchni, zamierzając ubrać się dopiero, gdy mama zacznie mnie karcić. Jednak — co dziwne — ona wcale tego nie robi. Rzeczywiście, ledwie zwraca na mnie uwagę, gdy leżę wśród pustych opakowań i talerzy z okruchami.

— Muszę teraz wyjść! — woła z korytarza każdego ranka, będąc w połowie drogi do drzwi, a ja się zastanawiam, dlaczego nagle jest taka zajęta, i czuję jakiś dziwny niepokój, zanim przewinę taśmę na początek następnego odcinka *Przyjaciół*, otworzę następną torebkę chipsów i zacznę rozmyślać o tym, co dzisiaj porabia Edie.

W miarę upływu dni, im częściej myślę o Edie i tym, co się zdarzyło tamtej nocy, tym bardziej wydaje mi się, że może niesłusznie byłam na nią taka zła. Może tak naprawdę wcale nie chciała zażywać tych narkotyków. Może Connor kazał jej to zrobić. Nagle widzę go, jak stoi nad nią ze strzykawką w ręku, a ona kuli się ze strachu, mój gniew zostaje zastąpiony przez niepokój. Ależ ze mnie okropna przyjaciółka! Zamiast jej pomóc, osądziłam ją i odepchnęłam. Powinnam była się nią zaopiekować! Pod wpływem nagłego impulsu wyłączam telewizor i biegnę do telefonu w holu, po czym z mocno bijącym sercem wybieram jej numer. Jednak choć telefon dzwoni długo, nikt nie odbiera. Odkładam słuchawkę, obiecując sobie, że spróbuję ponownie później, że nie zrezygnuję, dopóki się nie upewnię, że nic jej nie jest.

Jednak później tego dnia wydarza się coś, przez co zupełnie zapominam o Edie. Znów siedzę na kanapie, oglądając telewizję, gdy do pokoju wchodzą rodzice. Od razu wyczuwam, że coś jest nie tak. Siadam, pospiesznie przygładzając dłonią tłuste włosy i chowając za plecami opakowanie po batoniku Mars.

— Cześć — mówię pospiesznie, wyłączając dźwięk w telewizorze. — Przepraszam, właśnie miałam… — Jednak milknę, widząc, że mama patrzy na mnie dziwnie. — Co takiego? — pytam. — Co się stało?

— Musimy porozmawiać, Heather — mówi.

Przenoszę wzrok na tatę, który odwrócił się do okna i spogląda na ulicę. Serce wali mi jak młotem.

— Dlaczego? Co się stało?

Ona siada, a potem, nie patrząc mi w oczy, musi odkaszlnąć, zanim powie:

— Odchodzę, Heather.

Nikt nic nie mówi przez długi czas i to milczenie zdaje się uginać pod ciężarem jej słów. Jestem tak wstrząśnięta, że zaczynam się trząść. Mój śmiech brzmi dziwnie i nienaturalnie w tej ciszy.

— Co takiego? — mówię. — Co chcesz przez to powiedzieć?

Jeśli będę udawała, że nie rozumiem, to może nie stanie się to prawdą. Ona nie odpowiada od razu i łzy stają mi w oczach. Wydyma usta.

— Twój ojciec i ja zdecydowaliśmy się na separację — mówi obojętnym, lekko zirytowanym tonem, jakim mogłaby powiedzieć, że mam bałagan w pokoju. — Bardzo mi przykro, Heather — dodaje.

Przez moment nikt nic nie mówi, aż wyraz jej twarzy się zmienia, i spoglądamy na siebie przez długą chwilę, po czym mówi cicho, łamiącym się głosem:

— Widzisz, to wszystko było zbyt trudne.

A ja kiwam głową, ponieważ wiem, dlaczego tak się dzieje, jak się to zaczęło, dobrze wiem, kiedy nasze dawne życie zaczęło się walić i rozpadać. To przeze mnie.

Ojciec nie rusza się spod okna, stojąc sztywno wyprostowany, spięty, nieruchomy.

— Ale dokąd pójdziesz? — szepczę.

— Zatrzymam się u kogoś w Langley.

— U kogo? — pytam.

Moja matka nie ma żadnych przyjaciółek.

Na drugim końcu pokoju tato wydaje dziwne, zduszone prychnięcie, a ja patrzę na niego ze zdziwieniem.

— U Jonathana — mówi matka. — Jonathana Price'a. Z kościoła.

W myślach widzę brodatego mężczyznę w pelerynie koloru burgunda i okularach, który kilkakrotnie odwoził mamę do domu po zbiórce funduszy na to czy owo. Potrząsam głową.

— Ale... ale...

Co takiego? Czy ona... ma... czy to tam szła, kiedy widziałam ją wtedy? Do... *niego?* Ta myśl wydawała mi się po prostu śmieszna. Patrzę na nią z otwartymi ustami, ale ona teraz odwraca wzrok ze swoją zwykłą wyniosłą miną.

Wstaje i zaczyna zbierać talerze oraz opakowania po słody-
czach porozrzucane wokół mnie na kanapie. W oczach mam
piekące łzy. Co zrobimy, kiedy jej już tu nie będzie? Jak sobie
poradzę? Jak poradzi sobie tato? To niemożliwe.

— Mamo — mówię. — Proszę, nie odchodź.

Ona przystaje przy drzwiach i jestem wstrząśnięta, widząc, że
jej trzymające talerze dłonie drżą. Spogląda na mnie i odwraca
oczy.

— Będę w kontakcie. Kiedy się urządzę, będziesz mogła
przychodzić. Langley jest niedaleko. — Obrzuca wzrokiem plecy
ojca i mówi: — Uznaliśmy, że lepiej, żebyś nie zmieniała szkoły...

— Kiedy odchodzisz?

— Dzisiaj. Teraz. Przykro mi, bardzo mi przykro.

I z tymi słowami odchodzi.

Tato odwraca się i przez moment spoglądamy na siebie bez
słowa. Otwiera usta, jakby chciał coś rzec, ale zaraz znów je zamyka, jakby się rozmyślił, i on też pospiesznie wychodzi.

W telewizji Ross i Rachel całują się po raz pierwszy w Cen-
tral Parku. Uwielbiam ten odcinek: to jeden z moich ulubionych.
Z powrotem włączam dźwięk, gdy widownia w studio wiwatuje
i klaszcze, a ja tępo patrzę w ekran, aż pojawiają się napisy koń-
cowe i wesoła melodia wypełnia martwą pustkę pokoju.

Mija tydzień, kiedy znów spotykam Edie. W ciągu tych siedmiu dni nieobecności mamy ojciec i ja przeważnie siedzieliśmy
w swoich pokojach, milczący i zszokowani. Chociaż nadal nie
chodzę do szkoły, niemal codziennie czekam na Edie tak blisko bramy, jak mogę, nie ryzykując spotkania z Vicky czy Alice.
I w końcu ją widzę. Na jej widok zapiera mi dech. Pod płaszczem ma fioletową minispódniczkę, a na szyi zielony szalik. Jej
włosy są złocistokasztanowe w słońcu, a wargi i policzki zaró-
żowione z zimna. Ten widok podnosi mnie na duchu, koszmar

minionego tygodnia znika i ledwie się powstrzymuję, żeby do niej nie podbiec.

Ona na mój widok przewraca oczami.

— Jeśli znów zamierzasz wygłaszać mi wykład, Heather, to naprawdę możesz...

— Nie zamierzam — pospiesznie przerywam, truchtając, żeby dotrzymać jej kroku.

— To dobrze. Bo nie jestem w nastroju.

Emanuje złym humorem, a ja zadaję sobie pytanie, co ją tak zirytowało. Jeszcze przyspiesza kroku, jakby chciała mnie zgubić, i nagle uświadamiam sobie, że naprawdę nie chce ze mną rozmawiać, nie chce mieć już ze mną nic wspólnego przez to, co się stało na prywatce u Alice. Wszystko zepsułam, wszystko przeze mnie. Wybucham płaczem.

Ona ogląda się na mnie i przystaje.

— Och, Heather — mówi ze znużeniem. — O co, do licha, chodzi?

Dotarłyśmy do głównej ulicy i siadam na ławce przystanku autobusowego. Ona wzdycha i siada obok mnie, a ja mówię jej o mamie.

— Chyba żartujesz? — Z niedowierzaniem kręci głową. — Jasna dupa. To chore. — Przez chwilę nic nie mówi, a potem wyjmuje papierosa i zapalając go, zauważa w zadumie: — To czegoś dowodzi, no nie?

Znajduję w kieszeni chusteczkę i wydmuchuję nos.

— Czego?

— Cóż, no wiesz, że z ludźmi nigdy nic nie wiadomo.

Opieram głowę na jej ramieniu, a ona obejmuje mnie i tak siedzimy, nie odzywając się.

— A przy okazji — mówi w końcu — to co zrobiłaś Alice?

Mnę w palcach chusteczkę.

— To był wypadek — mówię.

— No, ona strasznie się wścieka. Mówi, że tylko dlatego nie zadzwoniła po policję, żeby jej matka nie dowiedziała się o prywatce.

— Czy... czy ma złamany palec?

— Nie, oczywiście, że nie. — I patrzy na mnie z taką miną, jakby była pod wrażeniem. — Tylko wywichnięty, ale ma na nim opatrunek i wszystko. Szczerze mówiąc, nie wiedziałam, że masz w sobie tyle ikry.

Spuszczam głowę, a ona szturcha mnie w bok.

— No już, chodźmy się czegoś napić.

W King's Arms jest prawie pusto, kiedy tam wchodzimy, nie licząc kompletnie pijanej staruszki siedzącej samotnie przy stoliku i dwóch chłopaków grających w bilard. Papierosowy dym unosi się gęstymi żółtawymi chmurami, a z jedynego działającego głośnika płynie country. Mój żołądek reaguje niepokojem, gdy podchodzimy do baru, lecz gdy Edie pewnym tonem zamawia dwie wódki i colę, barman w średnim wieku obsługuje nas bez wahania.

— Masz jakieś pieniądze? — pyta Edie, gdy barman stawia przed nami drinki.

Płacę za nie, po czym idziemy do stolika w kącie, gdzie Edie zapala papierosa i uśmiecha się. Ja sączę mojego drinka i zaczynam się odprężać po raz pierwszy od odejścia mamy. Jest miło tak siedzieć tylko we dwie.

— Myślę, że tacie trochę odbija. Przez cały tydzień nawet nie nakręcał swoich zegarów. Prawie nie wychodzi ze swojego gabinetu.

Wydmuchuje długie pasmo dymu.

— Heather, zdobywaj dobre stopnie, dostań się na studia, wyjedź stąd. Moim zdaniem tak będzie dla ciebie najlepiej.

I wtedy wyjawiam jej mój pomysł. Nie planowałam tego, to mój sekret, który pociesza mnie, kiedy jest mi smutno, zdejmując go z najwyższej półki mojej pamięci, żeby przyglądać mu się czule, czasem dodając jakiś szczegół, dopracowując go i polerując, aby lśnił. Jednak wydaje mi się, że teraz mogę opowiedzieć o tym Edie. Nachylam się do niej i wyrzucam to z siebie.

— Złożę podanie na uniwerek w Londynie. Rodzice myślą, że chcę studiować w Edynburgu, ale nie zamierzam. W ten sposób będziemy mogły się wciąż widywać, kiedy ty pójdziesz na Saint Martins. Może nawet będziemy współlokatorkami!

Niecierpliwie czekam na jej odpowiedź.

Ona jednak tylko się uśmiecha, dalekim i dorosłym uśmiechem, po czym strzepuje popiół z papierosa.

— Taak, no cóż, szczerze mówiąc, nie wiem, czy będzie mi się chciało iść na studia.

Rozdziawiam usta.

— Ale… dlaczego? Jesteś taka dobra. Przecież zawsze chciałaś studiować!

Ona patrzy na mnie jak na przygłupa.

— Przecież nie zostawię Connora, no nie? Chcę powiedzieć… Boże, Heather, niektórzy ludzie przez całe życie nie zaznają takiej miłości, wiesz? Nigdy nie znajdują bratniej duszy. Wiem, że tak naprawdę tego nie rozumiesz, ale zrozumiesz pewnego dnia. Kiedy ją znajdziesz, nie pozwól jej odejść.

Spoglądam na nią stropiona.

— Masz jeszcze jakieś pieniądze? — pyta, a ja machinalnie kiwam głową, sięgając do torebki po portmonetkę. Tato dał mi dość pieniędzy na całotygodniowe zakupy. Miałam pójść do supermarketu i wrócić taksówką, ale teraz nie wydawało się to już takie ważne.

Edie zamawia drugą kolejkę, potem następną i jeszcze jedną. Daję jej banknot po banknocie, aż tracę rachubę, ile jej dałam, i nic mnie to nie obchodzi. Dziwne, ale nawet nie czuję się pijana. Jakby alkohol tylko tkwił w moim brzuchu i nie działał na resztę

ciała. Jestem zbyt odrętwiała, żeby cokolwiek czuć. Obserwuję
Edie, gdy z błyszczącymi oczami opowiada mi, jaki cudowny jest
Connor, jaki przystojny, jaki mądry i seksowny. Dopiero po szó-
stym lub siódmym kieliszku — bo zaczęłam oddawać jej moje,
kiedy zrobiło mi się niedobrze — jej nastrój trochę się zmienia.

Jej wzrok pochmurnieje, gdy wpatruje się we mnie i mamrocze, rozciągając słowa:

— Chciałabym tylko… sama nie wiem. Chciałabym go
uszczęśliwić, wiesz?

— Co masz na myśli?

Ona potrząsa głową i nie odpowiada od razu. A gdy w końcu
to robi, mówi bardzo cicho.

— Nie wiem. Czasem czuję, że mogłabym kochać go i kochać bez końca, i to nigdy by nie wystarczyło. Jakby była w nim
jakaś dziura, której nic nigdy nie wypełni. — Spogląda na swój
kieliszek. — Kiedy wpadnie w zły humor, no wiesz, naprawdę
zły, wszystko, co mówię, jest złe, i nie wiem, co zrobić, żeby było
lepiej. — Patrzy na mnie, a ja wyciągam rękę i ujmuję jej dłoń.
— Nie wiem, dlaczego on musi być dla mnie taki okrutny.

— Okrutny?

— Robię wszystko, co chce, Heather, wszystko, ale to nie
wystarcza, nigdy.

Przechodzi mnie dreszcz niepokoju.

— Co robisz? O czym ty mówisz? — Umyka wzrokiem
i milknie. — W jaki sposób jest dla ciebie okrutny, Edie? — naciskam, podnosząc głos.

Ona zaczyna płakać, a mnie łamie się serce.

— Zrobił ci krzywdę? — Czuję przypływ adrenaliny. Ona nie
odpowiada, a ja ściskam jej dłoń i czuję tak gwałtowny przypływ
gniewu i nienawiści do Connora, że mogłabym krzyczeć ze złości. Jak on śmie źle ją traktować? Jak może? Gdy ona tak bardzo
go kocha i jest taka śliczna i miła? Łapię kieliszek i opróżniam

go jednym haustem. Wyrzucam to z siebie: — Musisz z nim zerwać, Edie.

Czar pryska. Ona gwałtownie podrywa głowę i prycha, jakbym niczego nie rozumiała, jakbym była najgłupszą osobą na świecie.

— Nie bądź idiotką, Heather — warczy. — Ja go kocham. Dlaczego miałabym z nim zerwać? Jest wszystkim, co mam. Nie rozumiesz tego? Nie mam nikogo innego.

Masz mnie! — mówię w duchu i myślę o narkotykach, do zażywania których ją nakłania, i o tym, jaka jest nieszczęśliwa, o tym, jak on zmusza ją do robienia rzeczy, o których ona nie chce mi powiedzieć; zapewne okropnych, obrzydliwych rzeczy. O tym, że ona już nie chce iść na studia, i zanim zdążę zrozumieć, co mówię, słowa już padają z moich ust. Wyszły z nich i w żaden sposób nie da się ich cofnąć.

— Musisz z nim zerwać, ponieważ on cię oszukuje — wypalam. — Nie kocha cię. Kocha kogoś innego.

Nawet nie wiem, skąd to kłamstwo przyszło mi do głowy. Sama nie wiedziałam, że to powiem. Kiedy ona nie odpowiada, podnoszę wzrok i po jej minie widzę, że dotarł do niej sens moich słów. Usta ma otwarte ze zdumienia i jest bardzo blada, ale z lekkim zdziwieniem uświadamiam sobie, że chociaż wstrząśnięta, nie jest zupełnie zaskoczona.

— O czym ty, kurwa, mówisz?

— Ja…

— Co chcesz powiedzieć? — dopytuje się znowu. — Dlaczego tak mówisz? Kłamiesz, prawda?

Patrzę na jej gniewną minę i zaczynam drżeć.

— Nie kłamię — mówię jej. — Widziałam go! Koło… ee… kanału. Trzymał się za ręce z jakąś dziewczyną, a potem… potem ją pocałował!

— Dlaczego wcześniej nic mi nie powiedziałaś?

Zaczynam brzydzić się siebie.

— Nie chciałam cię denerwować.

— No... kiedy to było? Kiedy to, kurwa, niby miało być?

— Tamtego wieczoru — jąkam się, przestraszona tym, że tak na mnie krzyczy.

Zapada długa, okropna cisza. Świat zdaje się wstrzymywać oddech. Pub z jego muzyką i chłopakami grającymi w bilard gdzieś znika, a serce tłucze mi się w piersi. A potem, nagle, Edie robi zgnębioną minę, gdy uchodzi z niej energia i gniew, a ja uświadamiam sobie, że mi wierzy. Wierzy w to wszystko. I nie jestem pewna, czy powodem jest to, że ma do mnie takie zaufanie, czy może niezbyt ufa Connorowi, ale obserwuję, zafascynowana, widoczne na jej twarzy przygnębienie: *to moje dzieło.*

Kryje twarz w dłoniach i znów zaczyna płakać. Wstrząsana łkaniem nawet nie próbuje ocierać zalanej łzami twarzy i zasmarkanego nosa. Po chwili obejmuję ją ramieniem i mocno przytulam, czując dziwne podniecenie, gdy gładzę jej włosy, szepcząc:

— Przykro mi, ale wszystko będzie dobrze. Wszystko będzie w porządku.

W końcu ociera oczy.

— Ale co ja mam zrobić? — pyta cichym i zgnębionym głosem. — Och, Heather, co ja pocznę? Och, Heather, jak on może mi to robić? — Znów wybucha płaczem i mówi: — Nie mogę wrócić do domu. Nie chcę być sama. Po prostu nie wiem, co robić.

Patrzy na mnie tak bezradnie, że moje serce wypełnia miłość i szczęście.

— Możesz pójść do mojego domu — mówię jej. — Zaopiekuję się tobą. Nie bój się, zawsze będę się tobą opiekowała.

Wiem, że zawsze będą wspominała tamtą noc. Jak dotąd, najlepsza noc w moim życiu. Szkoda, że Edie tak się zdenerwowała, ale przejdzie jej, wiem, że tak będzie. I tak naprawdę jest najlepiej. Zdecydowanie najlepiej. Kiedy jesteśmy w domu, prowadzę ją do mojego pokoju i daję moją piżamę, a sama zakradam się do kuchni i biorę brandy używaną przez mamę do gotowania. Kiedy wracam, ona wygląda tak słodko, jak mała dziewczynka w moich za dużych na nią rzeczach.

Przez większość nocy nie śpimy, rozmawiając o Connorze. To zabawne, ponieważ po pewnym czasie jest niemal tak, jakby on naprawdę to zrobił. Widzę tę dziewczynę — którą postanowiłam uczynić szczupłą blondynką, ale zdecydowanie nie tak ładną jak Edie — spacerującą z Connorem nad kanałem, tak dokładnie widzę, jak przystają i całują się, że mogłabym to opisać w najdrobniejszych szczegółach. Edie każe mi to powtarzać raz po raz, ale w końcu muszę być stanowcza i powiedzieć jej, że musi trochę odpocząć. Przykrywa się moją kołdrą i mówi, ziewając, z oczami mocno podkrążonymi w świetle nocnej lampki:

— Jesteś taką dobrą przyjaciółką, Heather. Naprawdę tak uważam. Dotychczas nikogo ni cholery nie obchodziłam. Czasem myślę, że tylko ty jedna mnie kochasz.

Zasypia przy mnie, a ja leżę obok niej całą wieczność, przyglądając się jej. Za drzwiami mojego pokoju zegary w całym domu wybijają jedenastą. W moim sercu budzi się lekki niepokój. Edie w końcu porozmawia z Connorem, to nieuniknione. A on powie jej, że to nieprawda. Jednak po chwili odpycham od siebie tę niepokojącą myśl: i co z tego? Niech mówi! To mnie Edie kocha, to mi teraz ufa. Nie uwierzy jemu, tylko mnie. Czuję, że powieki zaczynają mi ciążyć, ale nie zasypiam i jeszcze przez chwilę obserwuję śpiącą Edie. Nie chcę się poruszyć, nie chcę stracić niczego.

A następny tydzień jest równie czarowny. Ona przychodzi prawie codziennie, pojawiając się na moim progu w rozmaitych porach dnia i nocy, zagubiona i zdesperowana, potrzebująca mnie. Zapraszam ją do środka, zamawiamy pizzę i rozmawia-my. Dużo rozmawiamy, o wielu sprawach. Oczywiście, głównie o Connorze. Jednak to jest w porządku, należało się tego spo-dziewać. Wkrótce jej przejdzie, zapomni o nim i znów będziemy szczęśliwe. Muszę tylko być tutaj dla niej, być dobrą przyjaciółką. Czasem mówię o naszej przyszłości, o tym, że pewnego dnia będziemy razem w Londynie, ale nie rozwodzę się nad tym, po-nieważ prawie mnie to uszczęśliwia; wydaje się to niemal zbyt piękne, aby głośno o tym mówić, żeby nie zapeszyć.

Tato z początku się nie wtrąca. Tylko wygląda na lekko za-skoczonego za każdym razem, gdy widzi Edie, zanim wycofa się do swojego gabinetu. Pewnego popołudnia po powrocie z pracy zastaje mnie podśpiewującą w kuchni i robiącą jej kanapkę. Czu-ję na sobie jego wzrok, gdy wahając się, przystaje przy drzwiach, cicho kaszle i mówi:

— Twoja mama, hm, twoja matka uważała, że lepiej będzie, jeśli nie będziesz widywała się z Edie, prawda? No wiesz, po tym, co zaszło...

Milknie, niepewnie na mnie patrząc, gdy wstawiam masło i szynkę z powrotem do lodówki.

Zerkam na niego i uśmiecham się.

— Jednak mamy tu nie ma, prawda? — mówię, patrząc mu w oczy.

Po paru sekundach odwraca wzrok.

— Nie. Chyba nie — mamrocze.

A potem odchodzi i po chwili słyszę, jak idzie po schodach na górę, po czym zamyka za sobą drzwi swojego pokoju.

Potem

Wuj Geoff mieszka przy wąskiej uliczce z szeregówkami, odchodzącej od głównej ulicy Erith. Podczas gdy niemal wszystkie sąsiednie domy zostały odnowione lub odrestaurowane, należący do wuja pozostaje wyzywająco niezmieniony, od kiedy wprowadził się do niego prawie trzydzieści lat temu. Brzydki brązowy tynk z domieszką kamyków nie został usunięty i nie odsłonił oryginalnych wiktoriańskich cegieł, ścieżka od frontu nie pyszni się troskliwie odnowionymi płytami, a najładniejszym elementem jego wybetonowanego ogródka przed domem jest kubeł na śmieci. Zazwyczaj jednak uwielbiam tu przychodzić — znajome zapachy, ciepło i wygoda kojarzą mi się z bezpiecznym schronieniem, a dom wuja jest miejscem, w którym czuję się najbardziej odprężona i oczekiwana.

Dziś ze zdenerwowania ściska mnie w dołku, gdy pukam w sfatygowane frontowe drzwi. Gdy je otwiera, spoglądamy na siebie w milczeniu, po czym usuwa się na bok, wpuszczając mnie do środka. W kuchni bierze ode mnie Mayę.

— Aleź jesteś duża — mówi do niej ze smutnym uśmiechem. Maya łapie go za mały palec i uśmiecha się do niego.

— Wujku Geoffie — mówię, zaczerpnąwszy tchu. — Bardzo mi przykro, że się nie odzywałam.

On odwraca się i nastawia czajnik.

— Pewnie byłaś zajęta — mruczy.

— Nie, to nie to, nie czułam się dobrze i...

— Tak. — Kiwa głową, dopiero teraz przyglądając mi się. — Tak powiedziała twoja przyjaciółka. — Widzę, że robi kwaśną minę na wspomnienie Heather.

Zapada cisza, w której zastanawiam się, jak mu to wyjaśnić. Mój wuj, chociaż serdeczny i miły, nigdy nie rozmawia o uczuciach. Przez trzydzieści pięć lat był dokerem i coś przypominającego emocje widywałam u niego tylko w piątkowe wieczory, gdy przy kufelku rozmawiał z kumplami o bilardzie. Patrzę na jego wysoką i barczystą sylwetkę, kanciastą pobrużdżoną twarz z gęstymi siwymi brwiami i w końcu wypalam:

— Heather się wyprowadziła i już nie wróci. Myślałam, że mogę jej ufać, ale... okazała się nie w porządku. Nie dostałam twoich wiadomości ani twojego listu, a przez długi czas byłam zbyt chora, żeby się skontaktować. — Czuję piekące łzy w oczach i dodaję: — Tak mi przykro, wujku Geoffie. Naprawdę.

Przez moment nie odpowiada, a ja wstrzymuję oddech, gdy spogląda na Mayę. W końcu podchodzi do mnie i kładzie dłoń na moim ramieniu.

— W porządku — mówi szorstko. — Nie denerwuj się.

Czuję ogromną ulgę: wybaczył mi, ponieważ mnie kocha, widzi we mnie tylko to, co najlepsze; nie mogę wykrztusić słowa przez ściśnięte gardło.

Później, gdy pijemy herbatę, mówi nieoczekiwanie gwałtownie:

— Dobrze, że pozbyłaś się tej całej Heather. Rzadko czuję do kogoś niechęć, ale ona miała w sobie coś... Nie podobało mi się to, że jest tam z tobą i dzieckiem. — Zerka na mnie i po chwili wahania dodaje: — Prawdę mówiąc, rozmawiałem o niej z twoją matką.

Przywieram wzrokiem do jego twarzy i jest mi trochę nie-dobrze.

— Ach tak? — jestem w stanie wyszeptać tylko tyle.

— Pomyślałem, że ona może ją pamiętać, skoro ta Heather to twoja przyjaciółka z Fremton i w ogóle.

Kiwam głową i chociaż obawiam się odpowiedzi, pytam z czymś w rodzaju zafascynowanego przerażenia:

— I co powiedziała?

Marszczy brwi.

— Cóż, to było naprawdę dziwne, ta jej reakcja. Była bardzo poruszona. Szczególnie kiedy powiedziałem, że ona wprowadziła się do ciebie, żeby pomóc ci przy dziecku, bardzo ją to zdenerwowało, chociaż nie wyjaśniła dlaczego. Zamknęła się przede mną, ot co. — Uśmiecha się krzywo. — Szczerze mówiąc, żałowałem, że do niej zadzwoniłem, bo ta rozmowa wcale mnie nie uspo-koiła. — Milknie i spogląda na mnie ze współczuciem, a potem ostrożnie mówi: — Odniosłem wrażenie, że Heather wyrządziła ci jakąś wielką krzywdę we Fremton, kochana, a przynajmniej takie wrażenie sprawiała twoja mama. Mam rację? — Nie od-powiadam, wpatrując się w swoje dłonie, gdy on kontynuuje: — Dlatego napisałem do ciebie ten list. Myślałem, że dotrze do ciebie, nawet jeśli nie dochodzą SMS-y i inne wiadomości. Jed-nak nie odpowiedziałaś… teraz oczywiście wiem dlaczego — dorzuca pospiesznie. — Edie? Edie, kochanie, dobrze się czujesz?

Kiwam głową, wstając.

— Nic mi nie jest. — Z sercem wciąż w gardle, zmuszam się do uśmiechu i biorę od niego Mayę. — Tylko myślę, że trzeba ją przewinąć.

Zamykam za sobą drzwi łazienki i robię kilka głębokich wdechów, tuląc Mayę i próbując zwalczyć mdłości. Zostaję tam tak długo, jak mogę, a kiedy w końcu wracam, wuj na szczęście taktownie zmienia temat.

Przy drzwiach ściskam go i żegnam się, w duchu dziękując Bogu, że Heather już nie ma. Zanim jednak otwieram drzwi, on dyskretnie kaszle.

— Słuchaj, Edie, nie sądzisz, że już czas, abyście zakopały z mamą topór wojenny? Szczególnie teraz, kiedy masz małą? Matka najwyraźniej martwi się o ciebie, wyczułem to, rozmawiając z nią telefonicznie.

Przez moment wyobrażam sobie, jak z Mayą na rękach pukam do drzwi mojej matki i po tylu latach znów widzę jej twarz. Zaraz jednak wraca wspomnienie tamtej ostatniej nocy i natychmiast znów jestem tam, w kuchni naszego domu we Fremton. Widzę odrazę w jej oczach, gdy powiedziałam jej, co się stało, i stojąc w korytarzu mojego wuja, znowu jestem chora i wstrząśnięta.

— Może — mówię z wymuszonym uśmiechem, po czym zajmuję się wkładaniem Mai do wózeczka i pospiesznie wychodzę.

Wpycham ostatnie pudło na stryszek i spoglądam na mój świeżo uprzątnięty przedpokój. Spakowanie rzeczy Heather, tych stert rozmaitych rzeczy nagromadzonych tu w trakcie kilku miesięcy, przez które tu zamieszkiwała, nie zajęło mi wiele czasu. Przez chwilę zastanawiałam się, czy nie wyrzucić ich do kubła na śmieci, ale w końcu wpadłam na pomysł wykorzystania stryszku — jedynej zalety tego ciasnego mieszkania na poddaszu.

Przygnębiające było zbieranie jej rzeczy — nabitej kurzem szczotki do włosów, na pół rozwiązanych krzyżówek, pogryzionych długopisów, starych płyt kompaktowych z *Przyjaciółmi* oraz toreb z ubraniami i bielizną. Pakując je, rozmyślałam o tym, co powiedziała tamtego wieczoru, kiedy odeszła, zastanawiałam się, czy to prawda, że już nie widuje się z rodzicami — i czy kiedyś jeszcze wróci. Zasuwając klapę stryszku, myślę o tym, jaka była, kiedy obie byłyśmy młodsze. Jaką potrafiła być namolną manipulantką.

Nagłe pukanie do drzwi sprawia, że podskakuję, z sercem natychmiast podchodzącym do gardła. Nie słyszałam niczyich kroków na schodach i czuję ukłucie strachu. *Heather?* O mało nie krzyczę z ulgi, gdy słyszę wołającą mnie Monikę.

— Dobrze się czujesz? — pyta, gdy otwieram drzwi. — Jesteś biała jak prześcieradło.

— Nic mi nie jest. Przepraszam, ja tylko… — Urywam i zmuszam się do uśmiechu. — Nic takiego.

Ona kiwa głową.

— Nie mam nic do roboty, więc pomyślałam, że wpadnę. — Rozgląda się po świeżo uprzątniętym przedpokoju. — Oo. Narobiłaś się. Wygląda wspaniale.

Moje serce powoli się uspokaja.

— Chyba wkrótce będę musiała poszukać większego mieszkania — mówię jej. — Teraz, kiedy mam Mayę.

— Nie możesz się wyprowadzić — mówi. — Za bardzo tęskniłabym za wami obiema.

Bierze Mayę i siada z nią na kanapie, a ja parzę herbatę.

— Nie mogę uwierzyć, że już prawie Boże Narodzenie — mówi, gdy przynoszę filiżanki. — Jak spędzisz święta? Masz rodzinę tam, skąd przyjechałaś?

Pytanie zaskakuje mnie i zapominam odpowiedzi, której zazwyczaj udzielam.

— Moja mama wciąż tam mieszka — mówię powoli, podając jej herbatę. — Jednak nie utrzymujemy kontaktów. — Milknę na moment, czując na sobie jej wzrok, by w końcu pod wpływem nagłego impulsu przyznać: — Właściwie od dawna się z nią nie widziałam. Od kiedy ukończyłam siedemnaście lat.

— Naprawdę? Dlaczego?

— Och, chyba typowe zachowanie nastolatek: chodziłam z chłopakiem, który był nieprzyjemnym typem. Wpadłam… w rozmaite tarapaty. On namieszał mi w głowie. Nie byłam…

— Potrząsam głową i wzdycham. — Przy nim nie byłam całkiem normalna. Szalałam na jego punkcie. Miałam szesnaście lat i byłam kompletnie zwariowana. A potem… wszystko naprawdę się popieprzyło. — Zapada cisza i sama nie wierzę, że to powiedziałam. Jeszcze nigdy z nikim nie rozmawiałam o Connorze.

— W jaki sposób? — pyta Monica łagodnie.

Przygryzam wargę, pojmując, że powiedziałam za dużo.

— To nic takiego. Problemy nastolatków, wiesz? Moja mama nie mogła sobie z tym poradzić, więc wyjechałam do Londynu i zamieszkałam u wuja, a wtedy… po prostu straciłyśmy kontakt.

Czuję na sobie jej zdziwione spojrzenie, gdy podchodzę do okna. Już mam zmienić temat, gdy ona mówi:

— Musi ci być ciężko.

Przez długą chwilę spoglądam w niebo, pogrążona we wspomnieniach o matce. Kiedy byłam mała, ona nie wyglądała tak jak inne matki. Nosiła za krótkie spódniczki, paliła na placu zabaw dla dzieci i flirtowała z kolegami ojca. Nienawidziłam jej za to, przekonana, że wolałaby, żeby mnie tam nie było, bo psuję jej zabawę.

— Jesteś żenująca! — nakrzyczałam na nią kiedyś, gdy przyłapałam ją podrywającą naszego sąsiada. — Żadna z matek moich koleżanek tak się nie zachowuje!

Byłam wstrząśnięta, kiedy opadła na krzesło i zaczęła płakać.

— Jestem taka samotna, Edie. Tak cholernie samotna — wykrztusiła.

Stałam tam, nie wiedząc, co robić, czując litość i niechęć odbierające mi mowę. Chciałam ją pocieszyć, lecz zamiast tego wymamrotałam:

— Kazałaś tacie odejść. Nie byłabyś samotna, gdybyś pozwoliła mu zostać.

— Twój wspaniały ojciec nas nie chciał! — prychnęła mama. — Zadawał się z każdą, która mu dała. Nie zależało mu na nas, tylko na tym, żeby dostać swoje!

Jakby mnie spoliczkowała.

— Nie wierzę ci. Kłamiesz!

Z piekącymi łzami w oczach i zamętem w głowie pobiegłam, żeby zamknąć się w moim pokoju i nie wychodzić z niego, obojętnie jak bardzo mnie prosiła.

Tutaj, w moim mieszkaniu, odwracam się do Moniki i mówię:

— Jako dziecko nie wie się, jak trudno być dorosłym. Chce się tylko też być dorosłą osobą. Uważałam, że będę w tym znacznie lepsza od niej, a teraz, kiedy jestem dorosła, rozumiem, jakie to było głupie.

— Brakuje ci jej? — pyta Monica po chwili milczenia.

Ściska mnie w gardle.

— Taak — cicho mówię. — Chciałabym… chciałabym, żeby wszystko potoczyło się inaczej.

Monica podchodzi i dołącza do mnie pod oknem.

— No cóż, od tego czasu upłynęło sporo wody w rzece, kochana — mówi. — Masz teraz swoją małą. Może powinnaś zabrać ją któregoś dnia na wycieczkę, żeby zobaczyła swoją babcię. — Uśmiecha się. — Założę się, że twoja mama byłaby dumna, widząc, jaką masz śliczną córeczkę.

Kiwam głową, z trudem przełykając ślinę. I w ciszy, która zapada, mam wrażenie, że w powietrzu między nami gromadzi się ciepło, gdy tak stoimy, we dwie, przy moim oknie. Po chwili wahania pytam:

— O co chodzi z twoim byłym, Moniko? Nie musisz mi mówić, jeśli nie chcesz. Ja tylko… wiem, że się go boisz.

Gwałtownie się obraca i wraca na kanapę, a ja w duchu kopię się w łydkę. Jednak wygrzebawszy z torebki papierosa i zapaliwszy go, wzdycha.

— Phil. Lubił mnie tłuc.

— Jezu.

— Powinnam była dawno od niego odejść. Jednak... przywykłam, wiesz? Przynajmniej nigdy nie tknął chłopców. — Uśmiecha się krzywo. — Tylko ze mnie zrobił sobie worek treningowy. Wyżywał się na mnie, ilekroć był w złym humorze lub za dużo wypił. — Głośno wypuszcza powietrze z płuc. — A potem pewnego dnia posunął się za daleko.

Wstaje, podciąga top i pokazuje mi długą, głęboką bliznę biegnącą przez prawie całą szerokość jej ciała.

— On to zrobił? — szepczę.

— Pewnej nocy wrócił pijany. Wszczął awanturę, ponieważ nie odebrałam wcześniej jego telefonu — nie słyszałam, że dzwoni moja komórka. Złapał nóż i zrobił mi to. — Opuszcza bluzkę i wzrusza ramionami. — Przynajmniej wreszcie odzyskałam rozum. Poszedł do więzienia. Ja przeniosłam się z chłopcami do schroniska, a potem do kolejnego i następnego. Jednak zawsze potrafi się dowiedzieć, gdzie jesteśmy — miał swoich szpiegów, nawet kiedy był w więzieniu. — Znów siada. — Dostał tylko parę lat. Wyszedł niedługo po tym, jak wprowadziliśmy się tutaj. Przyszedł tu, szukając mnie, nie przejmując się policją. Wiem, że nie odpuści. — Stuka palcem w skroń. — Jest chory. Pokręcony. Tylko czeka na odpowiedni moment.

— Co zrobisz, jeśli wróci? — pytam.

— Nie wiem. — W tym momencie, siedząc tu, wydaje mi się bardzo mała i delikatna, jakby kurczyła się na samo wspomnienie Phila. — Wpadam w panikę, ilekroć dzwoni mój telefon. Za każdym razem, kiedy wychodzę sama albo ktoś puka do drzwi, myślę, że to on wrócił po mnie. — Odwraca się i spogląda na mnie. — Nie mogę pracować, od kiedy to się stało. Mam ataki paniki. Myślę, że on mnie zabije, Edie, naprawdę tak myślę.

Obserwuję Jamesa, gdy obiera i kroi cebulę. To ładne pomieszczenie, ta jego kuchnia: jasna i przestronna z bielonymi ścianami obwieszonymi malowidłami, rysunkami oraz czarno-białymi fotografiami. Każdy skrawek miejsca, włącznie z dużym sosnowym stołem, jest zastawiony książkami lub płytami kompaktowymi, roślinami doniczkowymi lub garnkami. Z odtwarzacza płynie muzyka jakiegoś nieznanego mi zespołu, a w powietrzu unosi się zapach gotowanej przez Jamesa potrawy.

Byłam zadowolona, gdy wcześniej zadzwonił i zaprosił mnie do siebie. Wygrzebałam sukienkę kupioną całe lata temu i po raz pierwszy od wieków starałam się coś zrobić z włosami i makijażem. Gdy Monica przyszła popilnować małej, zmierzyła mnie wzrokiem i zagwizdała.

— Rany, ale się odstawiłaś, no nie? — I zaskoczyła mnie, mocno mnie ściskając. — Baw się dobrze, kochana — powiedziała. — Nie rób niczego, co ja bym zrobiła! — Na co roześmiałam się.

Potem jednak coś dziwnego zdarzyło się, gdy tam szłam. Zadzwoniła moja komórka, a kiedy ją wyjęłam i spojrzałam na wyświetlacz, migotał na nim napis: „Numer dzwoniącego zastrzeżony". Odebrałam połączenie i gdy nikt się nie zgłosił, przystanęłam pod latarnią, powtarzając w ciszy „Halo? halo?". Tylko że to nie była głucha cisza. Po drugiej stronie słyszałam czyjś oddech i czułam, że ktoś słucha. Po długiej chwili rozłączył się.

Teraz stoję tam w swoich zbyt wysokich szpilkach, usiłując ukryć tę głupią, przykrótką sukienkę pod płaszczem i nie myśleć o tym, kto był na drugim końcu linii. James miesza w stojącym na kuchence garnku, ma na sobie dżinsy i bladoniebieską koszulkę, a mnie nie przychodzi do głowy nic, co mogłabym powiedzieć.

Patrzy na mnie i uśmiecha się.

— Usiądź — mówi, a ja pospiesznie przysuwam sobie jedno z kuchennych krzeseł. — Masz ochotę na kieliszek wina?

Podrywam dłoń i przyciskam ją do ust.

— Boże, przepraszam. Powinnam przynieść butelkę. Nie pomyślałam.

Słyszę nerwowy ton mojego głosu, a on posyła mi zdziwione spojrzenie.

— W porządku. Mam parę w lodówce. Białe czy może czerwone, jeśli wolisz? No już, usiądź, naleję ci.

Kiedy podaje mi duży kieliszek i wraca do krojenia, pociągam długi łyk, a potem następny. Gotując, gawędzi o tym i owym, ale na wszystkie jego pytania odpowiadam tylko „tak" lub „nie" i chociaż bardzo się staram, nie mogę znaleźć żadnego tematu do rozmowy. W pubie po wystawie było inaczej; tam coś między nami było, jakaś więź. Natomiast tutaj nie mam pojęcia, co powinnam powiedzieć lub zrobić. I nie mogę przestać myśleć o Heather. Czy to ona dzwoniła do mnie wcześniej? Czuję ten dawny, dręczący mnie niepokój.

— Gotuję tadżin — mówi mi James. — Lubisz marokańską kuchnię?

Kręcę głową.

— Przepraszam, ale nie wiem. Nigdy nie jadłam.

Śmieje się.

— Przestań przepraszać.

W ciszy, która zapada, znowu piję wino i wodząc za Jamesem wzrokiem po kuchni, usiłuję nie myśleć o tym, jaki jest atrakcyjny. W końcu, zdesperowana, biorę jedną książkę z leżącej obok sterty i pytam:

— Czy ta jest coś warta?

Zerka na nią.

— Jeszcze jej nie czytałem, ale uwielbiam inne jego rzeczy, więc mam taką nadzieję. A ty? Czytałaś coś tego autora?

Pociągam następny łyk wina.

— Nie. Obawiam się, że mało czytam.

On kiwa głową i zaczyna mieszać coś w garnku.

— Jeszcze chwilkę.

Opróżniam kieliszek i kiedy nie patrzy, nalewam następny. Uświadamiam sobie, że jestem już mocno podchmielona. Kiedy stawia na stole danie i siada, nakłada nam obojgu na talerze i podnosi swój kieliszek.

— Na zdrowie — mówi. — Mam nadzieję, że ci zasmakuje.

Przez chwilę jemy w milczeniu.

— To naprawdę dobre — mówię mu, gryząc duży kęs, żeby spróbować i uciszyć nowy przypływ zdenerwowania.

Uśmiecha się.

— Nawiasem mówiąc, wyglądasz ślicznie. Miło cię widzieć.

I mówi to w taki sposób, że czuję, że naprawdę tak uważa, i zaczynam się trochę odprężać. Nisko wiszący nad stołem klosz oświetla nas oboje, a reszta pomieszczenia pozostaje w mroku za ciepłym kręgiem jego blasku.

— Czy twój syn śpi na górze? — pytam.

Przecząco kręci głową.

— Stan jest u matki. Rozeszliśmy się niedługo po tym, jak się urodził, i teraz przez jedną połowę tygodnia jest z nią, a drugą ze mną.

— Musi ci być ciężko.

— Skądże. Wcale. Rozstaliśmy się całkiem przyjaźnie.

Kiwam głową i zastanawiam się, czy dla Jamesa cokolwiek jest trudne.

— Czy długo byłaś z ojcem Mai? — pyta.

— Nie.

— Ach, szkoda. Jednak widuje małą?

— On o niej nie wie.

Wygląda na zaskoczonego, zatrzymuje widelec w połowie drogi do ust.

— Naprawdę?

Wzruszam ramionami.

— Pracowaliśmy razem. Nie powiedziałam mu, że jestem w ciąży.

James kiwa głową i odwraca wzrok, ale już dostrzegłam dezaprobatę w jego oczach. Próbuję znaleźć jakiś inny temat rozmowy, ale patrząc na książki, tę egzotyczną potrawę, muzykę i dzieła sztuki, znów czuję się zagubiona. Milczenie się przedłuża. W końcu to on odzywa się pierwszy.

— Nawet nie wiem, skąd jesteś — mówi, znowu lekkim tonem. — Nie potrafię rozpoznać twojego akcentu.

— Z Manchesteru.

Kiwa głową.

— Zatem twoja rodzina wciąż tam mieszka?

Upijam łyk wina.

— Tak jakby, straciliśmy kontakt.

— Och. Przykro mi.

Tym razem cisza przedłuża się w nieskończoność i wiem, że powinnam ją wypełnić, powiedzieć coś, cokolwiek, ale po prostu nie jestem w tym dobra: nie wiem, jak to się robi, co powinnam powiedzieć. Wiem, że powinnam powiedzieć mu coś o sobie, podzielić się czymś, czymkolwiek, więc zmuszam się i kontynuuję.

— Nie, w porządku — mówię i uśmiecham się z przymusem. — Szczerze mówiąc, byłam okropną nastolatką. Trochę zwariowaną. Zerwałam kontakty z mamą. Wcale jej o to nie winię…

— Błędy młodości, tak? — Mruży oczy, uśmiechając się. — Zawsze myślałem, że jest w tobie coś tajemniczego, może kilka szkieletów w szafie. W pozytywnym sensie, oczywiście.

Ponownie napełnia mój kieliszek i — na szczęście — zmienia temat. Gdy kończymy posiłek, mówi o tym, jak dorastał w Londynie i był studentem Saint Martins. Jest zabawny i potrafi kpić z siebie, a im więcej się śmieję, tym bardziej się odprężam.

— I dlatego — mówi, kończąc opowieść — teraz wystarczy mi powąchać Jacka Danielsa, żebym zapragnął pójść położyć się w bardzo ciemnym pokoju.

Uśmiecham się.

— To trochę tak jak u mnie z wódką — mówię, a potem staram się nie myśleć o tym, co było, kiedy ostatnio ją piłam.

Nasze spojrzenia spotykają się w ciszy, lecz teraz łączy nas nowa zażyłość. Ponownie napełnił mój kieliszek i gdy pociągam kolejny łyk, on mówi, odkładając łyżkę:

— Wygląda na to, że tylko ja mówię. Jesteś bardzo wdzięczną słuchaczką, ale ja nadal nic o tobie nie wiem.

— A co chcesz wiedzieć? — pytam, natychmiast podupadając na duchu.

Wzrusza ramionami.

— Jak to się stało, że przeprowadziłaś się do Londynu, czy studiowałaś tutaj?

A ja nie wiem, co powiedzieć, ponieważ nie zamierzam mówić o tym, dlaczego opuściłam Fremton i jak było, kiedy się tu przeniosłam — ponieważ nie ma o czym mówić. Nie mam zabawnych anegdot do przytoczenia, przyjaciół do opisania, ciekawych zdarzeń do wspominania, a przynajmniej takich, które mogłabym mu opowiedzieć. Wbijam wzrok w talerz.

— W porządku — mówi w końcu, wstając. — To chyba nie mój interes. — I zaczyna zbierać talerze.

I w ten sposób ta ciepła, intymna więź między nami rwie się, a niezręczne, zakłopotane milczenie przedłuża się i rozpaczliwie usiłuję wymyślić coś, co mogłabym mu dać, coś, po czym by usiadł i spojrzał na mnie tak, jak zaledwie chwilę wcześniej, lecz mam zupełną pustkę w głowie.

Tak więc w desperackiej próbie wstaję, podchodzę do niego i robię to, co zawsze w takiej sytuacji, jedyne co pomaga: kiedy odwraca się do mnie zaskoczony, obejmuję go i całuję. Przez jedną okropną chwilę myślę, że będzie się opierał, lecz ku mojej uldze zaczyna odwzajemniać pocałunek, za co jestem tak wdzięczna, że reaguję, namiętnie przesuwając dłonie po jego ciele i przyciskając się do niego, a gdy — przez moment — w alkoholowych oparach pojawia się twarz Connora, całuję Jamesa jeszcze mocniej, ze wszystkich sił odpychając to wspomnienie, i pospiesznie zaczynam rozpinać mu pasek i rozporek, aż nagle łapie mnie za rękę i odsuwa się.

— Hm… — Patrzy na mnie, a ja czuję wstyd, palący i piekący jak policzek.

Zapada okropna cisza. Jestem zażenowana. Odwracam oczy, kiedy się zapina.

— O co chodzi? — mamroczę.

— O nic — mówi. — Przepraszam, ja tylko… nie spodziewałem się tego, nie wiem, ja… — Odsuwa się. — Chcesz kawy? Mogę zaparzyć nam kawę… — Idzie po czajnik.

Patrzę na jego plecy.

— Nie — mówię w końcu. — Nie. W porządku. Ja chyba… lepiej już pójdę. Robi się późno.

— Nie, słuchaj — mówi. — Proszę, zostań. Wypij jeszcze kieliszek wina. Albo kawę. Proszę, usiądź.

Jednak ja biorę płaszcz i torebkę.

— Nie, w porządku. Lepiej wrócę do Mai. Lepiej już pójdę. Dziękuję za kolację.

Gdy biegnę korytarzem, słyszę, jak woła mnie ostatni raz, ale nie odpowiadam, tylko szybko wychodzę i zamykam za sobą drzwi.

Gdy za bramą zanurzam się w mrok nocy, przystaję na moment i zamykam oczy, czując potworny wstyd. Kiedy znów je otwieram, z przestrachem dostrzegam coś po drugiej stronie

ulicy. Jakaś postać, na pół ukryta za zaparkowaną furgonetką,
nagle odwraca się i znika w głębi ulicy. Ta jest nieoświetlona
i nie widzę, czy ta osoba to mężczyzna, czy wysoka, tęga kobieta. Przez chwilę stoję tam, zastygła, zanim podrywa mnie do
działania myśl o tym, że James może wyjść i zastać mnie tutaj.
Odchodzę w przeciwną stronę, w kierunku domu.

Później leżę bezsennie w łóżku, słuchając nocy, z gonitwą
myśli. Czyżbym widziała Heather? Czyżby wróciła? Pod wpływem nagłego impulsu wstaję, znajduję komórkę i wchodzę do
Internetu. W wyszukiwarkę obrazów Google'a wpisuję „Jennifer
Wilcox" i naciskam „szukaj". Otwiera się wiele stron z twarzami
obcych ludzi. Po długim namyśle dodaję „Birmingham" oraz
„kościół metodystów" i oto jest, już na pierwszej stronie: mama
Heather. Klikam jej obraz i zostaję przeniesiona na stronę kościoła w miejscowości Castle Vale. Obok informacji o banku
żywności jest matka Heather. Teraz nosi grube, brzydkie okulary, a jej włosy są siwe i krócej obcięte, ale to ona, z tym samym
spojrzeniem wyrażającym chłodną dezaprobatę. Pod jej zdjęciem
widnieją słowa: „Więcej informacji można uzyskać pocztą elek-
troniczną od Jennifer Wilcox", a po nich adres poczty Gmail.
Zapewne dawno nieaktualny, mówię sobie, ale pomimo to klikam link.

Piszę pospiesznie, zanim się rozmyślę.

*Cześć, Jennifer, nie wiem, czy mnie pamiętasz, jestem Edie,
byłam przyjaciółką Heather we Fremton. Teraz mieszkam
w Londynie. Przepraszam, że odzywam się tak znienacka,
ale zastanawiam się, czy miałaś od niej ostatnio jakieś wieści.
Byłyśmy w kontakcie, ale nie rozmawiałam z nią od jakiegoś
czasu i...*

Przerywam pisanie, wpatrując się w ekran. I… co? *Myślę,*
że może mnie prześladować? W końcu dodaję, trochę kulawo:

Chciałabym z tobą o niej porozmawiać.

Mój palec zawisa nad klawiszem „wyślij", a potem, znów pod
wpływem nagłego impulsu, naciskam go.

Przedtem

Jest poniedziałkowy wieczór, gdy wszystko się wali. Nie widziałam Edie cały dzień, a teraz oglądam telewizję i nakładam ser na grzankę, zastanawiając się, gdzie ona się podziewa, i mając nadzieję, że nic się jej nie stało. Nagle słyszę dzwonek do drzwi. Zrywam się na równe nogi i otwieram drzwi, już uśmiechając się z ulgą, chcąc ją wpuścić, gdy widzę wyraz jej twarzy i wtedy uśmiech gaśnie na moich wargach.

Ona przeciska się obok mnie i wchodzi do środka. Stoimy w przedpokoju i gniewnie przeszywa mnie wzrokiem.

— Edie? — mówię niepewnie, ale wiem, co zaraz powie, że ten szczęśliwy, piękny czas, jaki spędzaliśmy razem, już się skończył.

Już ma coś powiedzieć, ale powstrzymuje ją odgłos kroków mojego ojca na piętrze, łapie mnie za ramię i brutalnie ciągnie do kuchni.

— O co cho… — zaczynam.

— Powiedz mi jeszcze raz, Heather — mówi — o tym, jak widziałaś Connora nad kanałem.

— Hmm…

— Widziałaś ich wyraźnie, tak? Jego i tę dziewczynę? Mówiłaś mi, jak ona wyglądała, w co była ubrana.

— Taak...

— I to było około siódmej? Wieczorem?

Kiwam głową.

Ona mruży oczy.

— O siódmej jest zupełnie ciemno, szczególnie tam.

— No, może to było trochę wcze...

— I powiedziałaś, że ona była wysoka.

Serce wali mi jak młotem.

— Tak sądzę. Dość wysoka. Słuchaj, Edie, co...

Ona prycha.

— Och, naprawdę? Ponieważ teraz przypominam sobie, że poprzednio powiedziałaś, że była dość niska. Niższa ode mnie.

Potrząsam głową.

— Ja nie... nie mogę... — Nienawidzę kłamać. Nigdy nie robiłam tego dobrze. Jestem zmieszana i przestraszona. — Edie, proszę...

Przeszywa mnie wzrokiem.

— Mówiłaś, że to było dwa dni przed tym, zanim poszłyśmy razem do pubu.

Z przygnębieniem kiwam głową.

— Rzecz w tym, Heather — mówi powoli i z namysłem, równie zimno, jak na mnie patrzy — że tamtego wieczoru Connor był w Overton z Tullym. Ma w telefonie SMS-y, które wysłał do wszystkich, żeby tam do niego dołączyli. Pokazał mi je.

— Hm... może to nie było dwa dni wcześniej, tylko trzy. Ja nie...

— No to ile? Dwa czy trzy?

Z przestrachu mam pustkę w głowie.

Opada jej szczęka.

— O mój Boże. Miał rację. Kłamałaś, prawda? Connor miał cholerną rację! Wymyśliłaś to wszystko.

Robi krok naprzód, a ja się kulę i cofam.

— Nie! Nie, nie wymyśliłam! Edie, proszę, ja…

Nagle krzyczy na mnie tak, że cała drętwieję.

— Powiedz mi. Kłamałaś?

Wszystko na nic. To koniec. Spuszczam oczy i kiwam głową. Gdy podnoszę wzrok, wyraz jej twarzy sprawia, że wybucham płaczem. Widzę niedowierzanie i szok, lecz co więcej, nigdy nie widziałam jej tak zranionej. Wyciągam do niej rękę.

— Edie, tak mi przykro…

Lecz ona mnie odtrąca.

— Wszyscy w szkole mówili, że jesteś świrnięta. Jednak myślałam, że tylko tak gadają i jesteś w porządku. Myślałam, że zależy ci na mnie. Że tobie jednej na mnie zależy. — Potrząsa głową. — Chryste. Czy chociaż wiesz, co zrobiłaś? Wszystko spieprzyłaś!

Nie mogę spojrzeć jej w oczy, tylko stoję tam ze spuszczoną głową.

— Dlaczego, Heather? Dlaczego mi to zrobiłaś? Bo chcesz mnie mieć dla siebie? Czy tak? Widziałam, jak na mnie patrzysz. Chryste, jesteś obrzydliwa. Jesteś naprawdę kurewsko obrzydliwa. Nigdy ci tego nie wybaczę. Nigdy.

Pogardliwe i nienawistne spojrzenie, które mi posyła, łamie mi serce i opadam na krzesło, czując ogromny ciężar przygniatający mi pierś, gdy patrzę, jak ona gwałtownie się odwraca i wychodzi, trzaskając frontowymi drzwiami.

Chodzę od zegara do zegara, nie spiesząc się, znajdując kluczyk do każdego kolejnego na haczyku, gzymsie lub w zakamarku i ostrożnie go włożywszy, obracam odpowiednią ilość razy, tak żeby nie zerwać sprężyny. Nastawiam wskazówki minut oraz godzin i jednym palcem delikatnie wprawiam w ruch wahadła, zanim przejdę do następnego. Nie wiem kiedy zaczęłam to robić, ale ktoś musi: kiedyś nienawidziłam zegarów taty, ale bardziej nienawidzę ich ciszy.

Będąc na korytarzu na górze, słyszę przez drzwi jego gabinetu poskrzypywanie krzesła i radio grające jakiś utwór Bacha. Zapewne sprawdza wypracowania albo przepisuje coś z Biblii; ostatnio robi to coraz częściej i w całym domu znajduję karteczki zapisane jego charakterem pisma, ale już nawet nie próbuję ich odczytywać. Kończę nakręcać ostatni zegar i umykam do mojego pokoju. Zbliża się pora kolacji, ale zanim zacznę ją szykować, wyjmę butelkę wódki, którą schowałam pod materacem, i pociągnę łyk, a potem jeszcze jeden, po czym z powrotem mocno ją zakręcę. Minęły cztery miesiące od odejścia mamy, a trzy i pół, od kiedy ostatnio rozmawiałam z Edie.

Spotykamy się z mamą niemal co tydzień, w kawiarni przy głównej ulicy. Rozmawiamy o jej nowej pracy w ośrodku zdrowia i o tym, jak mi idzie w szkole. Nie mówię jej, że zupełnie przestałam się przykładać do nauki, że czasem nie chodzę na zajęcia i mam takie zaległości, że chyba nigdy ich nie nadrobię. Chcę ją przeprosić, powiedzieć, że wiem, że odeszła z mojej winy. Jednak nie mówię tego i obie z ulgą wracamy do domów.

Od czasu do czasu widuję w szkole Edie, ale nie rozmawiamy. Ona udaje, że mnie nie widzi, pospiesznie odchodzi korytarzem lub do swojej klasy, a ja nie mam odwagi za nią gonić, zatrzymać ją, powiedzieć, jak mi przykro. Napisałam do niej sto listów i niezliczoną ilość razy łapałam za telefon, ale nigdy ich nie wysłałam i nigdy nie wybrałam numeru, który wciąż znam na pamięć. Zamiast tego, gdy kończą się zajęcia i powinnam się uczyć w domu, jadę dokądś autobusem i chodzę po sklepach, ukradkiem wpychając do torebki różne rzeczy, przeważnie takie, które zapewne spodobałyby się Edie. Albo jadę rowerem do sklepu monopolowego na końcu miasta w takiej porze, gdy nie ma klientów, a pracujący tam mężczyzna sprzeda mi wszystko, co zechcę, i nigdy nie pyta mnie o wiek.

*

Po deszczowej i wietrznej wiośnie nagły upał pojawia się nie wiadomo skąd, słońce praży dzień za dniem, parząc skórę, gdy idę, trzymając się cienia. Dziś tato pracuje w domu, więc kręcę się po mieście od ósmej rano, udając, że jestem w szkole. Byłam w parku i bibliotece, przeszłam tam i z powrotem kładką nad autostradą i wracam na skróty za szpitalem, gdy obok mnie zatrzymuje się poobijany biały samochód, warcząc silnikiem, dudniąc muzyką przez otwarte okna, i męski głos woła mnie po imieniu.

Przystaję i ze zdumieniem widzę spoglądającego na mnie Connora.

— Jak się masz, Heather? — mówi, lekko przeciągając słowa, z oczami skrytymi za ciemnymi szkłami okularów przeciwsłonecznych.

Jestem nie tylko zaskoczona jego widokiem, ale jak zwykle przez moment oszołomiona jego urodą, tak wyróżniającą się w szarości Fremton, że mrużę oczy, jakbym patrzyła w słońce. Jego uroda ma w sobie coś odpychającego, a w doskonałych rysach jego twarzy kryje się agresja i okrucieństwo. Między nogami trzyma butelkę piwa, którą teraz bierze i przykłada do ust, ale nadal czuję na sobie jego oczy, obserwujące mnie zza ciemnych szkieł.

A potem zerkam na tylne siedzenie i widzę tam Edie z dwoma innymi chłopakami, wtedy natychmiast całkiem zapominam o Connorze. Mam wrażenie, że spadam — osuwam się, tracąc grunt pod nogami. Ona obrzuca mnie szybkim, chłodnym i nieprzyjemnym spojrzeniem, po czym odwraca się i patrzy przed siebie.

— Wsiadasz czy nie? — mówi Connor, a ja znów patrzę na niego, zaskoczona.

Co to ma znaczyć? Czego oni mogą chcieć? Wiem jednak,

że nie mogę i nie chcę odmówić: tak nieodparcie ciągnie mnie tam, gdzie jest Edie, jej widok po tylu tygodniach jest jak woda gasząca pragnienie, więc bez słowa kiwam głową.

Ledwie siadam na przednim siedzeniu, a Connor wciska gaz i ruszamy z piskiem opon. Z mocno bijącym sercem zapinam pas. W kabinie unosi się dym i słodkawy, mdlący zapach trawki, więc znów spoglądam na Edie, lecz ona uparcie wpatruje się w widok za oknem. Dwaj chłopcy obok niej spierają się o coś, czego nie słyszę przez rap płynący z ryczących głośników.

Nagle odzywa się Connor.

— To u ciebie wszystko dobrze, Heather? — mówi.

Nie lubię jego głosu z miejscowym akcentem, zabarwionym tonem zapewne wziętym z jakiegoś gangsterskiego filmu, tego drwiącego, przesadnie pewnego siebie sposobu, w jaki mówi tu większość chłopaków, jakbyś była przygłupia lub przygłucha albo jedno i drugie.

— Taa — mamroczę.

— No to co porabiasz?

Wzruszam ramionami.

— Nic szczególnego, szkoła i takie rzeczy.

Zerka na mnie.

— Nie zajmowałaś się obsmarowywaniem ludzi?

Potrząsam głową, zaciskając pięści.

— Bo wiem, że lubisz to robić.

Nie odpowiadam, a on się śmieje, nieprzyjemnie i bez cienia rozbawienia.

— Spoko, do kurwy nędzy. Ja tylko drę z ciebie łacha.

Potem już się nie odzywa, pije swoje piwo lub mocno zaciąga się skrętem, który dał mu jeden z chłopaków, przy czym koniec papierosa żarzy się i skwierczy. Przejeżdżamy przez Fremton, a za miastem Connor jeszcze przyspiesza, gdy jesteśmy na szerszych i mniej ruchliwych drogach. Co się dzieje? Dokąd mnie zabierają? Chyba Edie nie pozwoli, żeby stało się coś złego? Obracam się i patrzę na tylne siedzenie, ale jej gniewna, zacięta mina sprawia, że słowa zamierają mi na wargach.

W końcu, po drugiej stronie Wrexham, skręcamy w boczną szutrową drogę i wjeżdżając na wysokie wzgórze, Connor wreszcie zwalnia. Kaseta, której słuchaliśmy, nagle się kończy, kręta droga prowadzi coraz wyżej i w samochodzie panuje cisza. Rozglądam się, stropiona. Co to za miejsce? Kiedy w końcu docieramy na szczyt, Connor zatrzymuje samochód i wszyscy wysiadamy. Idę za Edie. Muszę z nią porozmawiać, wytłumaczyć, jak mi przykro. Wtedy mi wybaczy, na pewno.

Mijamy szczyt wzniesienia i widząc, co znajduje się po drugiej stronie, przystaję, zaskoczona. Słyszałam już o kamieniołomie za Wrexham, ale nigdy tu nie byłam i nie miałam pojęcia, że tak wygląda. Ogromna kamienna niecka otoczona białymi skałami i wypełniona wodą o dziwnej, nienaturalnie zielonej barwie oraz zupełnie nieruchomej powierzchni o oleistym połysku. Po drugiej stronie grupki miejscowej młodzieży upijają się w słońcu, przy dźwiękach muzyki płynącej z głośników ich samochodów. Od czasu do czasu któryś z nich skacze do wody, przy wtórze wrzasków i wiwatów. Chłonę ten widok w prażącym słońcu, pod intensywnie błękitnym niebem.

Spostrzegam, że Connor i dwaj pozostali rozmawiają z grupką osób siedzących pod drzewami kilka metrów dalej. Po chwili wahania idę tam i podszedłszy bliżej, rozpoznaję paru jego kumpli z prywatki. Siadam na rzadkiej trawie w pobliżu i czekam. Nikt na mnie nie patrzy, jakby zapomnieli, że tu jestem, a ja skupiam uwagę na Edie. Odeszła na bok i siedzi sama, spoglądając na kamieniołom. Czasem zerka na Connora i wydaje się taka smutna i samotna, że serce mi się kraje.

Nagle uświadamiam sobie, że znajdujący się najbliżej mnie chłopak to ten, którego spotkałam na rynku, Liam. Bez bluzy z kapturem wygląda jeszcze młodziej, z chudymi gołymi ramionami i krótko ostrzyżonymi ciemnoblond włosami, odsłaniającymi delikatny zarys czaszki, z bladymi, zamyślonymi oczami. Podchodzę bliżej, bo jego obecność tutaj dodaje mi otuchy.

— Dlaczego po tej stronie nikt nie wchodzi do wody? — pytam go, a on podnosi wzrok i ruchem głowy pokazuje dużą czerwoną tablicę z napisem „KĄPIEL WZBRONIONA".

Wzrusza ramionami, po czym mówi cicho i niewyraźnie:

— Pełno tam różnego syfu. Ludzie wrzucają tam wszystko: wózki z supermarketu, zdechłe psy, co tylko sobie wyobrazisz. Podobno jest tam gdzieś wrak samochodu. — Zerka na mnie, robiąc skręta, i umyka wzrokiem. — Kilka lat temu jeden chłopak skoczył do wody i nadział się na kij sterczący tuż pod powierzchnią.

Przechodzi mnie dreszcz: otwarte wody mnie przerażają. W tym momencie Connor woła Edie i widzę, jak ona ochoczo się odwraca, z pełnym nadziei uśmiechem. Jednak jego głos jest chłodny i obojętny.

— Zabrałaś to, no nie? — pyta ją.

Ona kiwa głową i rzuca mu coś, co wyjęła z kieszeni, a gdy on znów odwraca się do niej plecami, widzę jej rozczarowaną minę.

Po chwili wstaje. Nie od razu pojmuję, co robi, ale ona powoli i z rozmysłem ściąga top, przez moment stoi w biustonoszu, po czym zrzuca z nóg sandałki i zdejmuje spódniczkę. Widzę, że wie, że jest obserwowana. W końcu kładzie się w samej bieliźnie i wyciąga na trawie w palącym słońcu. Ma zamknięte oczy, a długie włosy rozpuszczone na ramiona. Zapiera mi dech na widok jej urody, długich zgrabnych nóg, małych, lecz idealnie kształtnych piersi, jak u modelek z ilustrowanego magazynu. Kiedy spoglądam na pozostałych, widzę, że oni też na nią patrzą. Nikt nic nie mówi.

Nagle podpiera się na jednej ręce i obraca do mnie, a moje serce zaczyna mocniej bić.

— Nie opalasz się, Heather? — pyta.

Spoglądam na nią ze zdziwieniem.

— Nie wzięłam kostiumu — mamroczę.

— Co z tego? — mówi zimno. — Ja też nie mam, no nie?

Zdaję sobie sprawę z tego, że pozostali nas słuchają, i odwracam wzrok, zmieszana. Kiedy jednak znów na nią zerkam, ona wciąż na mnie patrzy, z wyzwaniem w oczach.

— O co chodzi? Jesteś zbyt nadęta, żeby zdjąć ciuchy, czy co?

Potrząsam głową.

— Nie, ale…

— No to już, zrób to.

Waham się. Czy właśnie to muszę zrobić, żeby ją przebłagać? Żeby mi wybaczyła i znów kochała? Zrobiłabym wszystko, żeby tak się stało. Mija długa chwila.

— Zrób to — powtarza.

Powoli, z piekącymi policzkami, wstaję. Zdejmuję przez głowę top i szybko znów siadam na ziemi, splatając ręce na piersi, a słońce pali moje nagie białe ciało.

— I resztę — mówi, ruchem głowy pokazując moje nogi. — W nich chyba się nie opalisz, no nie?

Niechętnie znów wstaję i rozpinam dżinsy, tracąc równowagę i o mało nie przewracając się, gdy je ściągam. Pospiesznie siadam, wiedząc, jak okropnie muszę wyglądać w porównaniu z nią. Gdy podnoszę głowę, nasze spojrzenia spotykają się.

A wtedy odzywa się Connor, przerywając ciszę.

— No, to są cycki jak należy, no nie, Edie? — I po chwili dorzuca niedbale: — Nie takie jak te twoje dwa sadzone jajka, no nie?

Jego słowa wywołują głośny śmiech, a ja jestem zażenowana i patrząc na Edie, widzę w jej oczach upokorzenie i gniew. Zrywa się na równe nogi i odchodzi na skraj urwiska, zsuwa się po jednym z białych głazów i znika.

Jestem jak skamieniała. Jeszcze pogorszyłam sytuację. Teraz jest gorzej niż było, a ona nienawidzi mnie jeszcze bardziej. A jeśli spadła? W końcu wstaję i idę za nią, nie przejmując się tym, że Connor i jego kumple pewnie gapią się na mój tyłek. Gdy dochodzę do krawędzi urwiska, widzę ją parę metrów niżej, siedzącą na skalnej półce z nogami zwisającymi nad wodą. Niezdarnie opuszczam się tam, czując, jak chropowata skała drapie moją skórę.

— Edie — mówię, trochę zasapana. — Proszę, Edie. — Ona jednak wciąż wpatruje się w wodę. — Bardzo przepraszam za to, co zrobiłam — dodaję desperacko. — Musisz mi wybaczyć.

Wtedy spogląda na mnie. Teraz, będąc tak blisko, widzę, że schudła i ma ciemne kręgi pod oczami; emanuje z niej rozpacz. W końcu odzywa się, wypluwając słowa, ostre jak szpilki.

— Nigdy ci nie wybaczę — mówi, wstając. — Jesteś pierdoloną suką.

Zapiera mi dech i łzy stają mi w oczach, gdy widzę, jak patrzy na mnie z obrzydzeniem.

— Jesteś żałosna — mówi, mierząc mnie wzrokiem. — Tylko spójrz na siebie.

Podnoszę się i wyciągam rękę, łapiąc ją za ramię, próbując zatrzymać.

— Proszę, Edie — błagam. — Ja nie chciałam. Tak mi przykro…

To, co następuje potem, to po prostu nieszczęśliwy wypadek. Ona odwraca się błyskawicznie i jest wściekła.

— Odczep się ode mnie, Heather! — krzyczy. — Po prostu zostaw mnie, kurwa, w spokoju!

Nie chciała wepchnąć mnie do wody, jestem pewna, że nie chciała. Mimo to tracę równowagę i spadam ze skalnej półki. Z głośnym klaśnięciem uderzam plecami o powierzchnię wody, której lodowate zimno wyciska mi powietrze z płuc. Pogrążając się w zielonej mętnej wodzie, myślę o tym, co mówił mi Liam, o samochodach, zdechłych psach i chłopcu, który się tu zabił. Rozpaczliwie kopię nogami, aż w końcu wynurzam głowę nad powierzchnię wody, znów w słoneczny blask, spazmatycznie łapiąc powietrze.

Płynę do skalnej półki, na której stoi Edie, i przez moment, tylko przez moment, widzę na jej twarzy ulgę, po czym odwraca się i zaczyna wspinać z powrotem. Z trudem wydostaję się z wody i rozpaczliwie próbuję się wdrapać za nią, zanim znajduję oparcie dla nóg. Jestem tuż za Edie, gdy widzę przed nami Connora, gapiącego się na nas i palącego papierosa. Oleista zielona powierzchnia wody odbija się w jego ciemnych szkłach.

Odwożą mnie tam, gdzie mnie znaleźli. Patrząc, jak odjeżdżają, myślę o Edie, o tym, po co mnie zabrali i co to może oznaczać, ale przede wszystkim myślę o tym, jak żałośnie wyglądała, jaki okropny był dla niej Connor i o tym, że teraz potrzebuje mnie bardziej niż kiedykolwiek.

Tej nocy śni mi się kamieniołom. Jednak tym razem nie wydostaję się na powierzchnię; nie wynurzam głowy w ciepły słoneczny blask. Zamiast tego zanurzam się coraz głębiej, aż nagle nie jestem już w swoim ciele: jestem moją siostrą, jestem Lydią. Woda wypełnia moje usta i nos, dusząc mnie i pozbawiając tchu. Gdy opadam coraz niżej, ten straszliwy, palący ucisk w płucach narasta, i budzę się w ciemności przerażona, z twarzą mokrą od łez, ciężko dysząc. *Lydia*. Przepełnia mnie smutek i żal: jak bardzo musiała się bać.

Obozowaliśmy w Brecon Beacons, niedaleko naszego miejsca zamieszkania w Walii. Mały kemping nad jeziorem, z rozstawionymi tu i ówdzie namiotami i przyczepami oraz kilkoma drewnianymi budynkami infrastruktury. Pewnego ranka zbudziłam się wcześnie i zobaczyłam mamę zbierającą swoje rzeczy, żeby pójść wziąć prysznic. Kiedy zauważyła, że nie śpię, przyłożyła palec do ust i szepnęła:

— Zostań tu.

Tato mocno spał, chrapiąc w swoim śpiworze, ale zaledwie mama zasunęła za sobą zamek namiotu, Lydia też się obudziła.

— Hetta! — powiedziała, uśmiechając się do mnie.

Zerknęłam na tatę i tak samo jak mama przyłożyłam palec do ust.

— Chodź.

Wygramoliłyśmy się z namiotu w mglisty słoneczny blask poranka, zeszłyśmy na brzeg skrzącego się jeziora i spojrzałyśmy na przycumowane do pomostu łodzie.

— Na łódkę, na łódkę! — powiedziała, podskakując z podniecenia.

Wiedziałam, że nam nie wolno.

— Nie, Lyddy — powiedziałam, ale trzymałam ją za rączkę, gdy brodziłyśmy w płytkich falach przy brzegu jeziora, a rąbek jej koszulki i nogawki mojej piżamy stawały się ciężkie i ciemne od wody. W pobliżu łagodnie kołysał się niebiesko-żółty ponton.

Lydia wyciągnęła do niego rączki, spoglądając na mnie prosząco okrągłymi, błękitnymi jak chabry oczami.

— Na łódkę, na łódkę! — powtórzyła.

Zawahałam się, patrząc na namioty. Ależ to byłaby zabawa! Nagle znikły wszystkie powody, dla których nie powinnyśmy tego robić.

— Dobrze — powiedziałam i wytężając wszystkie siły, wsadziłam ją do pontonu, a potem sama doń wskoczyłam.

Zapewne pod wpływem naszego połączonego ciężaru i nagłego szarpnięcia cuma odwiązała się, a ja zauważyłam to dopiero, gdy byłyśmy metr od pomostu. Złapałam wiosła, natychmiast upuszczając jedno do wody, a drugim poruszając tak niewprawnie, że jeszcze bardziej oddalałyśmy się od brzegu. Zaczęłam się bać. Mama będzie bardzo zła. Dryfowałyśmy na środek jeziora. Lydia zobaczyła moją minę i zaczęła płakać.

— Wszystko w porządku, Lyddy — powiedziałam.

Ona jednak musiała wyczuć mój niepokój, ponieważ wstała i ruszyła ku mnie, wyciągając rączki.

— Chcę z powrotem. Chcę do mamusi.

— Nie! — krzyknęłam. — Usiądź, usiądź! To niebezpieczne!

A ona cofnęła się, przestraszona, płacząc jeszcze głośniej, ponieważ na nią krzyknęłam, i wtedy straciła równowagę i wpadła do wody.

Nie wiedziałam, co robić. W pierwszej chwili sparaliżował mnie szok i przerażenie. Przez moment biła rękami wodę, przy czym jej głowa znikała i znów się pojawiała nad powierzchnią, krzyczała, łykała wodę i krztusiła się, z wydętą wokół niej białą nocną koszulką, a potem znikła. Byłam słabą pływaczką, najgorszą w klasie. Nie widziałam jej, nie mogłam jej dosięgnąć. Powinnam wskoczyć za nią do wody, powinnam, ale byłam zbyt przestraszona. Nie zdawałam sobie sprawy, że krzyczę, aż daleko na brzegu ludzie zaczęli wybiegać z namiotów. Ujrzałam ojca wskakującego do wody i krzyczałam bez końca, i wiedziałam, że już po niej.

Jest prawie czwarta po południu następnego dnia, gdy przybywam do Pembroke Estate. Przystaję przed wieżowcem Connora i spoglądam na rzędy ciemnych okien, zastanawiając się, które z nich jest jego. Uświadamiam sobie, że on może tam teraz jest i patrzy na mnie z góry, obserwuje mnie. Przechodzi mnie dreszcz i wodzę wzrokiem po betonowych przybudówkach, garażach i wiatach z kubłami na śmieci. Jakiś przywiązany do poręczy pies szczeka nieprzerwanie w niebo, a dzieciak raz po raz odbija piłkę od muru: *łup, łup, łup.* Nabieram tchu i idę w kierunku windy.

Gdy Connor otwiera drzwi, nie mówię słowa, ignorując grymas zdziwienia, a potem drwiący uśmiech na jego twarzy, mijam go i idę korytarzem do salonu. Kilku jego kumpli rozsiada się na kanapie, fotelach i podłodze, a w głośnikach dudni głośna muzyka. Edie siedzi w kącie i gdy podnosi wzrok, jej wyraz twarzy się nie zmienia. Przez moment patrzy na mnie, mrużąc oczy, a następnie znów opuszcza głowę i wbija wzrok w ekran ściszonego telewizora. Wszędzie leżą bibułki, zapalniczki, fajki i torebki z ziołem. Siadam na kanapie obok Królika, który pochyla się nad linią białego proszku na opakowaniu od płyty kompaktowej. Na podłodze przy mojej nodze zauważam torebkę z białym proszkiem.

Ponownie skupiam uwagę na Edie, która ma teraz zamknięte oczy i głowę bezwładnie przechyloną na bok. Czekam. Ktoś musi się nią zaopiekować; ktoś musi dopilnować, żeby nic się jej nie stało. Nie pozwolę, żeby Connor ją zniszczył. Nie dopuszczę do tego. Widzę go, stojącego w drzwiach i patrzącego na nas, jego krzywy uśmiech, jego okrutne zielone oczy i czuję czystą, rozżarzoną do białości nienawiść. Coraz mocniej zaciskam pięści i w mojej głowie zaczyna kiełkować pewien pomysł.

Potem

Stoimy przy tylnych drzwiach mieszkania Moniki, patrząc na wspólny ogród.

— Co za bajzel — mówi, kopiąc porzucony fotel, z którego pianka i zardzewiałe sprężyny wyłażą na to coś, co kiedyś może było trawnikiem.

Jest bardzo mroźny dzień; lodowato zimny i ponury, z czarnymi szkieletami drzew na tle pustego białego nieba. Patrzę na nasiąknięty wodą materac gnijący pod stertą śmieci i przechodzi mnie dreszcz; chciałabym, żeby Monica pospieszyła się i zamknęła drzwi, żebyśmy wróciły do jej przytulnego mieszkania. Ona jednak dopiero się rozgrzewa.

— To haniebne — ciągnie. — Dlaczego administracja jeszcze tego nie sprzątnęła? Trzeba ich pogonić. Złożę skargę.

— Taa — mruczę. — Powodzenia. — Chłód jest dotkliwy i chucham na moje palce. — Chryste, Monisiu. Wracajmy do środka. Cholernie zmarzłam.

— Dlaczego sami tego nie zrobimy? — mówi. — Ty, ja i chłopcy. A może uda nam się namówić także innych lokatorów?

— Hmm…

— Tak! — mówi z entuzjazmem. — Zmusimy administrację,

żeby wywiozła cały ten syf, a potem zaczniemy z powrotem zamieniać ten teren w ogród.

— No cóż — mówię powoli — to może…

Niecierpliwie obraca się do mnie.

— Nie uważasz, że byłoby miło, gdyby Maya miała się gdzie bawić?

Patrzę na jej zapał i znów rzucam okiem na ogród, teraz widząc ten teren jej oczami: wysprzątany, zielony, z kwiatami i trawnikiem, Mayę bawiącą się w słońcu. Uśmiecham się.

— Tak — mówię. — Naprawdę byłoby miło.

Ona trąca mnie łokciem w bok.

— Moglibyśmy nawet poprosić tego twojego faceta, żeby nam pomógł.

Na wzmiankę o Jamesie znów czuję, że się czerwienię ze wstydu, i odwracam głowę.

— Już ci mówiłam, on nie jest moim facetem — mamroczę.

— Zobaczymy.

Nagle zaczyna padać lodowaty deszcz i w końcu wracamy do mieszkania. Zastajemy Billy'ego przy kuchennym stole i naprawiającego jakąś część swojego motocykla. Maya siedzi mu na kolanach, podnosi wzrok i uśmiecha się, gdy mnie widzi, na policzku ma czarną smugę smaru. W kuchni jest ciepło, deszcz bębni o szyby, a z radia płynie piosenka Lady Gagi, którą Monica nuci, nastawiając czajnik i myjąc kubki. Siadam, gdy zjawia się Ryan i wręcza bratu klucz nastawny, po czym obaj zabierają się do pracy, w skupieniu wymieniając uwagi.

Obserwując ich, zastanawiam się, jak wyglądało ich życie, jak stali się tacy dojrzali i wyrośli na takich porządnych ludzi, pomimo tego wszystkiego, co musieli widzieć, tych aktów przemocy. Uświadamiam sobie, że dobroć ich matki wystarczyła, żeby przezwyciężyć zło ich ojca i moje myśli biegną do Heriego. On był dobrym człowiekiem, przypominam sobie z niepokojem, z całego serca pragnąc, by Maya wdała się w niego, a nie we mnie.

— Ziemia do Edie?

Podnoszę głowę, spłoszona.

— Przepraszam, co mówiłaś?

Monica śmieje się.

— Mówiłam, że może przyszłybyście z Mayą do nas w święta? Będę tylko ja z chłopcami, ale wy też byłybyście mile widziane.

— Naprawdę? — pytam. Wuj Geoff już mi powiedział, że umówił się z przyjaciółmi. „Wtedy jeszcze nie wiedziałem, że znów będziemy w kontakcie", dodał przepraszająco, a ja znów z poczuciem winy zapewniłam go, że nic nam z Mayą nie będzie, że zamiast tego zobaczymy się z nim w drugi dzień Bożego Narodzenia. Uśmiecham się do Moniki. — Byłoby cudownie! Jesteś pewna?

Ona się śmieje.

— Nie będzie aż tak cudownie, ale tak, oczywiście. — Zniża głos. — Ryan i Billy od dawna nie mieli porządnych świąt Bożego Narodzenia i chcę, żeby w tym roku wypadły naprawdę dobrze.

Jestem tak wzruszona, że muszę przełknąć ślinę, zanim odpowiem.

— Przyjdę z przyjemnością. Będzie wspaniale.

Ona uśmiecha się.

— Tak, będzie, prawda?

Nazajutrz, po tygodniach marznącej mżawki budzę się w grudniowy niedzielny ranek tak niezwykle pogodny, że wychodzę na daszek i ze zdumieniem spoglądam na zamglone błękitne niebo. W dole ciche ulice i pokryte rosą ogrody wyczekująco błyszczą w słońcu, więc pakuję Mayę do wózeczka i ruszamy do parku. Ogrzane tym jasnym, pięknym słonecznym blaskiem moje obawy związane z Heather zaczynają się rozwiewać. Od tamtego wieczoru u Jamesa nie miałam już żadnych tajemniczych telefonów, a Jennifer nie odpowiedziała na mój mail. Czuję, że budzi się we mnie nadzieja: może jednak w końcu po wszystkim.

W parku jest już rojno, gdy tam przybywamy: ludzie wyroili się jak krety ze swych nor i uśmiechają się ze zdziwieniem, gdy ich dzieciaki biegają wokół bez wierzchnich okryć. Sadzam Mayę na huśtawce, a ona śmieje się tak radośnie, że przechodzący obok mężczyzna przystaje i uśmiecha się.

— Oto szczęśliwa mała buzia — mówi, a ja czuję nagły przypływ dumy na myśl o tym, jak daleko zaszłyśmy, Maya i ja; jak długą drogę przebyłyśmy razem od tamtych ponurych pierwszych miesięcy jej życia.

Później, gdy siedzimy razem w trawie, dostrzegam siwowłosą kobietę dzielącą się kanapką z małym chłopcem i kiedy na nich patrzę, nagle w moich myślach pojawia się obraz twarzy mojej matki. Przypominam sobie jedną z ostatnich naszych rozmów. Stałam w pokoju od ulicy, a mama siedziała na kanapie, z kulami opartymi obok. Paliła papierosa, starannie uczesana i uszminkowana, chociaż od miesięcy nie wychodziła z domu. Płakała, a ja nie chciałam na nią patrzeć.

— Edie — powiedziała. — Proszę, porozmawiaj ze mną.

Ja jednak ucięłam tę próbę.

— Nic mi nie jest — warknęłam. — Nie ma o czym mówić.

Odwróciłam się do niej plecami, żeby patrzeć na ulicę.

— Wyglądasz koszmarnie! Nigdy nie ma cię w domu, a ja przeważnie nawet nie wiem, co robisz ani gdzie jesteś.

W jej głosie słyszałam rozpacz.

Łzy napłynęły mi do oczu i przez moment wyobraziłam sobie, że opowiem jej wszystko, błagając, żeby mi pomogła, przerwała to wszystko, zanim będzie za późno, zakończyła mój związek z Connorem. Jednak ta chwila natychmiast minęła i zamiast tego odwróciłam się i prychnęłam wściekle:

— Nic się nie dzieje! Zostaw mnie w spokoju.

Po czym wyszłam z pokoju i z domu, trzaskając drzwiami.

— Chodź — mówię do Mai, odpychając od siebie falę smutku i żalu. — Pójdziemy do sklepu, dobrze? Kupimy coś dobrego na lunch.

Gdy wsadzam ją do wózka, spoglądam w patrzące na mnie błyszczące czarne oczy i miłość przepełnia mi serce.

A potem, przy bramie, spostrzegam nadjeżdżającego na rowerze Jamesa. Pospiesznie spuszczam głowę i modlę się, żeby mnie nie zauważył, lecz po paru sekundach podnoszę ją i widzę, że zwalnia i zatrzymuje się przy nas.

— Cześć! — mówię zbyt raźnie, gdy zsiada z roweru.

— Hej — odpowiada i następuje moment niezręcznej ciszy, zanim oboje odzywamy się jednocześnie, tak że nasze głosy nakładają się na siebie. — Jak się masz? Och, świetnie.

Dziś nosi duże okulary w stylu lat pięćdziesiątych, które chyba ostatnio znów stały się modne. Pamięć podsuwa mi zawstydzające wspomnienie tamtego wieczoru i wbijam wzrok w ziemię.

— Wszystko gotowe do świąt? — pyta.

Kiwam głową.

— Idę na obiad do Moniki. Powinno być miło.

— Tak? No to… wspaniale — mówi i w kolejnej niezręcznej ciszy wciąż nie patrzymy sobie w oczy.

— No cóż… — mówię w końcu — lepiej… no wiesz, lepiej już pójdę.

— Racja. W porządku. — I już myślę, że mi się uda, lecz on nagle mówi: — Posłuchaj, czy moglibyśmy… czy mogę przez chwilę z tobą porozmawiać?

Siadamy na pobliskiej ławce i przez moment żadne z nas się
nie odzywa, gdy Maya poważnie spogląda na nas z wózeczka.

— Kilka razy próbowałem dzwonić — mówi James.

Odwracam wzrok.

— Wiem. Zamierzałam oddzwonić...

— Przykro mi, że wtedy sprawy potoczyły się trochę dziwnie.

— Naprawdę, proszę, nie przejmuj się tym. To moja wina, to
nie było... chyba nie jestem w twoim typie, prawda?

On się śmieje i jest to ładny, głęboki i ciepły śmiech.

— Wierz mi, jesteś w typie każdego, tylko spójrz na siebie.
Byłem tylko trochę zaskoczony, kiedy...

Czuję, że się czerwienię.

— Taak — pospiesznie mówię, odwracając oczy.

— Po prostu jestem sam, od kiedy rozszedłem się z matką
Stana i nie spodziewałem się...

— Czego? — pytam. — Że się na ciebie rzucę? Zrobię z siebie
pośmiewisko? Taak, rozumiem. I tak poczułam się jak głupia
cipa, więc proszę, nie poruszaj już tego tematu.

— Przepraszam — mówi. — Sam czułem się jak głupia cipa,
jeśli to jakaś pociecha.

Przez chwilę siedzimy w milczeniu, aż w końcu wzdycham
i pytam:

— Czy w tych twoich okularach są chociaż prawdziwe ko-
rekcyjne szkła?

Uśmiecha się.

— Uważasz, że jestem pretensjonalnym palantem, no nie?

— Nie — mówię. — Oczywiście, że nie. — A gdy patrzy na
mnie, unosząc brwi i powstrzymując uśmiech, mówię: — No,
może trochę.

Oboje spuszczamy oczy i śmiejemy się.

— Jak się miewa Maya? — pyta po chwili.

— Dobrze, jest cudowna.

On spogląda na nią.

— Jest śliczna.

— To takie zaskakujące, no nie? — mówię. — To, jak bardzo się je kocha. Czasem patrzę na nią i myślę, rany, to najlepsze, co mi się kiedykolwiek przydarzyło. I to niesamowite, jak bardzo one też cię kochają, no nie? Jak patrzą na ciebie, potrzebują cię i kochają. Obojętnie co. Czasem miewam takie szalone ataki szczęśliwości. Nigdy przedtem tak się nie czułam i nie myślałam, że mogę. — Urywam, nagle zdając sobie sprawę, że on gapi się na mnie. — No co? — pytam.

Uśmiecha się.

— Nic.

Zdejmuje okulary i przyjrzawszy im się, rzuca je na ziemię. A potem pochyla się i całuje mnie, i tym razem jest inaczej — jest dobrze.

Zostawiam go siedzącego na ławce, obiecując niedługo zadzwonić. Zanim dotrę na moją ulicę, muszę chować twarz przed przechodniami, ponieważ uśmiecham się zbyt szeroko i nawet nie zauważam zaparkowanego przed naszą kamienicą radiowozu, dopóki nie znajduję się prawie przy drzwiach. Dopiero wtedy widzę Monikę stojącą na schodach przed bramą i rozmawiającą z dwojgiem funkcjonariuszy. Pokonuję biegiem parę ostatnich metrów, pchając przed sobą wózek.

— Tylko co zamierzacie z tym zrobić? — słyszę głos Moniki. — Jemu nie wolno się do nas zbliżać! Na pewno jest coś, co możecie zrobić?

Policjantka uspokaja ją.

— Jak już powiedzieliśmy, pani Forbes, sprawdzimy to. — Monica z gorzkim uśmiechem i niedowierzaniem patrzy na ruszających w kierunku radiowozu policjantów. — Będziemy w kontakcie — mówią w sposób, który zapewne ma dodawać otuchy, po czym wsiadają i odjeżdżają.

Ona odwraca się do mnie i gdy widzę wyraz jej oczu, ściska mi się serce.

— Co się stało? — pytam, a ona zamiast odpowiedzieć, bez słowa prowadzi mnie do swojego mieszkania.

Spoglądam na to, co było schludnym wnętrzem. Ktoś kompletnie je zdewastował. Obrazy zostały zerwane ze ścian, meble porozbijane, materace pocięte, a zawartość szafek wyrzucona na podłogę. Wszystko, na co spojrzę, ostrożnie przechodząc przez to pobojowisko, zostało zniszczone. Ryan i Billy stoją na środku pokoju, z poszarzałymi twarzami.

— Jezu Chryste — szepczę, gdy odzyskuję mowę. — Kto to zrobił? Nic wam się nie stało?

Ona podnosi i stawia kuchenne krzesło, po czym opada na nie.

— Nie było nas. Wróciliśmy z zakupów i oto, co zastaliśmy.

Gapię się na nią.

— A czy… no wiesz, czy to on? Phil? Czy ktoś coś widział?

— Oczywiście, że to on — mówi gniewnie.

— Zabrał coś?

Ona przecząco kręci głową.

— Tylko mój telefon.

I patrząc na jej bladą, ściągniętą twarz, nagle czuję jej przerażenie. Jakbym mogła go posmakować, dotknąć, zrozumieć w sposób, w jaki wcześniej nie pojmowałam.

— A jak się dostał do środka? — pytam. — To mieszkanie jest jak Fort Knox.

Billy zwiesza głowę.

— Zapomniałem zamknąć i zaryglować tylne drzwi, kiedy wypuściłem psa.

— Musiał przeskoczyć przez mur ogrodu — mówi Monica, a ja spoglądam na te zniszczenia i bałagan, czując zimny dreszcz. Przez długą chwilę nikt się nie odzywa.

— Zaparzę herbatę — mówię w końcu. — Billy, wyszukaj w telefonie jakiegoś ślusarza.

Kiedy nie odpowiada, spoglądam na niego i uświadamiam sobie, że mnie nie usłyszał; nagle uderza mnie myśl, jaki jest jeszcze młody, ten wysoki i dobrze zbudowany siedemnastolatek, stojący z założonymi rękami i niespokojnie zerkający na matkę i otaczający ich bałagan.

— Billy — powtarzam nieco łagodniej, podchodząc i kładąc dłoń na jego ramieniu. — Idź i wezwij ślusarza.

Później siedzimy w napiętym milczeniu, a Monica pali papierosa za papierosem i ogryza skórkę przy paznokciu kciuka.

— Chce mnie zdołować — mówi nagle, gasząc papierosa w przepełnionej popielniczce. — To ostrzeżenie. Chce mi dać znać, że wciąż jest w pobliżu i mnie obserwuje.

— Policja go znajdzie — mówię. — Wsadzą go za to.

Ona potrząsa głową.

— Są bezużyteczni. On i tak ni cholery się nimi nie przejmuje, dlatego zrobił to w biały dzień. Może zrobią coś, kiedy w końcu mnie zabije, ale na razie słyszę tylko: „Proszę się nie martwić, zajmiemy się tym".

Dzwoni jej stacjonarny telefon i obie podskakujemy, niemo gapiąc się nań przez kilka sekund, zanim Monica podnosi słuchawkę. Domyślam się, że to policja. Odpowiada na pytania monosylabami, po czym w milczeniu wysłuchuje tego, co mają do powiedzenia, i z niesmakiem rzuca słuchawkę na widełki.

— Twierdzą, że rozmawiali z nim i ma alibi — informuje nas. — Mówi, że nie było go tutaj i ma listę świadków, którzy to potwierdzą. Szukali w jego mieszkaniu mojej komórki, ale nie ma po niej śladu. — Wali pięścią w stół. — A któżby to miał być? Kto inny mógł to zrobić? Oczywiście, że ma alibi. Nie jest taki głupi.

— Co jeszcze mówili?

— Nic. Tylko, że upewnili się, że nie był w to zamieszany. — Kręci głową. — Chryste, jak ja go nienawidzę. On to uwielbia, wie, że tak na mnie działa.

Przenoszę wzrok z twarzy Moniki na Billy'ego i czuję, jak rośnie we mnie znajomy strach.

Gdy parę godzin później wracam do mojego mieszkania, kładę się i próbuję się zdrzemnąć, dopóki Maya śpi. Lecz kiedy tylko zamykam oczy i zaczynam odpływać, pojawia się wspomnienie tamtego ostatniego wieczoru we Fremton, tak żywe i niepokojące, że budzę się z łomoczącym sercem, drżąca i zlana potem. Widzę siebie uciekającą z kamieniołomu przez okoliczne, mroczniejące i napierające na mnie pola, z płucami rozpaczliwie domagającymi się powietrza. Jednak im szybciej usiłuję biec, tym wolniej to robię, a moje nogi stają się coraz cięższe, aż ledwie mogę nimi poruszać. Oglądam się przez ramię i krzyczę z przestrachu, widząc ścigającego mnie Connora. Znów się odwracam i podwajam wysiłki, daremnie zmuszając nogi, by się poruszały. A tam, przede mną, jest Heather. Powoli podchodzi do mnie, spoglądając mi w oczy. Zbliża się, a uśmiech na jej twarzy sprawia, że krzyczę z przerażenia.

Gdy moje serce w końcu się uspokaja, leżę, nie mogąc zasnąć, wciąż za bardzo zdenerwowana, a ten mdlący, nieprzyjemny strach nie chce mnie opuścić, aż rozpaczliwie chcąc się czymś zająć, sięgam po telefon, włączam go i znajduję czekający na mnie e-mail. Kliknąwszy ikonę powiadomienia o nieprzeczytanej wiadomości, widzę nazwisko Jennifer Wilcox. Drżącymi palcami otwieram plik i czytam składający się z czterech wierszy list.

Edie. Z Twojego listu wnioskuję, że masz kontakt z Heather. Jeśli tak jest, chciałabym z Tobą porozmawiać. Mogę w ten weekend przyjechać do Londynu, jeśli Ci to odpowiada. Może mogłybyśmy się spotkać gdzieś w pobliżu dworca Euston. Daj mi znać. Jennifer.

Za moim oknem słońce znika za chmurą i nagle wiosna znów zmienia się w zimę.

Przedtem

Nikt nie mówi wiele w dusznym i brudnym salonie mieszkania Connora; przeważnie grają w gry komputerowe albo oglądają telewizję i palą trawkę. Nie wiem, co ja tu robię i dlaczego tak naprawdę przyszłam ani nawet czego się spodziewam. Po prostu chcę mieć pewność, że z Edie wszystko w porządku, ponieważ nie wyglądało na to w kamieniołomie — wcale nie wyglądała dobrze.

Gdy Connor wchodzi i woła Edie, ona zrywa się ochoczo, idzie do niego i uśmiecha się z ulgą, gdy on sadza ją sobie na kolanach. Gdy w końcu patrzę na jego twarz, wzdrygam się, napotykając nieprzyjazne spojrzenie jego zielonych oczu. Powoli, wciąż na mnie patrząc, przesuwa rękę w górę, aż jego dłoń znika pod minispódniczką Edie. Pospiesznie odwracam wzrok i zaczerwieniona spoglądam za okno.

Na zewnątrz słońce praży z bezchmurnego nieba, oświetlając pas autostrady, a ja myślę o nich, o tych wszystkich ludziach w tych wszystkich samochodach pozostawiających Fremton daleko za sobą, zmierzających dokądś, do jakiegoś lepszego miejsca. Znów spoglądam na pokój, na tę bandę obcych ludzi tkwiących w zawieszeniu wraz ze mną w tym dusznym i gorącym mieszkaniu, i próbuję znaleźć jakiś sens w tym, że trafiłam tutaj, zrozumieć, jak to się stało, że też mam tu skończyć.

— Heather — mówi Connor, wyrywając mnie z zadumy. — Przynieś mi piwo z lodówki.

Nie odpowiadam.

Podnosi głos, tylko odrobinę.

— Jesteś, kurwa, głucha?

Zerkam na Edie, ale ona mnie ignoruje, i mija długa, nie-przyjemna chwila, zanim niechętnie wstaję. Lawiruję między ciałami zalegającymi na podłodze, ostrożnie przestępując przez nogi, popielniczki i puste puszki, aż dochodzę do drzwi. W kuchni, gdzie gorący słoneczny blask sączy się przez brudne szyby, a podłoga lepi się do podeszew, pochylam się nad maleńką lodówką. Kwaskowaty, nieświeży odór drażni moje nozdrza, gdy otwieram ją i szybko wyciągam puszkę piwa. A kiedy się prostuję, Connor stoi za mną.

— W porządku, Heather?

Bez słowa podaję mu piwo, a on bierze je ode mnie, otwiera i pociąga długi łyk, nie ruszając się z miejsca i nie odrywając ode mnie oczu. Nagle robi krok w moim kierunku, a ja pospiesznie się cofam, aż uderzam plecami o twardą krawędź zlewu. On szyderczo się uśmiecha i postawiwszy puszkę z piwem na stole, podchodzi jeszcze bliżej, nachyla się do mnie i chwyta brzeg zlewu, tak że jestem uwięziona między jego rękami. Jego twarz jest tuż przy mojej i czuję odór piwa oraz papierosów w jego oddechu, gdy mamrocze:

— Co ty tu robisz, Heather?

Mam sucho w ustach.

— Przyszłam zobaczyć Edie — szepczę.

— Ach tak?

Kiwam głową.

— Lubisz to, no nie? — Uśmiecha się. — W tym rzecz?

Dlatego opowiadałaś o mnie takie pierdoły? Chcesz ją mieć dla siebie?

— Nie — mówię. — Puść mnie. Chcę iść do domu.

— Nie lubię, gdy ludzie opowiadają o mnie kłamstwa — ciągnie, przysuwając się jeszcze bliżej. — Słuchasz mnie?

Czuję, jak włosy stają mi dęba, a on wciąż się nie odsuwa i nie odrywa ode mnie oczu. Widzę w nich coś tak mrocznego i niepokojącego, tak wyzbytego ciepła, że ponownie zalewa mnie fala lęku. Jakbym spoglądała na zieloną oleistą powierzchnię wody w kamieniołomie, pod którą nagle pojawiły się ukryte w niej śmiercionośne pułapki. I gdy tak patrzymy na siebie, najwidoczniej mój wyraz twarzy zmienił się, zdradzając, co myślę, że przejrzałam do głębi jego samotność i zepsucie, ponieważ nienawiść w jego oczach rośnie, ostrząc pazury i szczerząc kły. Nagle brakuje mi powietrza.

— Connor?

Z okrzykiem ulgi widzę Edie, któa pojawiła się w drzwiach za jego plecami. Ona wodzi po nas wzrokiem i gdy Connor prostuje się, ja pospiesznie się od niego odsuwam.

— Edie, chodź ze mną do domu — proszę rozpaczliwie, zanim Connor zdąży się odezwać.

Ona kręci głową, ale nie odpowiada. Widzę jej wahanie i na moment budzi się we mnie nadzieja.

— Proszę, Edie — błagam. — Boję się, że on zrobi ci krzywdę. Tak się o ciebie boję, tak się zmieniłaś i wyglądasz tak okropnie...

— Lepiej zamknij dziób — ostrzega mnie Connor.

— Możesz znaleźć sobie kogoś innego — wypalam, ignorując go. — Kogoś milszego...

— O to chodzi, tak? — przerywa mi. — Nie jestem dość dobry dla takich nadętych cip jak wy? Tak?

Edie wciąż się nie odzywa, a ja muszę przełknąć ślinę, żeby

powiedzieć coś przez ściśnięte gardło, gdy widzę w jej oczach rozpacz. Odwracam się do nienawistnie wykrzywionego Connora i cicho mówię:

— Tak.

On rzuca się ku mnie. Słyszę, jak Edie krzyczy:

— Wynoś się stąd, Heather, wynoś się!

Wybiegam z kuchni, zbiegam po schodach i nie przestaję biec, dopóki nie opuszczam osiedla.

Po tym incydencie trzymam się z daleka od tego mieszkania, dopracowując plan, który zaczął się formować w mojej głowie, i kręcąc się po ulicy Edie w nadziei, że ją zobaczę i upewnię się, że nic jej nie jest. Jednak widzę ją znowu dopiero po kilku tygodniach, na początku sierpnia. Siedzę w rynku, jedząc hot doga od Greggsa i zastanawiając się, czy jest za wcześnie, żeby iść się pokręcić przed jej domem, gdy dostrzegam ją idącą po drugiej stronie placu. Wstaję i patrzę, jak podchodzi do budki telefonicznej przed komisariatem. Gdy wyjmuje portmonetkę, szerokim łukiem podchodzę tam i przyciskam się do osłony budki, po czym czekam, nadstawiając uszu.

— Connor? — mówi zduszonym głosem. — To ja.

Wstrzymuję oddech, gdy milknie, słuchając go. Potem mówi:

— Nie, Connor, proszę, kochany. Nie… ja nie chcę… nie chcę tego robić. — Zaczyna płakać, a ja zaciskam pięści. — To nieprawda — mówi. — Posłuchaj mnie… ja… ale ja tak. Ja cię kocham. Tak bardzo cię kocham! Jesteś wszystkim, co mam, Connor, dlaczego mi nie wierzysz? Zrobiłabym dla ciebie wszystko. — Znów milknie, a potem, w końcu, niechętnie mówi: — Dobrze. Tak… W porządku, zrobię to. Obiecuję.

Odwiesza słuchawkę, a ja patrzę, jak powoli wraca przez plac.

*

Jestem zwolniona z zajęć i siedzę z ojcem w kuchni, gdy nakłada fasolę z puszki na przypalone grzanki i podsuwa mi talerz, po czym wyjmuje z kieszeni marynarki książkę w twardej oprawie i zaczyna czytać. Po paru sekundach pogrąża się w lekturze, a ja w milczeniu obserwuję go przez chwilę. Od kiedy odeszła mama, panuje między nami swoisty pokój. Ja zostawiam go jego pracy, a on nie zwraca uwagi na to, co robię, uważając, że zamykam się w moim pokoju po to, żeby się uczyć. I chociaż przyjmuję to z ulgą po nieustannym krytycznym nadzorze mamy, mam także niepokojące wrażenie swobodnego lotu, jakbym zaraz miała skoczyć z wysokiego urwiska i nie było nikogo, kto mógłby mnie złapać.

Nagle tato podnosi wzrok znad książki, zauważa, że na niego patrzę, i widzę, że szuka w myślach czegoś, co mógłby powiedzieć. Po długiej chwili mruczy:

— Może dobrze by było, żebyś dziś wieczór wypełniła formularze podań o przyjęcie na studia, Heather. Nie powinnaś zostawiać tego na ostatnią chwilę.

Kiwam głową, a on — usatysfakcjonowany — wraca do swojej lektury. Nad stygnącą fasolą wyobrażam sobie, że mówię: „Właściwie, tato, nie ma sensu składać tego podania, ponieważ i tak nie będę miała wystarczającej średniej, żeby pójść na studia". Do tej pory udawało mi się wciskać nauczycielom bajeczki o chorobie i kłopotach w domu. Jednak mam poczucie nieuchronnie nadchodzącej katastrofy, gdy moje kłamstwa wyjdą na jaw. Od kiedy skończyłam jedenaście lat, moi rodzice i ja mówiliśmy, że pójdę na medycynę. Od lat odkładali pieniądze na moje studia. I zawsze uczyłam się najpilniej jak mogłam, rozpaczliwie usiłując ich nie rozczarować, nawet wpłacając na książeczkę pieniądze otrzymywane w prezencie na urodziny i na Gwiazdkę. Pomimo to pozwalam sobie na fantazjowanie o tym, jak łatwo mogłabym jednym ciosem zniszczyć ten świat: powiedzieć ojcu, jakie okropne dostaję stopnie, jak wszystko zniszczyłam, zmusić go, żeby choć raz zobaczył, jaka jestem naprawdę. Jednak, oczywiście, nic nie mówię. Zamiast tego znów myślę o Edie i tym ostatnim razie, kiedy ją widziałam.

Po tamtej rozmowie telefonicznej przy rynku przez tydzień ślad po niej zaginął. Każdego dnia dręczył mnie niepokój. Co Connor chciał, żeby zrobiła? Miałam złe przeczucia i jeszcze intensywniej obserwowałam jej dom, coraz więcej czasu spędzając na jej ulicy, czekając na nią. A potem, kilka dni temu, gdy popołudnie przechodziło w wieczór i już miałam zrezygnować i iść do domu, zobaczyłam, jak się zbliża i wchodzi do środka.

Pospiesznie poszłam za nią i boczną furtką wśliznęłam się do zaniedbanego ogródka. Słysząc podniesione głosy, podkradłam się do okna kuchni i zajrzałam do środka. Mama Edie siedziała plecami do mnie, ale wyraźnie słyszałam jej głos.

— Jesteś cholerną kłamczuchą — usłyszałam. — Zadzwoniłam do szkoły i powiedzieli, że nie było cię ani dzisiaj, ani na żadnych zajęciach w tym tygodniu!

Edie stała ze spuszczoną głową, taka chuda i zmęczona, że ścisnęło mi się serce. Jej mama też musiała to dostrzec, gdyż jej głos złagodniał.

— Edie, martwię się o ciebie. Coś jest nie tak, wiem. Proszę, porozmawiaj ze mną.

Ku mojemu zdziwieniu Edie opadła na krzesło i schowała twarz w dłoniach. Jej matka i ja patrzyłyśmy, jak szloch wstrząsa jej ramionami.

— Och, mamo — powiedziała, gdy w końcu mogła mówić. — Ja tylko... to wszystko jest takie...

Bezgłośnie nakłaniałam ją: *Powiedz jej, Edie, proszę, powiedz jej.*

— O co chodzi? — spytała mama, podchodząc do niej i kładąc dłoń na jej ramieniu. — No już, kochanie, przecież nie może być aż tak źle, co?

Edie podniosła głowę z taką miną, jakby pchała pod górę wyładowaną taczkę. Wstrzymałam oddech, gdy otworzyła usta, żeby coś powiedzieć.

— To ten chłopak? Czy tak? — ciągnęła jej mama. — O niego chodzi, prawda?

A Edie w milczeniu kiwnęła głową.

— Wiedziałam — rzekła jej matka triumfalnie. — Cholernie dobrze wiedziałam! To dlatego nie chodzisz do szkoły! O Boże, Edie, nie bądź cholerną idiotką, nie pozwól, żeby jakiś chłopak spieprzył ci życie tak jak mnie! Chcesz pójść w moje ślady? Zajść w ciążę, mając siedemnaście lat? Niczego w życiu nie osiągnąć? Nie popełniaj takich samych głupich błędów, jakie ja popełniłam!

I nagle ta zasłona otaczająca Edie znów opadła.

— Tylko tym dla ciebie jestem, prawda? — powiedziała. — Przeklętym głupim błędem! No dobrze, może zrobię to samo co tato i też się wyprowadzę.

Wybiegła z kuchni, a jej mama pokusztykała za nią o kulach.

— Edie, nie to chciałam powiedzieć, wiesz, że nie! — wołała rozpaczliwie, ale Edie wybiegła z domu, a jej matka i ja spoglądałyśmy za nią w milczeniu.

Myślę o tym, gdy tato wstaje, żeby pozbierać talerze. Nie tknęłam mojego lunchu, ale on nie komentując tego, wyrzuca zimną fasolę do kosza na śmieci. Gdy już mam wymamrotać coś o odrabianiu lekcji i odejść, słychać dzwonek. Przez moment spoglądamy na siebie niepewnie, zanim idę otworzyć drzwi. Otwieram je, a tam, w progu, stoi Edie.

Potem

Przychodzę do kafejki przed Jennifer. To tania smażalnia przy Euston Road. Uniknęłam porannego ruchu, więc nie licząc paru budowlańców z brukowcami i frytkami, mam cały lokal dla siebie. Gdy znajduję sobie stolik, niezdarnie manewrując wózkiem Mai i przeklinając w duchu, że go zabrałam, włoski właściciel podbiega do nas, porywa Mayę z czułym „*Ciao, bambolina!*" i niesie ją do lady, gdzie obdarowuje ją babeczką z czekoladowym kremem, zanim zdążę go powstrzymać. Maya rozpromienia się i zatapia w niej swoje dwa nowe ząbki z takim błogim zachwytem, że właściciel kafejki i ja wybuchamy śmiechem. A kiedy podnoszę głowę, przede mną stoi Jennifer.

Nie jestem przygotowana na to, jak działa na mnie jej widok. W życiu spotkałam ją tylko parę razy, ale nagle znów mam szesnaście lat i stoję w jej kuchni. Chociaż minęło osiemnaście lat, ona nadal emanuje chłodem i tą samą dezaprobatą.

— Edie — mówi, a ja niezgrabnie na pół unoszę się z krzesła.

— Cześć, Jennifer — mówię i ten strach, który zaczął pęcznieć w moim brzuchu, od kiedy zgodziłam się przyjść tu dzisiaj, przybiera na sile: czy ona wie o tym, co się stało? Ile powiedziała jej Heather? Zupełnie nic? Na pewno nic? — Proszę,

usiądź — mówię nerwowo, o mało nie przewracając cukiernicy.
— Mogę zamówić ci kawę?

Ona kiwa głową i siada naprzeciw mnie, gdy składam zamówienie u dziewczyny za kontuarem.

— Masz dziecko — mówi, kiedy znów siadam.

— Tak, to jest Maya — mówię jej. — Ma już osiem miesięcy i...

Jednak Jennifer przerywa mi.

— Mówiłaś, że masz kontakt z Heather?

— Ja... tak.

— Widziałaś się z nią?

Kiwam głową.

— Mieszkała u mnie przez pewien czas. Ja... trochę nie radziłam sobie z Mayą i ona... opiekowała się nami.

Jennifer unosi brwi.

— Naprawdę?

Waham się.

— Kiedy... czy mogę spytać, kiedy ostatnio się z nią widziałaś?

Ona nie odpowiada od razu, tylko po chwili, i nie patrząc mi w oczy.

— Jakiś rok temu. Po raz pierwszy od siedemnastu lat. — Patrzę na nią ze zdziwieniem, a ona mówi obronnym tonem:
— Zapewne wiesz o tych wszystkich kłopotach, jakie mieliśmy, zanim wyjechała z Fremton?

— Kłopotach? — powtarzam, a żołądek podchodzi mi do gardła. — Ja... nie, co masz na myśli?

Ona przez chwilę nie odpowiada.

— No cóż, to było... widzisz... — milknie i przez ułamek sekundy dostrzegam przebłysk niegdysiejszego, dawno zapomnianego cierpienia, zanim znów chowa się w skorupie i mówi napiętym głosem: — Wolałabym o tym nie rozmawiać, jeśli pozwolisz.

Pijemy kawę.

— Kiedy wyjechała z Fremton? — pytam.

Jennifer wydyma usta.

— Gdy miała siedemnaście lat.

Rok po moim wyjeździe.

Ona wzdycha.

— A potem, ponad rok temu, miałam telefon. Ze szpitala.

Wytrzeszczam oczy.

— Ze szpitala?

— Psychiatrycznego. Gdzieś w Londynie. Zdaje się, że zanim się w nim znalazła, przebywała w schroniskach.

Kręcę głową.

— Nie rozu...

— Heather zawsze była dość... trudnym dzieckiem. Zapewne te problemy nasiliły się po śmierci jej siostry, a później, kiedy... no, po całej tej okropnej historii, zanim wyjechała.

— Jakiej... historii? — zmuszam się, by ponownie zapytać, ale Jennifer nie zwraca na to uwagi.

— Lekarz, który dzwonił, powiedział mi, że miała załamanie nerwowe — ciągnie cicho. — Chcieli, żebyśmy, jej ojciec i ja, przyjechali się z nią zobaczyć. — Lekko pociąga nosem. — Widzisz, Brian i ja do tego czasu pogodziliśmy się. Lekarz uważał, że byłoby korzystne, gdybyśmy wszyscy troje poddali się... terapii rodzinnej, chyba tak się to nazywa.

— I zrobiliście to?

Spuszcza wzrok, spoglądając na swoją filiżankę, i przez sekundę dawna Jennifer znika, a na jej miejscu pojawia się ktoś o wiele bardziej wrażliwy. Uświadamiam sobie, że ona ma już prawie siedemdziesiąt lat i przez moment zamiast niepokoju czuję litość.

— Zrobiłam to, tak. Jej ojciec uważał, że nie mógłby tego znieść, więc pojechałam sama.

Kiwam głową.

— I... jak było? — pytam.

Ona wzdycha.

— Naprawdę okropnie. Heather aż nazbyt wyraźnie dała do zrozumienia, co sądzi o ojcu i o mnie, kiedy przed laty opuściła dom. Prawdę mówiąc, zaatakowała mnie. Porozbijała zegary ojca. Zupełnie straciła panowanie nad sobą.

Jestem zbyt wstrząśnięta, by coś powiedzieć, i tylko patrzę na nią z rozdziawionymi ustami.

— A w szpitalu nie pozostawiła mi cienia wątpliwości, że nadal tak myśli. To, co mi powiedziała, było absolutnie niewybaczalne. — Jennifer ma twarz czerwoną jak burak, i widzę, że trzęsą się jej ręce. Spogląda na mnie gniewnie. — A przecież robiliśmy tylko to, co naszym zdaniem było dla niej najlepsze.

Obserwując, jak bierze się w garść, usiłuję znaleźć jakiś sens w tym, co mi powiedziała.

— Była przekonana, że pani ją obwinia o to, co się stało z jej siostrą — mówię spokojnie. — Myślała, że pani uważa, że to jej wina.

Ona dopija kawę i odstawiwszy filiżankę na stolik, przygląda się jej przez długą chwilę, a potem mówi cicho, lecz bardzo wyraźnie i z bezgranicznym smutkiem:

— Bo to była jej wina. I faktycznie ją winiłam.

— Przecież to był wypadek — mówię. — Straszny, tragiczny wypadek.

— Tak ci powiedziała?

Kręcę głową, stropiona.

— Powiedziała, że Lydia wpadła do wody.

Jennifer przez moment nie odpowiada. A potem, starannie dobierając słowa, mówi:

— Myślę, że Heather zapewne wmówiła sobie, że to był nieszczęśliwy wypadek. Jednak ja w to nie wierzę.

— Na litość boską, dlaczego...

— Heather była bardzo zazdrosna o Lydię. Koszmarnie. I zawsze była wybuchowa. Wychodziła z siebie z byle powodu. Czasem potrafiła uderzyć Lydię i ledwie zdawała sobie z tego sprawę. Raz widziałam przez okno w kuchni, jak zepchnęła ją z huśtawki w ogrodzie, a potem kłamała, że nie. — Urywa, z oczami błyszczącymi z emocji. — Musiałam ją pilnować przez cały czas. Wieczorem poprzedzającym ranek, gdy Lydia utonęła, Heather zrobiła mi straszną awanturę. Krzyczała, że jej nie kocham, że bardziej kocham Lydię. Wpadła w histerię i trzeba było kilku godzin, żeby ją uspokoić. A potem, rano...

Jej słowa zawisają w powietrzu. Moje myśli gnają jak szalone.

— Czy powiedziała pani o tym Heather? O tym, że pani zdaniem z rozmysłem zabiła siostrę?

Ona długo milczy, po czym mówi bardzo cicho:

— Przez wiele lat mówiłam sobie, że to był wypadek. Nigdy z nikim o tym nie rozmawiałam. Jednak kiedy zobaczyłam ją w szpitalu, kiedy krzyczała i wrzeszczała na mnie, zupełnie nie panując nad sobą, zrozumiałam — po prostu wiedziałam. Wiedziałam, jaka była, do czego była zdolna. I nagle nie byłam w stanie dłużej milczeć. Więc powiedziałam jej. Powiedziałam, że wiem, że to zrobiła, że to jej wina, że Lydia zginęła.

Spogląda na mnie wyzywająco, jakby prowokując do protestu.

— Co ona na to? — pytam.

— Oszalała. Wrzeszczała i krzyczała, szarpiąc skórę paznokciami, aż do krwi. Musiano podać jej środki uspokajające i poproszono mnie, żebym opuściła szpital.

W milczeniu przetrawiam to wszystko.

— Jennifer — pytam w końcu — dlaczego chciałaś się dziś ze mną spotkać?

— Chciałam ci powiedzieć, żebyś uważała.

Przeszywam ją wzrokiem.

— Co masz na myśli?

— Zbyt często sama widziałam, jaka potrafi być nieobliczalna, kiedy traci panowanie nad sobą. Jednak w szpitalu było jeszcze gorzej. Zmieniła się. Była taka groźna, taka wściekła. Bałam się jej. Bardzo. Po prostu bądź ostrożna, to wszystko.

Gdy godzinę później wracam do mojego mieszkania i widzę uchylone drzwi, mam zimną pewność, że Heather tam jest. Drzwi łatwo otworzyć silnym pchnięciem, gdy zamek nie jest przekręcony, więc instynktownie zawsze to robię, kiedy wychodzę z domu. Dziś rano zrobiłam to, jak zwykle — wiem, że tak. Czuję strach. Czy ona jest w środku? Stoję na zewnątrz i nasłuchuję. Nic. Maya niecierpliwie wierci mi się na rękach, a ja pchnięciem otwieram drzwi i wchodzę do środka.

W mieszkaniu nie ma nikogo, ale czuję jej zapach, jestem tego pewna: czuję Heather. Włosy stają mi dęba na głowie, gdy wchodzę do kolejnych pomieszczeń, ale nic się w nich nie zmieniło. A potem, nagle, stojąc w przedpokoju, podnoszę wzrok i zamieram. Przesuwana klapa stryszku, w którym umieściłam rzeczy Heather, jest niedomknięta. Tylko odrobinę. Spoglądam na nią niepewnie. Czy zamknęłam ją wtedy do końca? Byłam pewna, że tak. Stoję zupełnie nieruchomo, nasłuchując. Nic. Jesteś śmieszna, mówię sobie. Nie można tam wejść bez krzesła lub drabiny, więc gdyby ktoś tam wszedł, pod włazem stałaby drabina.

Siadam, trzymając Mayę, i próbuję się przekonać, że wyobraziłam to sobie; że sama zostawiłam niezamknięte drzwi i nie domknęłam klapy. Wstrzymuję oddech i słucham, lecz w mieszkaniu panuje cisza. Tracisz zmysły, mówię sobie, popadasz w paranoję, to wszystko. Pod wpływem nagłego impulsu wyciągam ze schowka drabinę i jednym szybkim pociągnięciem domykam klapę strychu. Stoję tam, długo patrząc na nią i skręcając się z niepokoju.

Tej nocy prawie nie śpię. Leżę z otwartymi oczami, czujnie wsłuchując się w najlżejszy szmer i gdy w końcu zasypiam, tak żywo śnię o Fremton, Heather i Connorze, że znów się budzę z mocno bijącym sercem. Gdy tylko świt zaczyna się sączyć spod zasłon w oknach, wstaję, ubieram się po cichu, żeby nie zbudzić Mai, i siedzę w półmroku kuchni, pijąc kawę, z bolącą głową, patrząc za okno, aż wzejdzie słońce. Kiedy Maya się budzi, ubieram ją i karmię, starannie zamykam za nami drzwi i schodzę na parter. Pukam do drzwi Moniki, modląc się, żeby już była na nogach, i czuję ulgę, słysząc, jak zaczyna odsuwać rygle.

Otwiera drzwi. Wygląda okropnie.

— Jak się masz? — pytam, gdy prowadzi mnie do kuchni.

— Rozbita. — Ziewa i nastawia czajnik. — Nie mogę spać. Tylko leżę w łóżku, nasłuchując każdego szmeru i wyobrażając sobie, że to Phil.

Rozglądam się. Chociaż mieszkanie jest wysprzątane, wciąż widać ślady włamania: uszkodzone meble, wyrwane zawiasy drzwi, na ścianach nie ma obrazów. Monica zaparza herbatę, podaje mi filiżankę, siada i dopiero teraz mi się przygląda.

— Ty też nie wyglądasz najlepiej. Dobrze się czujesz?

Gładzę włoski Mai.

— Nic mi nie jest — kłamię, z trudem przełknąwszy ślinę. — Miałam tylko ciężką noc przez małą, która też nie mogła spać.

— Uśmiecham się z przymusem. — Powinnam była przynieść ją tutaj, żebyście dotrzymywały sobie towarzystwa.

I w tym momencie, ku mojemu zaskoczeniu, Monica zaczyna płakać, a ja na parę sekund zastygam, niezdecydowana, nie wiedząc, co robić. Ona nawet nie próbuje ocierać łez z twarzy, tylko chowa ją w dłoniach tak zrezygnowanym gestem, że wstaję i podchodzę do niej, po czym niezgrabnie kładę dłoń na jej ramieniu.

Chcę jej powiedzieć, że rozumiem, jak to jest nie móc w nocy spać, bać się we własnym domu. Pragnę się jej zwierzyć, współczuć, pocieszyć ją i zostać przez nią pocieszona. Jednak oczywiście nie robię tego. Ona obawia się brutalnego mężczyzny, który ją maltretował. Heather nigdy mnie nie zaatakowała, nigdy nie próbowała mnie skrzywdzić w jakikolwiek sposób. A jednak boję się jej: obawiam się jej bardziej niż czegokolwiek i kogokolwiek w moim życiu.

— Monica? — szepczę w końcu. — Nie płacz, proszę, nie płacz.

Ona nie odpowiada, zamiast tego szuka chusteczki i wydmuchuje nos.

— Mam tego dość — mówi wreszcie. — On wciąż mi to robi. Wiesz? Próbuje mieszać mi w głowie. Wciąż próbuje mnie kontrolować. Kiedy zostawi mnie w spokoju?

— Nie wiem — mówię z przygnębieniem. — Może, jeśli popełni jakieś inne przestępstwo, to policja będzie musiała...

Ona przerywa mi niecierpliwie.

— Policja? A co oni mogą? Gówno ich to obchodzi. — Siada i ociera oczy, gniewnie na mnie patrząc. — Kiedy był cholernie wkurzony, wracał do domu i robił mi awanturę, a potem zmuszał mnie, żebym robiła, co chciał. Sprawiał, że czułam się jak śmieć, jakbym była niczym. Teraz znowu to robi. Sprawia, że czuję się tak w moim własnym domu. Przez niego znów czuję się tak, jakbym była zerem.

Obejmuję ją i czuję, że łzy płyną mi z oczu.

— Och, Moniko, nie jesteś zerem. Nie jesteś nikim, Moniko, nie jesteś.

I mocno ją tuląc, usiłuję odegnać okropną, koszmarną myśl, że to nie Phil, a Heather dokonała zniszczeń w tym mieszkaniu — że wszystko, przez co teraz przechodzi Monica, to moja wina.

CZĘŚĆ CZWARTA

Przedtem

Jestem tak zaskoczona, widząc Edie w drzwiach mojego domu, że w pierwszej chwili tylko się na nią gapię.

— Chcesz wejść? — pytam w końcu.

Ona kręci głową i nie patrząc mi w oczy, mamrocze:

— Chcę, żebyś zaczęła przychodzić do tamtego mieszkania.

Wytrzeszczam oczy ze zdziwienia.

— Dlaczego? — pytam. Ona wzrusza ramionami i nie odpowiada. Myślę o tej rozmowie przez telefon, którą podsłuchałam na placu. — Czy Connor kazał ci mnie zaprosić?

Ona zerka na mnie, a potem pospiesznie znów odwraca wzrok.

— Nie, oczywiście, że nie.

Zastanawiam się nad tym.

— Nie chcę — mówię jej. — Nie lubię Connora. On mnie przeraża.

Edie przez moment nie odzywa się, a następnie mówi po prostu:

— Proszę, Heather.

— Ale dlaczego? — pytam.

Łzy stają jej w oczach.

— Po prostu chcę, żebyś tam przychodziła.

— On kazał ci tu przyjść, prawda?

— Nie — mówi, a potem dodaje: — Będzie dla ciebie miły, obiecuję. Nic ci nie zrobi.

Słyszę, jak mój ojciec krząta się w kuchni w głębi korytarza, i wiem, że tak naprawdę nie mogę odmówić. Edie potrzebuje mojej pomocy, chce, żeby najlepsza przyjaciółka jej pomogła, więc obojętnie, jak bardzo nienawidzę Connora, muszę to zrobić.

— W porządku — mówię.

Ona uśmiecha się z ulgą i ciężar spada mi z serca, mimo wszystko.

— Kiedy przyjdziesz? Będziesz tam jutro? — pyta.

— Tak — mówię. — Dobrze.

— Obiecujesz?

Wygląda jak mała dziewczynka, patrząc tak błagalnie, że przez moment przypomina mi Lydię.

— Obiecuję — mówię.

Ona kiwa głową i odwraca się, pospiesznie odchodzi frontową ścieżką i furtka zamyka się za nią z trzaskiem.

Tak więc dotrzymuję obietnicy. Nazajutrz wracam do tego mieszkania, następnego dnia także i wciąż tam chodzę, tak że wkrótce wydaje się, że zawsze byłam jego częścią — zawsze należałam do tego zatłoczonego, dusznego pomieszczenia z wytartymi, brudnymi dywanami, kwaśnym odorem i dudniącą muzyką, zawsze znałam twarze osób pojawiających się tu dzień po dniu, tak jak ja.

Connor przeważnie zostawia mnie w spokoju, jakby przynajmniej na razie wystarczało mu to, że przychodząc tutaj, robię to, co chciał, chociaż nadal nie rozumiem dlaczego. Czasem widzę, jak patrzy na mnie, uśmiechając się szyderczo, jakby do własnych myśli. „Krowo" — mówi, ponieważ tak mnie teraz nazywa — „podaj mi zapalniczkę" albo „rusz tłustą dupę", ale

przeważnie mnie ignoruje. Edie również, jakby nigdy nie stała w moich drzwiach, płacząc i błagając; teraz prześlizguje się
po mnie wzrokiem, odwracając go, ilekroć próbuję spojrzeć jej
w oczy. Nie mam jej tego za złe: przynajmniej kiedy tutaj jestem,
mogę ją obserwować, pilnować, żeby nic się jej nie stało. Mam
wrażenie, jakbyśmy wszyscy na coś czekali, chociaż nie mam
pojęcia na co.

Czasem przychodzę na godzinę, czasem na całe popołudnie.
Wystarczająco długo, żeby upewnić się, że nic jej nie jest. Każdego ranka pakuję torbę i mówię do widzenia ojcu, a potem
idę i siedzę w parku, czekając, aż upłynie dość czasu, żeby ktoś
w mieszkaniu był na nogach, a wtedy idę i stukam w sfatygowane
drzwi, przygotowana na humory Connora, zastanawiając się, czy
dziś zdradzi mi, po co właściwie tu jestem.

Kiedy zjawiam się tam tego ranka, Connor właśnie wychodzi
z windy z kilkoma przyjaciółmi i z uczepioną jego ramienia Edie,
której twarz promienieje podnieceniem. Wszyscy są mocno pijani i uderza mnie to, jak dziwnie jest widzieć ich na zewnątrz,
w dziennym świetle ukazującym ziemiste twarze, brudne ubrania
i tłuste włosy.

— Krowa! — mówi Connor na mój widok, puszczając Edie
i obejmując mnie ramieniem. — Chodź, zrobimy sobie małą
wycieczkę.

Kulę się pod tym dotknięciem, a on obejmuje mnie mocniej
i popycha tak, że się potykam.

— No chodź, kurwa mać — warczy z irytacją, już odchodząc,
a ja wlokę się za nimi.

Jedziemy do kamieniołomu trzema samochodami, ja na tyl-
nym siedzeniu wozu Connora, wciśnięta między tego Tully'ego
i Walijczyka, którego nazywają Chłoptasiem. Muzyka gra tak
głośno, że bolą mnie uszy, a krajobraz za oknami rozmywa się
w żółtawozieloną smugę. Patrzę na dłonie Chłoptasia, które

trzyma na kolanie, na jego krótkie palce i brudne paznokcie ogryzione do żywego mięsa, z wytatuowanymi na knykciach słowami LOVE i HATE.

Kiedy przyjeżdżamy do kamieniołomu, dołączamy do grupy już wylegującej się w cieniu drzew, daleko od ludzi opalających się i kąpiących na drugim brzegu. Znajduję miejsce na uboczu, jak najbliżej Edie, chociaż ona udaje, że mnie nie widzi. Connor jest dziś hałaśliwy i wylewny, pewny siebie i agresywny, pociąga whisky z butelki i żartuje ze swymi kumplami. A inni, jakby ośmieleni jego zachowaniem, też są coraz głośniejsi i nieokiełznani, tak że atmosfera gęstnieje, staje się gorąca i nieprzewidywalna.

Nagle Connor spogląda na Edie.

— Przynieś mi fajki — mówi, tak mocno rzucając w nią kluczykami od samochodu, że ledwie udaje się jej uchylić, i lądują za nią, w niskiej trawie. Sięgam po nie i po raz pierwszy od wieków nasze spojrzenia się spotykają.

— Edie... — zaczynam.

Patrzy na mnie wrogo, wyciągając rękę.

— Co?

— Ja... wszystko w porządku?

Chcę jej powiedzieć, że wiem o jej awanturze z matką i o tym, jaka jest nieszczęśliwa, ale oczywiście nie mogę.

— Daj mi kluczyki — mówi beznamiętnie.

— Ja... — zaczynam, ale ona wyrywa mi je z ręki i odchodzi.

Ranek mija powoli. Patrzę, nie zwracając na to uwagi, jak chudy i przypominający łasicę chłopak imieniem Niall pokazuje Connorowi zawartość torby podręcznej. Dostrzegam bezładną masę elektroniki: laptop, odtwarzacz DVD, parę aparatów fotograficznych i komórek. Connor wyciąga jeden aparat i śmieje się.

— Ładny — mówi, po czym odwraca się i kieruje obiektyw na Edie.

— Nie rób mi zdjęcia, wyglądam okropnie! — chichocze Edie, zasłaniając twarz ręką.

On robi zdjęcie, a potem niedbale rzuca aparat w trawę i znów się odwraca. Urządzenie leży tam, a wszyscy są zbyt pijani, żeby o nim pamiętać, wtedy wsuwam go do kieszeni dżinsów i zabieram do domu.

Kilka miesięcy później, kiedy oddaję film do wywołania, oprócz mnóstwa zdjęć z wakacyjnego rejsu pary Chińczyków w podeszłym wieku jest też Edie, śmiejąca się do kamery, z różową smugą rozmazanej dłoni na pierwszym planie, a ja siedzę tuż za nią i patrzę w przeciwną stronę, w kierunku kamieniołomu. W nadchodzących miesiącach i latach oglądam ją bez końca: ten jej uśmiech, wyraz dużych piwnych oczu, próbując znaleźć w nich jakąś wskazówkę, ostrzeżenie przed tym, co miało nadejść.

Potem

James i ja siedzimy na ławce przy piaskownicy, obserwując, jak Stan buduje zamek dla Mai. Po raz pierwszy od wielu dni czuję, że zaczynam się odprężać. Kulę się w moim płaszczu i chucham na dłonie, gdy James dołącza do dzieci i entuzjastycznie próbuje im pomagać, dodając kamyki i gałązki do dzieła Stana, sugerując zrobienie wieżyczek i fosy. W końcu Stan odwraca się i spogląda na niego, tak karcąco przewracając oczami, że wybucham śmiechem, trochę upojona ulgą wywołaną tym, że wyrwałam się z mieszkania.

Od kiedy w zeszłym tygodniu zastałam po powrocie niezamknięte drzwi, wciąż mam w uszach ostrzeżenie Jennifer, i podskakuję przy najcichszym dźwięku, a odgłos kroków na schodach wprawia mnie w przerażenie. Dzisiaj jednak, tu i teraz, czuję się świetnie. James ma w sobie coś, przy czym mój strach i paranoja wydają się mniejsze, łatwiejsze do przezwyciężenia. Od czasu, gdy pocałowaliśmy się w parku, kilkakrotnie poszliśmy na drinka oraz na kolację i zaczęłam czekać na te spotkania, i tęsknić za nim, kiedy go nie było.

Nagle uświadamiam sobie, że coś do mnie mówi.

— Przepraszam, byłam daleko stąd, co powiedziałeś? — pytam.

On się uśmiecha.

— Ja tylko rozmyślałem o twoich rysunkach i zastanawiałem się, kiedy przestałaś rysować.

Wzruszam ramionami. Prawda wygląda tak, że za bardzo przypominało mi to osobę, którą byłam przed Fremton, przed Connorem, gdy byłam jeszcze dzieckiem i inaczej patrzyłam na świat. Te nieliczne próby, które podjęłam, będąc już dorosła, tworząc szkice, które James widział w moim mieszkaniu, tylko mnie zasmuciły, przypominając, co straciłam.

— Sądzę, że marnujesz się jako kelnerka — mówi James. — Te rysunki były naprawdę dobre.

— Może masz rację — mówię i znów zaczynam obserwować dzieci w nadziei, że zostawi ten temat.

Mniej więc po godzinie wracamy i żegnając się, James pyta:

— Może zjemy jutro lunch?

Uśmiecham się.

— Byłoby miło, może Monica zechce przypilnować Mayę przez parę godzin.

On kiwa głową.

— Wspaniale.

I znów czuję to wzajemne przyciąganie, kiedy na mnie patrzy.

Lodówka w kuchni głośno warczy, gdy nalewam sobie następną szklaneczkę piwa. Dziesiąty raz, od kiedy położyłam Mayę spać, idę sprawdzić, czy jest w swoim łóżeczku, a potem upewniam się, że drzwi do mieszkania są dobrze zamknięte. Krążę po mojej maleńkiej kuchni, niespokojnie wędrując od okna do stołu i z powrotem, zanim wyjmę z lodówki następną puszkę piwa. Ostatnio znów zaczęłam popijać — czego nie robiłam od wyjazdu z Fremton. Jednak te samotne wieczory z Mayą stały się zbyt nieznośnie długie, żeby znieść je na trzeźwo. Rozpaczliwie usiłując nie myśleć o Heather, podchodzę do regału i szukam mojego starego szkicownika i ołówków.

Spoglądam na pustą kartkę przede mną. Od tak dawna niczego nie rysowałam, że jestem zbyt stremowana, żeby spróbować, i przez długą chwilę tylko patrzę na tę pustą białą kartkę, nie wiedząc, jak zacząć. W końcu nabieram tchu, po czym ciężką i niezdarną ręką chwytam ołówek.

Zaczynam od narysowania Mai, najłatwiejszego tematu. Moje ręce z początku poruszają się powoli, lecz szybko rozpędzają się, gdy pochłania mnie dokładne odtwarzanie jej oczu i czarnych loków opadających na policzki. Wkrótce jestem tak zaabsorbowana pracą, że gdy Maya mamrocze coś przez sen w swoim łóżeczku, ja ze zdziwieniem podnoszę głowę i uświadamiam sobie, że przez ostatnią godzinę lub dwie zapomniałam o całym świecie. Następnie rysuję z pamięci Monikę siedzącą przy kuchennym stole, z papierosem Benson&Hedges w dłoni, z tatuażami oplatającymi jej ręce i widocznymi przez chmurę dymu z jej papierosa, chłodno spoglądającą na mnie błyszczącymi i szczerymi oczami. Mija kolejna godzina, a ja zapełniam kartkę za kartką, rysując zaczarowany las dla Mai, z drzewami i dziuplami pełnymi zwierząt i ptaków. A kiedy w końcu odkładam ołówek, robię to z pełną satysfakcją. Niemal zapomniałam, że jestem w stanie ją odczuwać.

Dochodzi północ i już mam się położyć, gdy dzwoni moja komórka, przeraźliwie i zaskakująco w nocnej ciszy. Może to Monica lub wuj Geoff, mówię sobie nerwowo, spoglądając na kuchenny stół, na którym leży telefon. W jakiejś nagłej sprawie, zmuszającej do dzwonienia o tak późnej porze. Odbieram, nie poznając numeru migoczącego na wyświetlaczu.

— Halo? — Nikt nie odpowiada. — Halo? Halo? Kto tam?
— Nic. Jednak słyszę czyjś cichy oddech. — Halo? — Czuję, że

ten ktoś słucha mojego głosu i ze strachu oblewa mnie zimny pot. — Odejdź! — krzyczę. — Zostaw mnie w spokoju! Impulsywnie rzucam telefonem i widzę, jak z trzaskiem upada na podłogę. Niemal natychmiast znów zaczyna dzwonić. Stoję i patrzę, jak brzęczy i wibruje na linoleum, po czym podbiegam i wyłączam go.

Dzieli nas tylko wąski stół w pubie, zastawiony pustymi talerzami i szklankami po posiłku, a czubki naszych palców niemal się dotykają. Przed chwilą śmiałam się z czegoś, co powiedział James, lecz teraz nasza rozmowa rozpływa się w gwarze zatłoczonego lokalu. Słoneczny blask późnego popołudnia wpada przez okno, dwiema złotymi smugami znacząc jego twarz, a jego oczy błyszczą w tym świetle jak bursztyny. Ma małą bliznę na podbródku, i wyobrażam sobie, że wyciągam rękę i dotykam jej, wodząc palcem po miękkich wypukłościach i wgłębieniach. Powietrze pomiędzy nami elektryzuje, czeka.

— Idziemy? — pyta James, a ja bez słowa kiwam głową.

Gdy idziemy ulicą, jego dłoń przypadkowo ociera się o moją, a potem ujmuje ją i czuję mrowienie przepływającej między nami elektryczności.

Kiedy dochodzimy do jego domu, waham się.

— No cóż… — mówię. — Chyba lepiej…

On uśmiecha się, wciąż trzymając mnie za rękę, i delikatnie przyciąga do siebie.

— Wejdź — mówi.

I jesteśmy tutaj, w jego kuchni. Nagle niepewna, podchodzę do jednego z jego obrazów i przez chwilę udaję, że mu się przyglądam. Nie słyszę, jak zbliża się, ale nagle jest przy mnie, obraca mnie, unosi moją brodę i całuje, przyciskając do ściany, obejmując mnie i mocno przytulając do siebie, a jego wargi są na mojej szyi, ustach i nie wiem, czego się spodziewałam, ale nie takiego pośpiechu, namiętności i tak silnej reakcji mojego ciała. Muskam wargami jego policzek, wdycham zapach jego karku, a jego dłonie już są pod moim topem, rozpinając biustonosz, i jestem zdziwiona tym, jak bardzo go pragnę, jakby moje ciało przejęło kontrolę i nie pozwalało mi myśleć o niczym innym, tylko o jego nagiej skórze dotykającej mojej, i nie czułam tego, takiego pożądania do kogoś od czasu… od kiedy on, Connor… I wszystko się wali.

— Co? — pyta James, odsuwając się, by spojrzeć na mnie. Jest trochę zdyszany.

Twarz Connora, oczy Connora, wargi Connora. Muszę wytężyć wszystkie siły, żeby wypchnąć go z pamięci.

— Co jest? — pyta James, z troską marszcząc brwi. — Co się dzieje?

Potrząsam głową.

— Nic — stanowczo mówię. — Nic.

A on znów się uśmiecha i ciągnie mnie w kierunku schodów.

W jego sypialni całujemy się, gdy mnie rozbiera, i razem opadamy na łóżko. Wyciągam rękę, żeby rozpiąć mu spodnie, ale znów zastygam. Nagle Connor jest wszędzie: jego zimna, czujna obecność czai się w każdym kącie, jego zapach jest na pościeli Jamesa, wargi Jamesa mają jego smak. Paraliżuje mnie strach. Było inaczej z Herim i tymi wszystkimi przed nim, z którymi seks był czysto fizycznym doznaniem, ale teraz, z Jamesem, coś się zmieniło. Zaciskam powieki, broniąc się przed wspomnieniami, lecz nie ma przed nimi ucieczki. Znów jestem w zapadającym mroku kamieniołomu, a wszystko wokół jest strachem i zamieszaniem, znów czuję przerażenie i pewność, że nie mogę, nie zdołam przetrwać tego, co się wydarzy. Otwieram oczy, patrzę na zaniepokojoną twarz Jamesa i uświadamiam sobie, że drżę.

— Hej — mówi. — Hej, no, Edie, już dobrze, wszystko w porządku.

Obejmuje mnie i przytula, a ja drżę w jego objęciach, zmrożona strachem.

Gdy wracam do domu, pada ulewny deszcz, więc szczelnie otulam się płaszczem i naciągam na głowę kaptur. Później, gdy zbliżam się do parku, coś przykuwa moją uwagę i przystaję. Ulica tutaj jest słabo oświetlona, ale pomimo to dostrzegam szybko oddalającą się postać, zmierzającą do bramy parku. Nagle zaczynam się bać. To Heather — ten jej trucht, włosy do ramion, krępa figura — to zdecydowanie ona, jestem tego pewna. Wołam ją, lecz wiatr porywa mój ochrypły, przerażony głos. Spieszę za nią i znów wykrzykuję jej imię, ale ona się nie zatrzymuje. Zaczynam biec i dopadam ją tuż przed bramą parku. Czuję gwałtowny przypływ adrenaliny, gdy kładę dłoń na jej ramieniu, a ona przystaje i odwraca się. I stoimy tam, patrząc sobie w oczy w ulewnym deszczu. Jej widok jest jak cios w krtań. Nie mogę uwierzyć, że to ona, że stoi tu przede mną.

Z nieprzeniknioną miną spogląda na mnie.

— Heather — mówię urywanym, zdyszanym głosem. — Heather, ja…

Jednak ona w tym momencie znów się odwraca i wbiega do parku, natychmiast znikając w ciemnościach. Gapię się, wiedząc, że powinnam pobiec za nią, ale nie mogę się ruszyć. Myślę o zdemolowanym mieszkaniu Moniki. Znów słyszę głos Jennifer.

Uważaj, Edie.

Myśli jak szalone przebiegają mi przez głowę, gdy tak stoję, sparaliżowana niezdecydowaniem, zanim strach bierze górę i zawracam w kierunku domu, w którym jest Maya.

Tej nocy telefon znów zaczyna dzwonić, gdy tylko kładę się do łóżka. Za każdym razem, gdy odbieram i wypowiadam imię Heather, połączenie zostaje przerwane, aż w końcu wyłączam komórkę i odrzucam ją od siebie, jakby to był granat. Patrzę, jak prześlizguje się po podłodze kuchni i zatrzymuje pod krzesłem. A potem wracam do łóżka i mocno owijam się kołdrą, wiedząc, że tej nocy nie zasnę.

Przedtem

Już mamy opuścić kamieniołom i wracać do domu,
gdy wybucha awantura. Nieustannie rosnący przez całe popołudnie upał osiągnął temperaturę bliską wrzenia, tak że siedzimy
na ziemi ospali i milczący. Nawet dobry humor Connora stopniowo skwasił się w bezlitosnym skwarze lejącym się z błękit-
nego nieba. Gęsty żółty dym unosi się nieruchomo w powietrzu
wokół nas, gdy natrafiam spojrzeniem piekących oczu na siedzącego w pobliżu Liama, który ze zmarszczonym w skupieniu
czołem zręcznie robi prowizoryczną fajkę z plastikowej butelki,
folii i długopisu.

W tym momencie podnosi głowę, rozglądając się i klepiąc
po kieszeniach.

— Ma ktoś ogień? — pyta.

I od tego się zaczyna.

Siedzący kilka metrów dalej Connor wyjmuje zapalniczkę
i gdy Liam podnosi rękę, żeby ją złapać, Connor rzuca ją z całej
siły w jego twarz. Krzywi usta w złośliwym grymasie i wokół
rozlegają się śmiechy.

Liam mruga, pocierając czoło.

— Daj spokój, człowieku — mówi łagodnie.

Teraz jednak Connor bierze puste opakowanie po papierosach i znów rzuca mu je w twarz, tym razem śmiechy są głośniejsze.

— Connor, do kurwy nędzy — mówi Liam.

Jednak ten protest nie odnosi skutku i niebawem Connor rzuca w niego wszystkim, co ma pod ręką: puszką po piwie, pękiem kluczy, jedną tenisówką Edie. Liam odbija wszystkie te pociski.

— Odpierdol się — mówi spokojnie.

— Bo co? — drwi Connor. — Będziesz płakał? — Odwraca się do pozostałych. — Patrzcie na jego minę!

A potem rzuca drugim butem Edie.

I wtedy Liam mówi z gniewnym błyskiem w oczach.

— Powiedziałem, odpierdol się, Connor! — Pociera skaleczenie na twarzy po trafieniu zapalniczką. — No już! Idź do Szczęśliwego Pete'a i pieprz swoją matkę.

Po tych słowach zapada głęboka cisza. Nie pojmując, wodzę wzrokiem po twarzach, zaalarmowana nagłym napięciem, ale wszyscy wbijają wzrok w ziemię. Liam jest tak wściekły, że niewątpliwie bez zastanowienia wypala następne zdanie.

— Słyszałem, że teraz daje za piątaka. Daj jej jednego ode mnie, jak tam będziesz.

Patrzę na Edie, lecz ona wpatruje się w swoje dłonie, z kamienną twarzą. Nikt się nie rusza. Connor wstaje i ma pustkę w oczach; nawet nie wygląda na rozgniewanego. Jednak błyskawicznie dopada chłopaka i widzę przerażoną minę Liama, gdy ten pojmuje, co się zaraz zdarzy. Próbuje odczołgać się do tyłu i wstać, ale za późno: Connor łapie go za kołnierz, podrywa szarpnięciem i mocno uderza pięścią w twarz. Z nosa Liama tryska krew.

Connor tłucze go bezlitośnie. Raz za razem. Nikt się nie rusza, nikt go nie powstrzymuje. Jest jak w koszmarnym śnie, zupełnie surrealistycznym w ten piękny letni dzień, z nami wszystkimi zastygłymi i patrzącymi. Liam z początku nie wydaje żadnego dźwięku: słychać tylko głuchy odgłos pięści uderzających w ciało. Patrzę, przerażona, nie będąc w stanie się poruszyć, myśleć lub zrobić cokolwiek poza wpatrywaniem się w krew płynącą z ust Liama. W końcu Connor puszcza go i myślę, że to koniec, ale nie, bo teraz Connor zaczyna go kopać: w twarz, żebra, w brzuch, a Liam wydaje okropne zwierzęce ryki bólu. Edie i ja zrywamy się z ziemi i krzyczymy na Connora, żeby przestał.

Przestaje. Patrzy spokojnie, tępym wzrokiem na leżącego nieruchomo zakrwawionego Liama, a potem odwraca się i rzuca w przestrzeń:

— Zabierzcie go stąd.

Trzej jego kumple zanoszą Liama do samochodu, pobitego do nieprzytomności, ze spuchniętą i zakrwawioną twarzą.

Potem

Ulica pod moim oknem jest pusta i cicha w milczącym oczekiwaniu na rozpoczęcie dnia. Lis przebiega po chodniku, ściskając w zębach coś małego i niemożliwego do zidentyfikowania. Stoję przy oknie, patrząc na bladoniebieski świt, i czekam, aż moja córeczka zacznie się poruszać. Zbudziłam się wcześnie, jakby gwałtownie wynurzając się z ciemnej i zimnej wody, natychmiast przytomna i czujna, z sercem ściśniętym jakimś nieokreślonym niepokojem, a kiedy odszukałam mój telefon i włączyłam go, znalazłam dwadzieścia dwa nieodebrane połączenia i trzy wiadomości w poczcie głosowej — wszystkie nieme.

Maya płacze w swoim łóżeczku, a ja biegnę do niej, porywam ją w ramiona i mocno przytulam.

— Już dobrze, dziecino — mruczę. — Wszystko będzie dobrze.

Kiedy jest już nakarmiona, ubieram się i pospiesznie zbieram jej rzeczy. Czas znaleźć Heather, czas to zakończyć.

— Mogłabyś przez chwilę popilnować Mai? — pytam, gdy Monica otwiera mi drzwi.

— Pewnie — mówi, patrząc na mnie z troską. — Dobrze się czujesz?

— Świetnie. — Staram się mówić spokojnie. — Po prostu coś mi wyskoczyło. Przepraszam, że cię o to proszę, ale to ważne.

Bierze ode mnie Mayę i kiwa głową, a ja jestem wdzięczna, gdy nie zadaje mi już żadnych pytań.

Idę przez park, przyglądając się twarzom mijanych ludzi. Czy ona jest w pobliżu? Czy obserwuje mnie właśnie w tej chwili? Znajduję ławkę i wyjmuję telefon. Serce wali mi jak młotem. Zaczyna padać drobny, lodowaty deszcz, gdy znajduję numer Heather i go wybieram. Gdy słyszę sygnał, mocno ściskam komórkę, chcąc, żeby odebrała, a jednocześnie bojąc się, że to zrobi. Włącza się poczta głosowa, a ja nabieram tchu i zaczynam mówić.

— Heather — mówię. — To ja. Wiem, że do mnie wydzwaniałaś. Przyjdź się ze mną zobaczyć. Wiem, że jesteś w pobliżu. Musimy porozmawiać o tym, co wydarzyło się we Fremton. — Zastanawiam się przez moment, a potem dodaję rozpaczliwie: — Proszę, Heather. Rany boskie, musisz z tym skończyć. Musisz zostawić mnie w spokoju. Będę w kawiarni na końcu parku. Zaczekam tam na ciebie.

W końcu rozłączam się i schowawszy twarz w dłoniach, siedzę przez kilka minut, moknąc na deszczu. Wiem, że ona jest blisko. Czuję to.

W kawiarni jest pusto, gdy wchodzę tam tak wcześnie w sobotę rano: kilkoro wymęczonych rodziców z noworodkami, paru uprawiających jogging. Zajmuję miejsce, z którego mam dobry widok na drzwi, i położywszy telefon na stoliku przed sobą, czekam. Powoli mija pół godziny. Kawiarnia zaczyna się zapełniać. Gdzie ona jest? Czy odsłuchała moją wiadomość? Może jest w drodze? Powraca do mnie ostry jak brzytwa obraz z tamtej strasznej nocy sprzed wielu lat i zaczynam głęboko oddychać, usiłując opanować rosnący strach.

— Dobrze się pani czuje? — Kelnerka patrzy na mnie z troską.

Zmuszam się do kiwnięcia głową.

— Nic mi nie jest. Nic mi nie jest.

Odchodzi ze współczującym uśmiechem, a ja spoglądam na zegar nad barem. Minęła godzina i dwadzieścia minut, od kiedy zadzwoniłam do Heather. Na myśl o tym, że mam wrócić do mojego mieszkania i nadal żyć w cieniu jej niewidzialnej, groźnej obecności, nie wiedząc, kiedy znowu się pojawi, ogarnia mnie rozpacz. Myślę o włamaniu do mieszkania Moniki, o tym, jak zostało splądrowane i zdewastowane. Czego ona chce? Czego teraz ode mnie chce?

Upływa kolejne pół godziny, zanim godzę się z tym, że ona nie przyjdzie. Byłam głupia, myśląc, że się zjawi. Nagle pragnę zobaczyć twarzyczkę Mai. Znów czuję niepokój. Zostawiłam ją z Moniką, żeby była bezpieczna, kiedy ja sama stawię czoło Heather. A jeśli ona poszła tam? Co jeśli chce skrzywdzić Mayę? Łapię telefon i biegiem opuszczam kawiarnię, kierując się z powrotem do parku, najkrótszą drogą na moją ulicę. Mijając ławkę, na której wcześniej siedziałam, układam pospieszny, rozpaczliwy plan. Odbiorę Mayę od Moniki i spakuję się. Zadzwonię do wuja Geoffa i zapytam, czy możemy zatrzymać się u niego tydzień czy dwa — dopóki nie skłonię Heather, żeby się ze mną spotkała, dopóki nie zmuszę jej, żeby przestała. *A jeśli nie uda mi się jej powstrzymać?* Ta myśl z sykiem przemyka przez plątaninę innych, gdy przyspieszam kroku. *A jeśli wciąż będzie to robiła? Jeśli mnie zaatakuje? Zrobi krzywdę Mai?* Zmuszę ją, żeby przestała, mówię sobie z rozpaczą. Po prostu zmuszę ją.

I nagle czuję dłoń zaciskającą się na moim ramieniu.

Przedtem

Nie śpię. Leżę i wsłuchuję się w noc, usiłując nie myśleć o tym, co zdarzyło się w kamieniołomie. Jednak za każdym razem, gdy zamykam oczy, widzę zakrwawioną i spuchniętą twarz Liama, słyszę odgłos pięści łamiącej kość, ryk bólu chłopaka. Przez jedną krótką i straszną chwilę wyobrażam sobie, że to Edie leży na miejscu Liama, i siadam na łóżku, jęcząc na samą myśl. Muszę zabrać od niego Edie. Muszę zabrać ją od Connora. Wydarzy się coś strasznego. Czuję to.

W końcu, tuż nad ranem, gdy mrok jest jeszcze gęsty i głęboki, zapalam nocną lampkę i siedzę, patrząc na cienie, jakie rzuca na ściany, bijąc się z myślami i wciąż dochodząc do tego samego wniosku: muszę ją uratować, muszę ocalić Edie. A gdy myślę o Connorze, moja nienawiść do niego rośnie i rozchodzi się we mnie wszechogarniająca pogarda, od której moje serce ściska się jak pięść, a krew burzy się w żyłach. Plan, który układałam od dnia, gdy wróciłam do tamtego mieszkania, powraca ze zdwojoną siłą. To jedyne możliwe rozwiązanie, więc gdy siedzę przy świetle nocnej lampki na moim wąskim łóżku, jestem tak podekscytowana, że serce wali mi jak młotem. Ponieważ to jedyne wyjście: jedyny sposób, żeby na dobre usunąć Connora z życia Edie. Tylko ja mogę ją uratować. A teraz, kiedy podjęłam decyzję, inne rozwiązanie wydaje się po prostu niemożliwe.

Przez długie i ciche godziny układam plan, uzupełniając szczegóły i doszlifowując je, aż stają się realne i pewne. Kiedy w końcu zasypiam, mam wrażenie, że minęło zaledwie kilka sekund do chwili, gdy zbudziło mnie jasne światło dnia i głos ojca wołającego mnie na śniadanie. Wstaję, z początku zaspana i zdezorientowana, a potem natychmiast ożywiona nagłym przypływem adrenaliny, gdy przypominam sobie, jaką decyzję podjęłam kilka godzin wcześniej.

W kuchni tato stawia przede mną płatki kukurydziane i jak zwykle znika za swoją gazetą. W tle cicho bulgocze Radio 4 i tym razem jestem zadowolona z tego braku uwagi, gdy pogrążam się we własnych myślach. Jest mi na przemian zimno i gorąco, cała się trzęsę, gdy uzmysławiam sobie okropność tego, co zamierzam zrobić. Czy się ośmielę, zadaję sobie pytanie, czy naprawdę odważę się to zrobić? I natychmiast przychodzi odpowiedź: *tak*. W końcu nie mam innego wyjścia, Edie tego potrzebuje, muszę się nią opiekować, muszę to dla niej zrobić. Strach miesza się z podnieceniem. Jestem zatopiona w myślach, gdy tato opuszcza gazetę.

— Nie jesteś głodna, Heather? — pyta.

Spoglądam na moje nietknięte śniadanie. Myśl o jedzeniu czegokolwiek jest nie do zniesienia. Odsuwam talerz i kręcę głową, czekając, aż wróci do lektury „The Timesa". Zamiast to zrobić, wciąż na mnie patrzy.

— Czy coś się stało? — pyta.

To pytanie mnie zaskakuje. Nagle uświadamiam sobie, że nie pamiętam, aby ojciec kiedykolwiek wcześniej pytał mnie, jak się czuję czy o cokolwiek. Zwykle woli rozmawiać na tematy religijne lub akademickie. Teraz wzdycha i składa gazetę, kładąc ją na stole przed sobą. Spoglądam na jego siwe krzaczaste brwi, haczykowaty nos i piwne oczy. Moje oczy — nagle uświadamiam sobie. Nigdy przedtem tego nie zauważyłam, że pomimo wszystkich dzielących nas różnic przynajmniej oczy mamy takie same. Myślę o błyszczących, skupionych niebieskich oczach matki, takich, jakie miała Lydia.

— Heather? — pyta ponownie. A kiedy nie odpowiadam, mówi cicho: — Widziałem zapalone światło w twoim pokoju, w środku nocy.

Kiwam głową, unikając jego wzroku.

— Nie mogłam spać.

— Spodziewam się, że to dla ciebie trudne — mówi zmienionym i zduszonym głosem. — To że... twoja matka...

Jestem tak poruszona, że piekące łzy stają mi w oczach.

— No cóż — dodaje pospiesznie — to może nie będzie takie... chcę powiedzieć, że chciałbym myśleć, że jesteś w stanie zwierzyć mi się, gdybyś... hmm, odczuwała taką... potrzebę — dodaje po chwili.

Nie mam pojęcia, co powiedzieć. Myślę o tym, że kiedy utonęła Lydia, między rodzicami a mną rozwarła się przepaść. Przez tyle lat chciałam, aby któreś z nich zobaczyło we mnie kogoś innego niż osobę winną jej śmierci. A teraz jest na to za późno, o wiele za późno. W końcu odzyskuję mowę.

— Nic mi nie jest, tato — mówię. Wstaję z krzesła i ze zdziwieniem słyszę mój wyraźny i silny głos: — Lepiej już pójdę. Nie chcę się spóźnić do szkoły.

Mijając go, przystaję i pod wpływem nagłego impulsu klepię go po ramieniu; nasze spojrzenia spotykają się i coś w nich sobie przekazujemy, niemal jakbyśmy oboje wiedzieli, że dotykamy się po raz ostatni.

Idę prosto na ulicę Edie. Kiedy tam dochodzę, jej dom jest cichy i ciemny, z zasłonami zaciągniętymi we wszystkich oknach. Patrzę na zegarek. Jest 8.30. Ranek ma ten wyczekujący spokój chłodnej rosy, jaki mają letnie poranki, zanim zacznie się upał. Kiedy stoję tam, wahając się, kobiecy głos krzyczy w głębi ulicy: „Wracaj tu, Ahmed, ty gówniarzu!", a mężczyzna stojący w samych bokserkach na schodkach do swojego domu pali papierosa i patrzy na mnie ponuro.

Kiedy uderzam kołatką w drzwi, w porannej ciszy jej stukot przypomina serię wystrzałów. Mija długa chwila, a potem jeszcze jedna, zanim matka Edie w końcu otwiera drzwi, z bladą i ściągniętą twarzą.

— Nie ma jej — mówi natychmiast. — Nie wróciła do domu wczoraj wieczorem i możesz jej ode mnie przekazać, że ma dopiero siedemnaście lat i zadzwonię na policję, jeśli nie...

— Niech pani posłucha — przerywam jej, a ona milknie, zaskoczona. — Proszę mnie wysłuchać. Muszę się z nią zobaczyć. To bardzo ważne. Niech jej pani powie, że musi się ze mną spotkać. Będę na nią czekała dziś wieczorem o szóstej przy starej mleczarni. Proszę jej powiedzieć, że tam będę.

— Nie, to ty posłuchaj. Nie wiem...

— Musi jej to pani powiedzieć, to bardzo ważne. Dawna mleczarnia. Jeśli nie będzie jej tam dzisiaj, będę na nią czekała co wieczór, dopóki nie przyjdzie. Niech jej pani to powie.

A potem odwracam się i odchodzę.

Potem

Mężczyzna ściskający moje ramię jest krępy i dobrze zbudowany. Patrzę na niego ze zdziwieniem. Gdy próbuję się wyrwać, zaciska chwyt.

— Wszystko w porządku, Edie? — pyta.

Moje zaskoczenie pogłębia się. Kto to jest? Skąd zna moje imię?

On bierze mnie za rękę i zaczyna iść, prawie ciągnąc mnie za sobą.

— Kim... czego pan chce? — Potykam się i w panice usiłuję znaleźć jakieś wytłumaczenie. Czyżby przysłała go Heather? Wyrywam się. — Zostaw mnie!

Rozpaczliwie rozglądam się, lecz ta część parku jest pusta. Mam zamiar zacząć krzyczeć, lecz on, jakby czytając w moich myślach, przystaje, przyciąga mnie do siebie i brutalnie zatyka dłonią moje usta. Przerażona, patrzę na niego. Ma ogoloną głowę, jest po czterdziestce, o szerokiej twarzy i czarnych oczkach. Spoglądam w dół i na moment serce przestaje mi bić, gdy rozchyla kurtkę i widzę ukryty pod nią nóż. Ziemia usuwa mi się spod nóg. *Maya*, myślę. *Nie rób mi krzywdy, nie odbieraj mnie Mai.* Wydaję cichy okrzyk przerażenia.

On zaciska dłoń na mojej szyi.

— Słuchaj… — mówi z wyraźnym akcentem południowego Londynu. — Rób, co ci się mówi, a nic się nie stanie. Ja tylko chcę ją zobaczyć. W porządku? Chcę tylko z nią pogadać.

Z kim? Kto to? Mam zamęt w głowie.

— Zostaw mnie w spokoju — mówię, rozpaczliwie próbując wyrwać się z jego uścisku, gdy znów zaczyna mnie wlec w kierunku głównej bramy. Jednak jego chwyt jest tak mocny, że czuję potworny ból w łokciu, jakby zaraz miały popękać mi kości.

On nadal mówi, jakbym nic nie powiedziała.

— Wiem, że trzymacie się razem. Wy dwie. Bardzo blisko. Zawsze jedna jest w pobliżu mieszkania tej drugiej. Kiedy zabrałem jej telefon, przeczytałem wiadomości, które jej wysyłałaś. Widziałem was razem. Znacie się jak łyse konie, co? — Kiwa głową, a jego oczy są jak dwie czarne dziury. — Musisz tylko ją skłonić, żeby otworzyła drzwi, abym mógł z nią pogadać. Nic więcej nie musisz robić. Chcę tylko zamienić z nią kilka słów. Musi mnie wysłuchać.

Znów kiwa głową, zadowolony ze swojego planu.

I nagle wszystko pojmuję.

— Phil — szepczę. — Ty jesteś Phil.

On nie odpowiada. Znów mnie ciągnie za sobą i choć jest biały dzień i spory ruch na ulicy, on najwyraźniej wcale się tym nie przejmuje, co jest przerażające. Przemoc emanuje z niego, skwiercząc i trzeszcząc jak ładunek elektrostatyczny. Przechodnie spoglądają na nas ze zdziwieniem, ale pospiesznie odwracają wzrok i idą dalej, z wyrazem twarzy: niczego nie widzieć, nie mieszać się.

Gorączkowo próbuję coś wymyślić.

— Phil, posłuchaj — mówię, szukając rozsądnego argumentu. — Widzę, że jesteś zły, wiem że…

— Powinnaś coś zrobić ze swoimi drzwiami — przerywa mi. — Przy takim zamku każdy może tam wejść.

Zatem to on włamał się do mojego mieszkania. Opuszcza mnie rozsądek, wraca strach.

— Zostaw mnie. Proszę, Phil, proszę. — Przypominam sobie bliznę na plecach Moniki i krew zastyga mi w żyłach. — Posłuchaj...

— Dlaczego się, kurwa, nie zamkniesz?

Tylko jedna para, wychodząca ze swojego domu, próbuje interweniować.

— Hmm, przepraszam — woła nerwowo mężczyzna, gdy Phil wlecze mnie dalej. — Wszystko w porządku?

— Nie! — wołam rozpaczliwie, obracając się do niego, ale Phil tak mocno szarpie mnie za rękę, że krzyczę z bólu.

Gdy docieramy do mojej kamienicy, popycha mnie na schody i potykam się.

— Otwieraj drzwi — mówi.

— Słuchaj, nie rób tego — błagam. — Jej nie ma, Moniki i tak nie ma w domu.

Słysząc to, łapie mnie za głowę i uderza nią o drzwi. Czuję przeszywający ból. Przysuwa swoją twarz do mojej i wyraz jego czarnych oczek ucisza mnie.

— Masz małe dziecko, co? — mówi do mnie. — Widziałem cię z nim. Wprowadzisz mnie do mieszkania Moniki. Słyszysz, co mówię? Wpuścisz mnie tam, to nie wrócę po ciebie.

Wyciąga nóż i przykłada do mojej szyi.

Szukając w kieszeni kluczy, rozpaczliwie usiłuję coś wymyślić. Mam tylko kilka sekund. Muszę trzymać go z daleka od Mai i Moniki, a to moja ostatnia szansa, żeby go powstrzymać. Pomimo strachu usiłuję się skupić. Odrobinę rozluźnia dłoń ściskającą moje ramię, gdy wkładam klucz do zamka i przekręcam. Kiedy zaczynam otwierać drzwi, a on rusza za mną, z całej siły kopię nogą w tył, próbując strącić go ze schodów i schronić się w środku. Lecz jakbym kopnęła w ceglany mur. Nawet się nie zachwiał. Zanim zdążę zrobić coś jeszcze, wdziera się za mną do środka, wpychając mnie do sieni i zatrzaskując za sobą drzwi.

Słyszę Mayę płaczącą gdzieś w mieszkaniu Moniki i chwytam się tego, skupiam się na tym, usiłując zebrać myśli. Jeśli zrobię choć jedną dobrą rzecz w moim życiu, to ochronię moją córkę. Po wszystkich krzywdach, jakie wyrządziłam, błędach, które popełniłam, teraz liczy się tylko Maya. Nagle Phil zakrywa dłonią moje usta i wykręca mi rękę za plecy. Ból jest straszliwy. Przesuwa dłoń na moją tchawicę i naciska tak mocno, że wydaje mi się, że skręci mi kark. Gdy szarpię się, usiłując złapać powietrze, syczy mi do ucha:

— Zrobisz to, ty pierdolona mała dziwko. Zapukasz do tych drzwi i powiesz jej, żeby otworzyła. Jeśli powiesz coś o mnie, wszystkie was pozabijam, rozumiesz?

Kiwam głową i czuję, jak koniec noża wbija się w moją szyję. On popycha mnie w kierunku drzwi Moniki, a ja pukam w nie drżącą dłonią. W środku Maya płacze coraz głośniej. Po chwili słyszę głos Moniki.

— To ty, Edie? — woła, a potem dodaje: — Cii, Maya, mamusia już tu jest. — Milknie i w jej głosie słyszę niepewność. — To ty, prawda, Edie?

A ja myślę, jak bardzo kocham Monikę, pierwszą prawdziwą przyjaciółkę, jaką mam od czasu, gdy była nią Heather. Łzy stają mi w oczach. Nie odpowiadam. Znów czuję ostrze noża Phila przyciśniętego do mojej szyi.

— Tak — mówię, ale za cicho, i czubek noża przebija mi skórę, aż krew spływa mi po szyi. — Tak — mówię nieco głośniej. — To ja.

Phil zatyka mi usta dłonią i słyszę, jak Monica zaczyna odciągać zasuwę. Czuję, jak on napina mięśnie w oczekiwaniu. Krew szumi mi w uszach, mija sekunda, a potem następna i słyszę trzask obracającego się pierwszego zamka. Czekający

niecierpliwie Phil odrobinę luzuje chwyt. Gdy Monica zaczyna
przekręcać drugi zamek, gwałtownym szarpnięciem uwalniam
głowę na moment wystarczający, by krzyknąć:

— Nie otwieraj!

Słyszę wściekły wrzask Phila, czuję przeszywający ból, a potem… ciemność.

Przedtem

Nie przychodzi pierwszego wieczoru. Czekam i czekam, gdy niebo barwi się purpurą i złotem, zmrok wsącza się w zakamarki opuszczonej mleczarni, popękane ceglane mury stają się rozmazane i niewyraźne, a drzewa za nimi ciemnieją i gęstnieją. Przeraźliwe granie świerszczy rośnie ku crescendo i gdzieś za mną słychać słabe głosy dzieci nawołujących się na ulicach Tyner's Cross. Zapach wieczoru staje się silniejszy, piżmowy i słodki. Wybija siódma, a potem ósma, wysokie trawy szepczą w nagłych podmuchach wiatru, a ja myślę o Edie i o Connorze, krew szumi mi w uszach, a ona wciąż nie przychodzi.

Czekam w następny wieczór i w kolejny, a potem, za czwartym razem, kiedy idę przez pole, widzę ją: małą postać siedzącą na najodleglejszym murku. Jest za pięć szósta, niebo nadal jasne i błękitne, a skwar wciąż dokuczliwy. Już z daleka widzę, że coś z nią jest nie tak. Serce bije mi mocniej i przyspieszam kroku, przedzierając się przez wysoką trawę. Kiedy do niej dochodzę, ona na pół leży z głową opuszczoną na piersi i zamkniętymi oczami. Klękam przed nią i chwytam ją za ręce.

— Edie — mówię. — Edie, nic ci nie jest?

Kiedy nie odpowiada, potrząsam nią, coraz bardziej przestraszona.

— Edie — pytam. — Co zrobiłaś? Co wzięłaś? Proszę, Edie, zbudź się.

Ona podnosi głowę i powoli skupia na mnie wzrok.

— Heather — mówi i zaczyna zanosić się śmiechem, histerycznym piskliwym chichotem. — Cześć, krowo — mówi i osuwa się na mnie.

Łapię ją za ramiona i przytrzymuję, a kiedy patrzę w dół, widzę mnóstwo śladów po igłach po wewnętrznej stronie jej chudych rąk.

— Edie — mówię z oczami pełnymi łez, ale w tym momencie ona gwałtownie odsuwa się ode mnie, po czym długo i obficie wymiotuje w trawę.

Gładzę ją po plecach, dopóki nie skończy, a kiedy w końcu przestaje, delikatnie podnoszę ją i prowadzę w cień, a ona posłusznie jak dziecko siada na trawie, plecami oparta o ścianę, z głową na moim ramieniu.

— Edie — szepczę. — Musisz od niego odejść. Musisz.

Szykuję się na jej wybuch gniewu i odmowę, lecz ku mojemu zdziwieniu ona bardzo cicho mówi jedynie:

— Nie mogę.

— Spójrz na siebie, zobacz, co ci zrobił.

Ona zaczyna płakać. Przez chwilę siedzimy w milczeniu, a ja czuję, jakby wracała nasza dawna bliskość. Rozkoszuję się tym, zamknąwszy oczy, żeby zatrzymać ten moment.

— Edie — mówię po długiej chwili. — Czy on... czy on zrobił ci kiedykolwiek krzywdę?

Wstrzymuję oddech, ale ona nadal milczy. Zaczynam się zastanawiać, czy słyszała moje pytanie, a potem czuję, jak jej głowa porusza się na moim ramieniu, gdy nią kiwa. Obejmuję ją i przytulam, czując szalejącą we mnie wściekłość. Przed oczami staje mi twarz Connora i chcę tylko ją unicestwić, szarpać paznokciami, aż zmieni się w krwawą miazgę. Mogłabym go zabić. Jestem tego całkowicie pewna. Gdybym zobaczyła go teraz, mogłabym go zabić.

Po kilku minutach ona ociera oczy i siada prosto.

— On tego nie chce — mówi. — Nie może się powstrzymać. Czasem zrobię coś, powiem coś, co go... nie rozumiesz, Heather. Nie znasz go. Jaki potrafi być cudowny. Kocha mnie. On naprawdę mnie kocha.

Gryzę się w język, bo chcę, żeby mówiła dalej.

— Gdybyś wiedziała to, co ja wiem... o jego dzieciństwie i wszystkim, o czym mi opowiedział...

Myślę o tym, co Liam powiedział o matce Connora, ale potem przypominam sobie spuchniętą, zakrwawioną twarz Liama i znów robi mi się niedobrze.

— Nie obchodzi mnie to — rzucam gniewnie. — On nic mnie nie obchodzi! Chodzi mi tylko o ciebie! Patrz! — mówię, łapiąc ją za cienki przegub i unosząc rękę, żeby pokazać ślady po igłach. — Wiesz, że to jest złe. Wiesz, że tak! Musisz przestać się z nim widywać, musisz od niego odejść!

— Jak mogę przestać? Jak? — Podnosi głos. — On tu jest, jest wszędzie, gdzie spojrzę. — Łzy płyną jej po policzkach, gdy wskazuje na wieżowce. — Nie mogę, nie mogę od niego odejść. Zawsze jest w mojej głowie. Nie ma przed tym ucieczki. To trwa i trwa.

Wyciągam rękę spod jej pleców i klękam przed nią, wpatrując się w nią.

— Ja mogę to przerwać — mówię jej. — Mogę to przerwać. Musisz tylko mnie posłuchać. Musisz zrobić to, co powiem, a to wszystko się skończy.

Ona patrzy na mnie ze zdumieniem.

— O czym ty mówisz?

— Pomyśl o tym, jak chciałaś pójść na studia i wyjechać do Londynu. Pomyśl o życiu, jakie mogłabyś tam mieć. Boisz się Connora. Wiem, że się boisz. Może nie?

Zalana łzami Edie kiwa głową.

Ostrożnie przysuwam się do niej. Biorę ją w ramiona i trzymam, wdychając zapach jej brudnych, tłustych włosów, czując przy sobie jej chude i bezwładne ciało.

— Mogę to przerwać.

Ona pociąga nosem.

— Jak?

Robię głęboki wdech i mówię jej. W pierwszej chwili robi wielkie oczy.

— Oszalałaś? Nie ma mowy!

— Posłuchaj mnie — mówię. — Mogę to zrobić. Musisz tylko zdać się na mnie. Pomyśl o tym. Czy jest jakiś inny sposób? Czy chcesz, żeby robił ci to wszystko przez rok? Przez dwa lata? Jest tylko jedno wyjście. Zajmę się wszystkim.

Ona pochyla się, opierając głowę na kolanach.

— O Boże. O Boże, o Boże, o Boże...

Zaczyna płakać, szloch wstrząsa jej ciałem, a ja czekam. Kiedy przestaje, siada prosto, wpatrując się w trzy wieżowce. Po długiej chwili w końcu słyszę, jak to mówi.

— OK — szepcze. — OK.

— Dobrze — mówię z mocno bijącym sercem i gonitwą myśli. — W porządku. Dobrze. Teraz musisz wrócić do domu i przespać się. A potem zadzwoń do mnie. Zadzwoń do mnie, kiedy będziesz gotowa. OK?

Ona kiwa głową.

— W porządku? — pytam. Chwytam ją za ręce i głęboko spoglądam w oczy. — Będę czekała.

— Tak — mówi, a kiedy na mnie patrzy, w jej oczach jest strach i nadzieja.

Potem

Leżę na szpitalnym łóżku, a lekarz mnie bada. Niski, sympatyczny Australijczyk wesoło uśmiecha się do mnie, oglądając moje połamane żebra, rozciętą wargę i podbite oko, współczująco kiwając głową, gdy krzywię się pod delikatnym dotknięciem jego palców. Zastanawiam się, co sądzi o tym, w jaki sposób tu wylądowałam — bo wyraźnie widać, że zostałam dotkliwie pobita — ale jeśli ma swoje zdanie w tej sprawie, to go nie ujawnia.

Wygląda na to, że miałam szczęście. Policja była tu wcześniej, informując mnie poważnie, że zjawili się w samą porę. Zamykając oczy z bólu, udaje mi się usiąść na łóżku.

— Zatem mogę sobie iść? — pytam lekarza.

On kiwa głową.

— Teraz, kiedy wstrząs minął, niewiele więcej możemy dla pani zrobić. Proszę tylko się nie przemęczać i nadal brać środki przeciwbólowe, a wszystko samo się zagoi.

W tym momencie otwierają się drzwi i pojawia się w nich Monica, która trzyma w ramionach Mayę. Widząc moją córeczkę, jej wyciągnięte rączki i słysząc cichy okrzyk radości, zupełnie się rozklejam. Przytulam ją i w końcu pozwalam sobie zapłakać. Po chwili Monica też bierze mnie w ramiona i czuję się

bezpiecznie, wdychając znajomy zapach jej szamponu i papierosów.

Kiedy odsuwamy się od siebie, siada na moim łóżku i posyła
mi ostrożny, zaniepokojony uśmiech.

— Co pamiętasz? — pyta.

Gładzę włosy Mai.

— Wszystko do chwili, gdy krzyknęłam do ciebie. Co się
stało? Domyślam się, że wezwałaś policję?

Ona kiwa głową.

— Tak, ale najwyraźniej sąsiedzi już to zrobili, jakaś para
mieszkająca przy naszej ulicy. Tak więc radiowóz przyjechał bardzo szybko, dzięki Bogu.

Gapię się na nią, usiłując ogarnąć to wszystko, i widzę, że
ona powstrzymuje łzy.

— Chryste, Edie, to było takie okropne. Stać tam za drzwiami i słuchać, jak on ci to robi. — Wyciąga rękę i ujmuje moją
dłoń. — Tak mi przykro.

— To nie twoja wina. — Ściskam jej palce. Po krótkim milczeniu pytam: — I co się stało z Philem?

— Policja go zabrała. Właśnie rozmawiałam z nimi przez
telefon. — Kręci głową, jakby nie mogła w to uwierzyć. — Tym
razem mają świadków, Edie. Mają ciężkie uszkodzenie ciała,
mają posiadanie broni z zamiarem jej użycia. Uważają, że to
wystarczy, żeby znów go zamknąć. — Milknie i badawczo mi się
przygląda. — Edie, sprawdzili jego komórkę i miał w niej twój
numer telefonu, musiał zdobyć go, kiedy ukradł moją z mieszkania. Najwyraźniej wydzwaniał do ciebie. Dlaczego nic mi nie
powiedziałaś?

Czeka na moją odpowiedź.

— Nie wiem — mówię w końcu. — Chyba... ja... chyba nie
wiedziałam, że to on.

— Tak mi przykro, że zostałaś wmieszana w to wszystko. Nie masz pojęcia, jaka jestem ci wdzięczna za to, co zrobiłaś.

A potem znów bierze mnie w ramiona i mocno przytula.

Kiedy wracamy taksówką ze szpitala do domu, Monica krząta się przy mnie, sadowiąc mnie na kanapie, robiąc lunch dla całej naszej trójki i wciąż pytając mnie, jak się mam. Czuję lekką ulgę, gdy w końcu wraca do swojego mieszkania. Okropnie bolą mnie żebra i szczęka, jestem słaba i oszołomiona, ale przede wszystkim chcę zostać sama z Mayą i w końcu ogarnąć to, co mi się przydarzyło.

Z początku krążę jak w transie po mieszkaniu i dopiero gdy Maya zasypia w łóżeczku, a ja zmywam naczynia po lunchu, nagle uświadamiam sobie, co się stało. Znów widzę czarne oczy Phila, czuję, jak ściska moje ramię, stoimy przed drzwiami Moniki i on przewraca mnie na posadzkę. Bezwiednie wróciłam do salonu i patrzę niewidzącym wzrokiem przez okno, gdy kobiecy śmiech dolatujący z ulicy przerywa ciszę i nerwowo podskakuję. Ostrożnie przesuwam palcami po żebrach i krzywię się. Podchodzę do kanapy, kładę się, zamykam oczy i stopniowo, jak muł unoszący się na powierzchnię rzeki, poprzez cały ten ciemny opar bólu i szoku wywołanego atakiem Phila, przypominam sobie ten jeden, zdumiewający fakt, że to Phil, a nie Heather, był w moim mieszkaniu, to on zdemolował mieszkanie Moniki i wydzwaniał na moją komórkę. *To nie była Heather.*

Przedtem

Edie dzwoni następnego dnia po południu.

— Nic ci nie jest? — pytam z ogromną ulgą, gdy słyszę jej głos. — Tak się cieszę, że zadzwoniłaś.

— Tak — mówi, lecz jej głos brzmi dziwnie i beznamiętnie.

— Czy jesteś... — Waham się. — Jesteś gotowa?

— Tak — mówi. — Jestem gotowa.

— Gdzie mam...

— W kamieniołomie. Spotkajmy się w kamieniołomie. Dziś wieczór, o ósmej.

Zastanawiam się.

— W kamieniołomie? Ale... — Urywam, nie chcę powiedzieć czegoś, co skłoniłoby ją do zmiany zdania. A jeśli nie może się ze mną spotkać gdzie indziej, tylko w kamieniołomie, niech tak będzie. — W porządku. W kamieniołomie. Dobrze. Zobaczymy się tam. — Ona milczy, słyszę jej oddech. — Edie? — mówię. — Dobrze robisz. Tak trzeba. Zobaczysz. Wszystko będzie dobrze.

Potem siedzę w moim pokoju i czekam. W ciszy w całym domu zegary wybijają piątą. Jeszcze trzy godziny. Patrzę na mój pokój, na wszystko tak znajome, lecz każdy przedmiot i mebel zdają się teraz nabierać nowego znaczenia, kiedy wiem, że jutro o tej porze świat będzie tak bardzo inny. Drżącymi rękami wyjmuję czarną płócienną torbę, którą schowałam pod materacem. Przez materiał wyczuwam zarys tego, co znajduje się w środku, i prawie tracę odwagę. Może nie jest za późno, myślę gorączkowo. Może nie jest za późno! Mogłabym zostać tutaj, odwołać to, powtórzyć ostatnią klasę i zacząć od nowa. Jednak wiem, że sama się oszukuję. Muszę zrobić to, co trzeba, a potem Edie i ja będziemy razem, tylko my dwie, będziemy razem na zawsze.

O siódmej mówię tacie, że mam się spotkać z koleżanką ze szkoły, po czym z sercem w gardle i czarną torbą pod pachą wyruszam z domu. Na głównej ulicy wsiadam do pierwszego autobusu jadącego do Wrexham, a gdy wysiadam z niego po dwudziestu minutach, idę w kierunku kamieniołomu. Jest straszny upał, pola wokół mnie rozbrzmiewają graniem świerszczy, mam w uszach szmer moich ud ocierających się o siebie przy każdym kroku, torbę obijającą się o moje biodro, mój głośny oddech.

Gdy dochodzę do znajomego zakrętu, sprawdzam godzinę: za kwadrans ósma. Cała drżę z napięcia. Ruszam szutrową drogą, wspinając się wyżej i wyżej, czując coraz większy ucisk w piersi, aż w końcu jestem na miejscu. W kamieniołomie. Po drugiej stronie nieruchomej zielonej wody miejscowe dzieciaki pakują się do samochodów i żegnają ze sobą. Słońce jest spuchnięte i blade na ciemniejącym niebie poprzecinanym czerwonymi i złotymi pasami. Mijam zakręt i ona tam jest, czeka na mnie. Edie. Moje serce wywija koziołka. Ona tu jest. To się dzieje, to naprawdę się dzieje.

— Edie! — wołam do niej, podnosząc rękę, żeby pomachać, a potem nagle przystaję. Ponieważ za nią, z zarośli, wyłania się Connor ze swoimi kumplami. Wszystkimi. Strach przeszywa mnie jak nóż. Znów patrzę na Edie, na wyraz jej twarzy, i to łamie mi serce.

Potem

Monica wrzuca do śmietnika resztki naszego świątecznego lunchu, po czym wraca do stołu i siada obok mnie.

— Jeszcze nigdy nie zjadłam tyle indyka — mówię jej. — Będziesz musiała mnie stąd wytoczyć.

Ona się uśmiecha, zapala papierosa i przez kilka chwil siedzimy w spokojnym milczeniu, pijąc wino, a Maya ze swojego krzesełka rzuca kawałki jedzenia czekającemu psu, śmiejąc się radośnie za każdym razem, gdy zwierzę złapie coś zębami.

— Dzięki za dzisiejszy dzień, było wspaniale — mówię jej.

— Chociaż tak mogę się odwdzięczyć, wiesz. Po tym, co zrobiłaś...

Przewracam oczami.

— O Boże, nie zaczynaj znowu!

Ona się śmieje, ale zaraz z niepokojem pyta:

— Na pewno nic ci nie jest? Żebra wciąż cię bolą?

— Czuję się doskonale — mówię jej. — Naprawdę. Przestań się zamartwiać.

W następnej chwili pojawiają się Billy i Ryan.

— Spójrzcie na siebie, pijaczki — mówi Billy. — Dostaniemy wreszcie świąteczny pudding?

Monica rzuca w niego krakersem.

— Sam sobie weź, ty leniwy dupku!

On z ubolewaniem potrząsa głową i zwraca się do mnie:

— Widzisz, co my tutaj musimy znosić, Edie?

Śmieję się, w duchu podziwiając zmianę, jaka zaszła w Monice i jej synach. Od kiedy Phil wrócił do więzienia, jakby urośli, nabrali pewności siebie, a w oczach mają blask i zapał, których nie mieli wcześniej. Chcę powiedzieć Monice, że to najlepsze święta Bożego Narodzenia, jakie miałam od bardzo dawna, a możliwość spędzenia ich z nimi jako członek ich rodziny oznacza dla mnie więcej, niż potrafię wyrazić słowami, lecz w tym momencie Monica odwraca się do mnie z uśmiechem i pojmuję, że nie ma takiej potrzeby, bo w jakiś sposób już to odgadła.

— Chodź — mówię zamiast tego, wstając i wyjmując Mayę z krzesełka. — Chcę ci dać prezent.

W salonie klękam przy choince i wyjmuję paczkę, którą umieściłam tam wcześniej. Siedzę z chłopcami, gdy Monica go odpakowuje. Odwinąwszy czerwony błyszczący papier, spogląda na rysunek, który oprawiłam dla niej w ramki.

— Ty to narysowałaś? — pyta, gładząc szkło. — Poważnie, sama go narysowałaś?

Śmieję się, zmieszana.

— Taak.

Ona przechodzi przez pokój i starannie ustawia go na półce nad kominkiem, po czym wraca na kanapę, z której we czwórkę spoglądamy nań w milczeniu. Przedstawia Monikę oraz obu chłopców — pracowałam nad nim kilka dni.

— Powinnaś zarabiać na życie rysowaniem — mówi mi Monica.

— Tak, pewnie — mówię.

— Nie, poważnie! Pieprzyć kelnerowanie.

Czuję, że się czerwienię, i przypominam sobie, jak James zareagował kilka dni temu, gdy pokazałam mu rysunki, nad którymi pracowałam przez ostatnie tygodnie. Dokładnie je obejrzał, po czym odwrócił się do mnie i rzekł:

— Możesz zrobić karierę, wiesz? — A kiedy zaprotestowałam, powiedział: — Czemu nie? Jestem pewien, że znalazłabyś pracę jako ilustratorka.

I chociaż wiedziałam, że to śmieszne, że tacy ludzie jak ja nie robią takich rzeczy, pomimo wszystko przez moment wyobraziłam sobie przyszłość zupełnie inną od tej, z jaką już dawno temu się pogodziłam.

Jest późne popołudnie, gdy dzwoni domofon, a ja biegnę otworzyć drzwi, wiedząc, że to James przychodzi do nas na drinka, spędziwszy cały dzień ze Stanem. Znajduję go w progu trzymającego pod pachami dwie butelki szampana i uśmiechającego się do mnie. Kiedy go wpuszczam, obejmuje mnie i całuje, przy czym butelki z brzękiem uderzają o siebie. Prowadzę go do mieszkania i przedstawiam pozostałym, a szczęście przepełnia mnie i wywija koziołki.

Jestem pod wrażeniem tego, jak łatwo przychodzi Jamesowi poznawanie nowych ludzi, i trochę mu tego zazdroszczę. Teraz rozmawia z Ryanem o jego motocyklu, i patrzę, jak uważnie go słucha i zadaje pytania, a gdy Billy opowiada żart, jego głęboki i nagły śmiech wypełnia pokój. Z szokującą jasnością widzę, że mogę się w nim zakochać, może nie natychmiast, lecz kiedyś, dni i tygodnie bowiem nieuchronnie ku temu prowadzą, w przyszłości kryje się coś niejasnego i nieokreślonego, co jednak zdecydowanie tam jest, a ten dawny głos, który zwykle każe mi uciekać jak najdalej, tym razem milczy.

Z tych rozmyślań wyrywa mnie Monica, szturchając mnie i wręczając mi drinka.

— Miło cię widzieć taką szczęśliwą, kochanie — mówi, a ja obejmuję ją w talii i uśmiecham się.

Mniej więcej godzinę później siadamy, żeby obejrzeć jakiś film, gdy James krzywi się i podaje mi Mayę.

— Myślę, że ta osóbka ma dla ciebie dodatkowy prezent na Gwiazdkę.

Biorę ją od niego i uśmiecham się.

— Jestem szczęściarą. — Biorę torbę i kieruję się do drzwi. — Zostawiłam pieluchy na górze. Równie dobrze mogę przewinąć ją tam, to nie potrwa długo.

No i takie są te ostatnie chwile po moim wyjściu z mieszkania Moniki, gdy biegnę na górę po schodach z Mayą w ramionach, obojętnie mijając wszystkie te znajome drzwi z obłażącą białą farbą, mosiężnymi literami, sączącymi się spod nich odgłosami i ciszą. Będę je odtwarzała tyle razy w nadchodzących tygodniach i miesiącach; te kilka krótkich minut, zanim wszystko się zmieni. Kiedy otwieram drzwi, nie zauważam niczego niezwykłego, w mieszkaniu panuje ten sam nieład, jaki zostawiłam, pospiesznie szykując się do wyjścia na świąteczny lunch u Moniki, zaledwie parę godzin temu. Zapewne jestem zbyt zajęta Mayą i myślami o Jamesie, żeby zauważyć zamknięte drzwi kuchni.

Pieluchy i podkład są już wyjęte po porannym przewijaniu, więc kładę Mayę i automatycznie robię to, co trzeba. Kończę i zostawiam ją siedzącą na podłodze.

— Idę tylko umyć ręce — mówię jej. — Nigdzie nie raczkuj, zaraz wracam.

Później wyliczę, że spędziłam w łazience niecałe trzydzieści sekund, myjąc dłonie pod kranem, przygładzając włosy i pospiesznie poprawiając makijaż, zanim zgasiłam światło i wróciłam do pokoju.

A jednak kiedy wracam do salonu, Mai tam nie ma.

Stropiona idę do kuchni, a to, co tam znajduję, sprawia, że krew zastyga mi w żyłach. Mam wrażenie, że ziemia usuwa mi się spod nóg i spadam. Okno jest otwarte na oścież, a na płaskim dachu kawalerki poniżej, na samym jej skraju, spoglądając na ogrody, domy i ulice, stoi Heather, z Mayą w ramionach.

Przez długą chwilę jestem tak wstrząśnięta, że nie mogę myśleć ani się poruszyć. Dopiero kiedy Maya odwraca się i zerka na mnie znad ramienia Heather, podrywam się do działania, przebiegam przez pokój i gramolę się przez okno na dach, oszalała z przerażenia. Instynkt nakazuje mi podbiec do Heather i wyrwać jej moją córeczkę, ale powstrzymuję się i podchodzę do nich bardzo wolno.

Heather wydaje się nieświadoma mojej obecności i nadal spogląda w dal nad dachami znajdujących się w dole domów. Chociaż serce mam w gardle, udaje mi się coś powiedzieć.

— Heather — mówię.

Kiedy nie odpowiada, idę krok za krokiem w jej kierunku, aż jestem tylko parę metrów od niej, a ona odwraca się i w końcu patrzymy na siebie. Pomimo przerażenia zauważam, że wygląda strasznie, jakby tygodniami nocowała pod mostem. Ma brudną twarz i ubranie, włosy matowe i pozlepiane, a pod oczami ciemne kręgi. Jednak to te oczy przerażają mnie najbardziej, ich obojętne spojrzenie, jakby ledwie zdawała sobie sprawę z tego, gdzie jest i kim ja jestem.

Teraz, gdy jestem bliżej, z jeszcze większym przerażeniem widzę, jak blisko krawędzi dachu stoi Heather. Za nią zieje pustka, a do ziemi jest co najmniej dwadzieścia metrów. W duchu modlę się, żeby Maya nie zaczęła się wyrywać, i sama też nie śmiem nawet drgnąć. Staram się mówić cicho i spokojnie.

— Heather, proszę, oddaj mi ją. — Bardzo powoli wyciągam ręce. — Proszę, daj mi Mayę. Już.

Słysząc to, spogląda na Mayę i w końcu mówi bardzo cicho:

— Brakowało mi jej, tak bardzo mi jej brakowało.

Trzymam wyciągnięte ręce, powstrzymując chęć podbiegnięcia do niej i złapania mojej córki. Moje serce ściska się boleśnie.

— Proszę, Heather. Daj mi Mayę i będziemy mogły porozmawiać. — Kiedy tego nie robi, nie jestem już w stanie ukrywać mojej rozpaczy. — Porozmawiamy, obiecuję. Ty i ja, usiądziemy i porozmawiamy sobie — możesz trzymać Mayę, jak długo chcesz, ale proszę, wróćmy do środka.

Ona kręci głową.

— Nie, nie chcę, żebyś ją miała. To nie w porządku. — Patrzy na Mayę i czule gładzi jej włoski.

Na widok tego nagle gniew bierze we mnie górę nad strachem.

— Heather, jestem jej matką. Ona mnie potrzebuje! Oddaj mi ją natychmiast.

Ona zerka na mnie.

— Tobie? Ona cię nie potrzebuje.

Milczę, bojąc się powiedzieć coś niewłaściwego, wykonać zły ruch i spowodować jej upadek z dachu. Wokół nas zrywa się zimny wiatr, gdy stoimy same pod bezkresnym i pustym niebem.

— Heather, proszę…

— Dlaczego to zrobiłaś? — nagle pyta. Patrzy przy tym na mnie, a ja nie mogę spojrzeć jej w oczy i muszę odwrócić wzrok. A więc doszłyśmy do tego; w końcu.

— Ja nie… — zaczynam. Przez długą chwilę stoję ze spuszczoną głową, a słowa cisnące mi się na usta są jednocześnie zbyteczne i niewystarczające. Uświadamiam sobie, że płaczę i gniewnie ocieram łzy.

— Dlaczego, Edie? — pyta ponownie.

— Heather, nie rób tego. Oddaj mi moją córkę. Daj mi ją!

Zrozpaczona, robię kolejny krok ku niej, tak że teraz stoję równie blisko skraju dachu co ona, tylko metr od niej. Nie ośmielam się podejść bliżej. W ramionach Heather Maya, zupełnie nieporuszona sytuacją, bawi się jej włosami.

— Byłaś moją przyjaciółką. Dlaczego to zrobiłaś, Edie?

Potrząsam głową i nie potrafię jej odpowiedzieć.

Wspominając tamto lato, robię to z obrzydzeniem, sama nie wierząc, że stałam się kimś takim. Działo się to tak wolno, że nawet nie zauważyłam, jak kompletnie Connor zaczął mnie niszczyć. Coraz twardsze i częściej zażywane narkotyki — przez większość czasu byłam na haju, pijana lub na kacu. Wydawało się, że w każdej sekundzie starałam się, aby był szczęśliwy. Nawet pod koniec bywało dobrze: potrafił być czuły i delikatny, mówił mi, że jestem jedyną dobrą rzeczą w jego życiu, a wtedy wpadałam w euforię. A potem, nie wiadomo skąd, pojawiała się czarna chmura i było tak, jakby jego miejsce zajął ktoś obcy.

Kontrolował wszystko, co robiłam. Ubierałam się, tak jak chciał, i ledwie się odzywałam, żeby nie powiedzieć czegoś niewłaściwego. Pod koniec lata tkwiłam w tym zbyt głęboko, żeby się wyrwać. Czymś normalnym stało się sypianie z jego kumplami, jeśli mi kazał, i przeświadczenie, że to moja wina, kiedy mnie bił, upokarzał i wykorzystywał.

Tamtego wieczoru, gdy spotkałam się z Heather przy starej mleczarni, stoczyłam się niżej niż kiedykolwiek przedtem. Wcześniej upiliśmy się w mieszkaniu i przestał panować nad sobą; rąbnął mnie pięścią w plecy i wykopał na korytarz. Heather sprawiła, że wszystko wydało się takie proste. Wszystko miała zaplanowane. Zamierzała podjąć pieniądze przeznaczone na jej studia i miałyśmy uciec razem. Pojechałybyśmy do Londynu, zaczęły nowe życie, daleko od Fremton, daleko od Connora. Byłybyśmy szczęśliwe. Była tak pełna nadziei i pewności siebie, gdy ja byłam taka załamana i zrozpaczona, że przez moment uwierzyłam jej: ta maleńka część mnie, która wiedziała, że Connor mnie niszczy, wiedziała, że będzie tylko coraz gorzej i ujrzała wyjście z sytuacji.

A kiedy tamtego wieczoru rozstałam się z Heather, niosłam ją ze sobą, tę nadzieję. Heather miała rację: muszę od niego

odejść. Fakt, że wierzyła we mnie i zrobiłaby to dla mnie, wy-
rwał mnie z beznadziei, w której tak długo tkwiłam. Wróciłam
do domu zdecydowana zrobić to, co proponowała. Przez dwa
dni nie chodziłam do tego mieszkania. Nie piłam, nie zażywa-
łam narkotyków, nie dzwoniłam do niego. I poczułam się lepiej,
naprawdę. Czułam się silniejsza i jeszcze bardziej przekonana,
że dobrze zrobię, opuszczając Fremton z Heather.

Trzeciego dnia wstałam, ubrałam się i około południa wyszłam z domu do budki telefonicznej, żeby zadzwonić do niej
i powiedzieć, że jestem gotowa. Tak dobrze pamiętam, jaka byłam spokojna, jak czułam świeży powiew w powietrzu, jakby to
długie i duszne lato miało się wreszcie skończyć. A potem, na
końcu mojej ulicy, mijając zakręt, zobaczyłam czekający na mnie
samochód Connora.

Tutaj, na dachu, Heather mówi:
— Ufałam ci. Kochałam cię.

Przyciskam dłonie do uszu, żeby nie słyszeć jej głosu, nie
pamiętać. Jednak ona trzyma w objęciach Mayę, a za nimi jest
dwudziestometrowa przepaść, więc z trudem przełykam ślinę
i zmuszam się do skinienia głową.

— Wiem — mówię.

Czasem myślałam, że Connor czyta w myślach. Jakby dokładnie wiedział, kiedy dochodzę do kresu wytrzymałości i zaczynam się oddalać. A wtedy rozpoczynały się kajania i obietnice,
przywiązanie i miłość, której tak pragnęłam. Tamtego wieczoru
błagał mnie, żebym wsiadła do jego samochodu, i mówił mi, jak
mu przykro, jak bardzo za mną tęskni, że się zabije, jeśli mnie
straci. Płakał i mówił o tym, jaki jest popieprzony, że nikt go nigdy nie kochał, a ja nabrałam się na to, tak jak zawsze. Naprawdę
uwierzyłam, że mogę go ocalić. Jeśli tylko dowiodę mu, jak bardzo go kocham, jeśli tylko przestanę go denerwować, będziemy

szczęśliwi. Siedzieliśmy w samochodzie i długo rozmawialiśmy, a kiedy zawiózł mnie do swojego mieszkania, to tak jakby tych paru ostatnich dni wcale nie było. Heather, jej plany, moje postanowienia — wszystko zniknęło.

Ledwie pamiętam tę pierwszą noc. Byłam taka szczęśliwa. W mieszkaniu jak zwykle było pełno ludzi, ale Connor patrzył na mnie, jakbym była jedyną obecną tam osobą. Nad ranem zwinęłam się w kłębek na jego kolanach, czując, jak zaczyna działać ecstasy, którą dopiero co zażyłam. On miał zamknięte oczy, bębnił palcami w rytm muzyki płynącej z odtwarzacza stereo, a ja patrzyłam na jego twarz i nie mogłam uwierzyć w to, jaki jest piękny.

— Nigdy bym z nią nie wyjechała, wiesz? — mruknęłam. — Nigdy bym cię nie zostawiła.

Otworzył oczy.

— Co?

— Heather — powiedziałam sennie, kładąc głowę na jego piersi, wdychając jego zapach. Kolory i dźwięki pokoju zaczęły się zmieniać i splatać, moje ręce były nieważkie i przy każdym bezwładnym ruchu pozostawiały w powietrzu smugę światła. — Wybrała wszystkie pieniądze odłożone na studia, żebyśmy mogły razem uciec. — Ktoś podał mi skręta i zaciągnęłam się głęboko, sennie mówiąc: — Miałam do niej zadzwonić i powiedzieć, gdzie ma się ze mną spotkać. — Pocałowałam go w usta. — Głupia Heather. Dlaczego miałabym to zrobić, czemu miałabym cię zostawić?

Widocznie po pewnym czasie przeniosłam się do pokoju Connora i przespałam tam kilka godzin, bo gdy się obudziłam, już dawno minęło południe. Chwiejnie poszłam do salonu i zobaczyłam, że większość ludzi obecnych tam wieczorem już wyszła i pozostało tylko paru nieprzytomnych maruderów. Natomiast Connor tryskał energią, krążył po mieszkaniu ze swoją komórką, mówiąc szybko, z błyszczącymi ożywieniem oczami.

— Taa, koleś, jasne. Przychodź. Niall przyjdzie i wszyscy. Będzie ubaw.

Zadałam sobie pytanie, czy w ogóle spał.

Jego dobry humor zawsze był zaraźliwy, więc kiedy podał mi butelkę wódki, wzięłam ją, nie przejmując się tym, że nic nie jadłam od dwudziestu czterech godzin i nie piłam niczego, co nie zawierało alkoholu. Nie przejmowałam się tym, że zaprosił tych kolegów, których niezbyt lubiłam; starszych i nieprzyjemnych, którzy przynosili twarde narkotyki. Zaczęliśmy zażywać kokę i palić coś, od czego szumiało mi w głowie, a serce tłukło się o żebra. Jednak byłam szczęśliwa. Byłam z Connorem i nic poza tym nie miało znaczenia.

— Powinniśmy ją przelecieć.

Półleżeliśmy na kanapie, patrząc, jak facet zwany Jonno przygotowuje działki białego proszku.

— Co? Kogo?

Oddał mi butelkę.

— Heather. Powinniśmy ją przelecieć. Pierdolona mała suka. Trzeba dać jej nauczkę.

— Taa — mruknęłam, nie zwracając na to uwagi, myśląc, że szybko przestanie o tym myśleć.

Jednak nie przestał. Wciąż o tym mówił.

— Za kogo ona się, kurwa, uważa? Wciąż próbuje wepchnąć się między nas. Próbuje nas rozdzielić. No już, masz do niej zadzwonić. Powiedz, że się z nią spotkasz.

— Nie, skarbie — powiedziałam. — Zostawmy to. Po prostu zostańmy tu i bawmy się.

Jednak on gadał i gadał. A im bardziej byłam pijana i im dłużej mnie namawiał, tym bardziej podobał mi się jego plan. Ponieważ miał racje, no nie? Przecież Heather zawsze próbowała nas rozdzielić. Dlaczego chciała to zrobić, kiedy byłam z nim taka szczęśliwa? I kiedy go słuchałam, też zaczął się we mnie budzić gniew. Przecież o mało nie zrobiłam tego, co mówiła! O mało nie zostawiłam Connora, wyjeżdżając z nią! Uczepiłam się tego gniewu i pozwoliłam mu rosnąć, aż zagłuszył ten słaby, cichy głos, który szeptał mi coś wręcz przeciwnego. To śmieszne, świetny żart. Namieszamy jej w głowie, powiedział Connor, damy jej nauczkę. Nie chciałam stracić tego szczęścia, które odzyskaliśmy. Nie chciałam robić niczego, przez co mógłby przestać mnie kochać.

Tak więc zgodziłam się na to. Zadzwoniłam z komórki Connora, podczas gdy on i inni słuchali w milczeniu, przy wyłączonej muzyce.

Przemknęliśmy przez Tyner's Cross do centrum, minęliśmy rynek, puby i puste sklepy. Następnie znaleźliśmy się za miastem, gdzie po obu stronach drogi były tylko pola, i jechaliśmy coraz szybciej, a mijane żywopłoty, znaki drogowe i inne samochody zmieniły się w rozmazane smugi. Wychyliłam się przez okno, krzycząc i śmiejąc się. Wiedziałam, że wszyscy tak się czuliśmy, jakbyśmy lecieli, jakbyśmy byli na samym szczycie świata i w tym samochodzie dla naszej szóstki istniała tylko szybkość, siła i podniecenie. Chciałam, żebyśmy jechali jeszcze szybciej, nie przejmując się tym, że możemy się rozbić, nie myśląc o niczym poza wnętrzem tego samochodu pędzącego po pustych krętych drogach, po obu stronach, gdzie były tylko pola.

Dotarliśmy tam przed nią. Pozostali czekali między drzewami za polaną, słońce zachodziło i kamieniołom okrywał mrok, dzieciaki na drugim brzegu pakowały się i odjeżdżały, a warkot silników ich samochodów i pożegnalne okrzyki niosły się po wodzie aż do nas. I nagle była tam, z rozpromienioną miną, ponieważ zobaczyła, że przyszłam. Zauważyłam torbę, którą trzymała pod pachą, wiedziałam, że ma w niej pieniądze, i jej oczy świeciły się na myśl o tym, że uciekniemy razem. Jej radość trwała tylko chwilę, ponieważ popatrzyła na drzewa za moimi plecami i zrozumiała, co zrobiłam.

Wszystko wydarzyło się tak szybko. Odwróciła się i próbowała uciec, ale oni byli szybsi, jak wilcze stado. Nagle histeria i strach wezbrały we mnie i wylały się w ataku niepohamowanego śmiechu. Heather próbowała się wyrwać, ale otoczyliśmy ją, i ilekroć usiłowała wydostać się z kręgu, ktoś znowu wpychał ją do środka. Szalona, zwariowana ciuciubabka. Coraz bardziej zbliżaliśmy się do krawędzi urwiska. Pamiętam jej ponurą rozpacz, nasze krzyki i szyderstwa, to, jak śmiałam się i śmiałam.

Nie wiem, kto z nas ją zepchnął. Poleciała w tył, jakby w zwolnionym tempie, z szeroko rozrzuconymi kończynami, i wpadła w zieloną toń. Gdy czekaliśmy, aż jej głowa wynurzy się z wody, spojrzałam na Connora, na jego twarz jaśniejącą czymś, czego nigdy wcześniej nie widziałam, a narkotyki, wódka i adrenalina szumiały mi w głowie, więc powiedziałam sobie, że będzie dobrze, to nie jest takie złe, to tylko jeszcze jedna szalona, popieprzona narkotykami noc, która skończy się rano, wtedy będzie po wszystkim i wstaniemy, żeby znów robić to, co wczoraj i we wszystkie poprzednie dni. To zabawa, nic więcej, wszystko to tylko fajny żart.

Ona wydostała się na brzeg, ociekając wodą z przemoczonego ubrania, z trudem łapiąc powietrze. Myślałam, że to już koniec, że zabawiliśmy się i daliśmy jej nauczkę, a teraz sobie pojedziemy. Jednak on, Connor, jeszcze z nią nie skończył; wcale nie. Gdy ruszył ku niej, znów próbowała uciec, ale pozostali słuchali go, robili, co kazał, a ich szyderstwa zagłuszyły jej krzyki NIE NIE NIE NIE NIE. Gdy zagrzewali się nawzajem, stałam tam, patrząc, jak Connor rozpina rozporek, jak krzyczy na nich, żeby ją przytrzymali, a w jej głosie teraz było całe przerażenie tego świata. Patrzyłam na niego, na Connora, mojego Connora, mojego ukochanego, i nic nie zrobiłam. A potem odwróciłam się i uciekłam.

Tutaj na dachu Heather długo milczy, a kiedy zaczyna mówić, wiatr niemal porywa jej głos.

— Nic nie zrobiłaś, Edie. Patrzyłaś na to, co mi robił, i nic nie zrobiłaś. Widziałam cię. Z twojej twarzy wyczytałam, że nawet wtedy nie myślałaś o mnie, tylko o nim i o sobie. — Beznamiętnie przygląda mi się przez chwilę. — Miałam mieć dziecko — mówi.

Zamykam oczy.

— Och, nie. O Boże, Heather, nie.

— Nawet nie wiedziałam, który z nich był ojcem. Kiedy ze mną skończyli, kiedy wszyscy wzięli mnie po kolei, odjechali.

Kiwam głową.

— Nie urodziłam go — ciągnie. — Nie pozwolili mi, moi rodzice. Kazali mi się go pozbyć. Ona wróciła do nas, moja matka. Wprowadziła się z powrotem. — Patrzy na mnie. — Czy to nie zabawne? W pewien sposób to, co się stało, znowu ich połączyło. Chcieli razem załatwić ten kłopot ze mną i z dzieckiem.

— Powiedziałaś im? — szepczę.

Ona przecząco kręci głową.

— Nie interesowało ich, dlaczego jestem w ciąży... tylko sam fakt.

W ciszy, która zapada, wysoko nad światem, który mimo to trwa, przypominam sobie Jennifer mówiącą w kafejce: „A przecież robiliśmy tylko to, co naszym zdaniem było dla niej najlepsze". Myślę o latach, które upłynęły pomiędzy wyjazdem Heather z Fremton a tą nocą, gdy stanęła na moim progu. Myślę o niej, szesnastolatce po aborcji, rzucającej szkołę, wyprowadzającej się z domu. Jednak odpycham od siebie te myśli. Patrzę na moją córeczkę w ramionach Heather i wiem, że muszę się skupić na Mai — muszę zrobić wszystko, żeby była bezpieczna. Muszę podtrzymywać rozmowę z Heather.

— Dlaczego wtedy mnie odszukałaś? — pytam ją.

Jej odpowiedź niemal zagłusza wiatr.

— Chciałam umrzeć. Wciąż usiłowałam, przez tyle lat, pogodzić się z tym, co się stało, ale w końcu nie mogłam. To po prostu stało się zbyt trudne. Połknęłam tyle tabletek, tak wiele, chciałam, żeby to się wreszcie skończyło.

— Tak — mówię cicho i myślę o tym, co Jennifer powiedziała mi o swojej wizycie w szpitalu. — Tylko dlaczego przyszłaś do mnie?

— To przez moją matkę.

Potrząsam głową.

— Jennifer? Nie rozumiem.

Ona marszczy brwi i przenosi na drugą rękę ciężar, jakim jest Maya, bezwiednie przesuwając się przy tym nieco bliżej krawędzi dachu i sprawiając, że na usta ciśnie mi się krzyk przerażenia.

— Przyszła do mnie do szpitala i powiedziała... powiedziała... — Jej głos zmienia się w udręczony szept. — Powiedziała, że wie, że zamordowałam Lydię.

— Och, Heather...

— Powiedziała, że zawsze to wiedziała. I że trzymała to w tajemnicy przez te wszystkie lata, ale od kiedy Lydia umarła, ona wiedziała, że zrobiłam to specjalnie. Że wepchnęłam ją do wody. — Jej twarz krzywi się w bolesnym grymasie na to wspomnienie. — A przecież ja nigdy bym jej nie skrzywdziła! Kochałam ją bardziej niż kogokolwiek. Nie popchnęłam Lydii, Edie. Nie mogłabym!

Pamiętam, co Jennifer powiedziała o swojej córce, jakiego

zrobiła z niej potwora, ale patrząc na nią teraz, wiem, że Heather mówi prawdę.

— Wiem, Heather — szepczę. — Och, Heather, wiem, że nie zrobiłaś jej krzywdy.

Jej oczy badawczo wpatrują się w moją twarz.

— Nikomu nie chciałam zrobić krzywdy. Chciałam tylko, żeby ludzie mnie lubili. Czasem się denerwowałam... denerwowałam się i nagle nie wiedziałam, co robię, wpadałam w szał i traciłam panowanie nad sobą, ale nigdy... nigdy nikogo nie skrzywdziłabym z rozmysłem! A Lydia sama wpadła do wody, i nic nie mogłam zrobić! Po prostu wpadła!

Oczy mam pełne łez.

— Wiem, Heather, o tym też wiem.

— Ty byłaś pierwszą osobą, która mnie lubiła, która nie traktowała mnie jak dziwoląga. Byłaś dla mnie wszystkim.

Maya rusza się w jej ramionach, a ja wydaję cichy okrzyk przestrachu, ale Heather zdaje się mnie nie słyszeć i mówi dalej.

— Moja mama powiedziała, że wszystkie złe rzeczy, jakie przydarzyły mi się od śmierci Lydii, to kara za to, co zrobiłam. Mówiła, że Bóg mnie karze.

— Heather...

— A ja pomyślałam, czy to możliwe? Czy to dlatego oni to zrobili? Ty, Connor i inni? Ponieważ Bóg chciał mnie ukarać? Uważasz, że to prawda, Edie? Tak myślisz?

Wpatruje się we mnie z miną stropionego dziecka.

Bez słowa kręcę głową.

— To dlaczego to zrobiłaś, Edie? — Spogląda mi w oczy, a jej głos nagle brzmi zimno i zdecydowanie. — Ty mnie do nich przyprowadziłaś. Ty mnie oszukałaś. A potem patrzyłaś, jak to robią, i uciekłaś.

— Nie wiem! Nie wiem! — Z przerażeniem widzę, że

przekłada Mayę na drugie ramię. — Heather, proszę! — wołam. — Ja nie wiem.

Spogląda na mnie w milczeniu i po chwili wyraz jej twarzy się zmienia, jakby po raz pierwszy dostrzegła coś, coś zrozumiała, a ja mam wrażenie, że przejrzała mnie na wskroś i odkryła prawdę o mnie.

— Dlatego, że jesteś okrutna, Edie. Ponieważ nie masz w sobie dobroci, nie masz serca. To wcale nie była moja wina, czyż nie?

— Proszę, Heather, cokolwiek zrobiłam, błagam cię, proszę, nie rób krzywdy Mai.

Wygląda na zatopioną w myślach, a potem patrzy na moją córkę.

— Skrzywdzić ją? Ja ją kocham. Tak bardzo ją kocham. Tęskniłam za nią. Po prostu musiałam ją znów zobaczyć.

— Przecież możesz — mówię pospiesznie, ochoczo. — Możesz ją widywać, ilekroć zechcesz. Tylko odejdź od krawędzi dachu. Boję się. Przerażasz mnie. Oddaj mi ją.

— Tobie? — Heather potrząsa głową. — Nie. Nie chcę, żebyś ty ją miała. Co złego uczyniła, żeby na to zasłużyć? — Jej spojrzenie jest pełne czułości, gdy mruczy do Mai: — To zbyt okropne, maleńka, zbyt trudne. — Odwraca się, by spojrzeć na ogrody daleko w dole, i mówi: — Wciąż próbowałam, ale to po prostu za trudne.

Przechodzi mnie lodowaty dreszcz strachu. Uświadamiam sobie, że ona zamierza skoczyć. Rzuci się z dachu z Mayą w ramionach. Muszę ją powstrzymać. Muszę temu zapobiec. Gorączkowo szukając wyjścia, pospiesznie mówię:

— Masz rację, Heather. Masz rację.

Waha się.

— Co?

— Jestem okrutna. Nie zasługuję na Mayę, nie jestem dla niej dość dobra. To ty — mówię jej, energicznie kiwając głową — ty powinnaś ją mieć, nie ja.

— Ja? — Spogląda na mnie, nie pojmując. Jednak kiedy dociera do niej sens moich słów, wyraz jej oczu nagle się zmienia. Spogląda na Mayę. — Ja?

— Tak, masz ją. Opiekujesz się nią. Masz rację. Lepiej jej będzie z tobą. Lepiej jej będzie beze mnie.

Niemal bełkoczę, zdesperowana.

W jej oczach pojawia się coś przypominającego radosny błysk. A potem przeszywa mnie wzrokiem.

— Nie wierzę ci.

— Nie skacz, Heather! Proszę, proszę, nie skacz! — błagam.

Ona odwraca głowę i mówi z bezbrzeżnym przygnębieniem:

— Dlaczego nie? Jestem taka zmęczona tym wszystkim. Chciałam tylko, żebyś mnie kochała, Edie, żebyś była moją przyjaciółką. Próbowałam pogodzić się z tym, co się stało. Całymi latami próbowałam. Ale było wciąż gorzej i gorzej. — Spogląda na Mayę, po czym dodaje bardzo spokojnie: — Znaleźli mnie. W tym schronisku znaleźli mnie nieprzytomną i zabrali do szpitala, a potem przyszła moja mama i powiedziała to, co powiedziała. — Patrzy na mnie. — Kiedy znowu cię znalazłam i opiekowałam się Mayą, to była pierwsza dobra rzecz, jaką miałam. A teraz to też się skończyło.

Maya zaczyna płakać i szarpać się w jej ramionach, wyciągając do mnie rączki. Strach ściska mi serce.

— Tak nie musi być — mówię pospiesznie.

A potem, obserwowana przez Heather, bardzo powoli przesuwam się do przodu, aż także staję na skraju dachu. Spoglądam na ziemię daleko w dole. Jeśli skoczę, Heather tego nie zrobi. To jedyny sposób, jaki przychodzi mi do głowy, żeby temu zapobiec.

A gdy patrzę na twarz mojej córeczki, wiem, że prędzej umrę, niż zaryzykuję jej życiem, i że gdyby Heather istotnie skoczyła z moją córeczką w ramionach, i tak nie chciałabym już żyć.

I czyż Heather nie ma racji? Czy nie jest prawdą, że na nią nie zasługuję? Że Mai byłoby lepiej beze mnie? Jeśli umrę, to będzie koniec tego wszystkiego; tego poczucia winy.

Robię krok naprzód i czubki moich butów wystają za krawędź dachu. Patrzę na Mayę i ledwie ją widzę przez łzy. Bezgłośnie żegnam się z nią. Nabieram tchu. I nagle ktoś woła moje imię. Odwracam się i przez otwarte okno widzę stojącą w mojej kuchni Monikę.

Heather spogląda na Monikę, jakby budząc się ze snu. Patrzy na Mayę, wrzeszczącą teraz w jej ramionach, a następnie na mnie stojącą na skraju dachu, i wygląda na oszołomioną, jakby nie miała pojęcia, co się stało, co nas tu sprowadziło. Niemo i błagalnie patrzę na Monikę, a ona bardzo powoli gramoli się przez okno, aż staje na dachu razem z nami. Mówi bardzo łagodnie.

— Heather. Oddaj mi Mayę.

Z początku wydaje się, że Heather jej nie słyszy. Monica robi krok naprzód, z wyciągniętymi rękami.

— Daj mi ją, Heather — mówi stanowczo. — Bądź grzeczną dziewczynką.

Jednak zamiast to zrobić, Heather odwraca się do nas plecami i odchodzi ode mnie na drugi koniec dachu, wciąż niebezpiecznie blisko krawędzi. Bezradnie patrzę, jak z nieprzeniknioną miną mocno przytula Mayę. Jednak choć ja niemal zdrętwiałam ze strachu, Monica zachowuje spokój, mówiąc cicho i stanowczo.

— Heather — powtarza. — Cokolwiek to jest, cokolwiek się stało, Maya musi być bezpieczna.

Widzę, że Heather słucha jej, i wstrzymuję oddech, modląc się bez słów.

— Wiem, że jesteś bardzo wzburzona, widzę to — ciągnie Monica — ale w ten sposób niczego nie zmienisz na lepsze. Maya przecież w żaden sposób cię nie skrzywdziła, prawda? Prawda, Heather?

Heather nieznacznie kręci głową, a we mnie zaczyna się tlić iskierka nadziei.

— Chcę ci pomóc, Heather — mówi Monica. — Chcę cię wysłuchać. Teraz jednak masz szansę zapewnić Mai bezpieczeństwo. Ponieważ to tylko dziecko, prawda? Prawda, Heather? I ufa ci, że nie pozwolisz, żeby stała się jej krzywda. Przynieś mi ją, Heather, żeby była bezpieczna. Zrobisz to dla niej, Heather? Proszę?

Mija długa chwila. Nie wiadomo, co zrobi Heather. A potem, w końcu, Heather odwraca się i powoli, bez słowa, podchodzi do Moniki. Oddaje jej Mayę, a ja wydaję z siebie przeciągłe, bolesne westchnienie ulgi. Biorę moją córeczkę od Moniki i osuwam się na kolana, szlochając we włosy Mai.

Monica jednak nie rusza się z miejsca.

— Może wejdziesz do środka, Heather? — mówi. — Będziemy tylko my dwie. Możemy porozmawiać.

Mówi bezgranicznie łagodnie, jak do małego dziecka, i przez moment myślę, że Heather zrobi to, o co ona ją prosi, lecz zamiast tego robi krok w tył, a potem drugi, a ja wydaję zduszony krzyk przestrachu. Jednak Monica nie poddaje się.

— Wejdź do środka, Heather — powtarza. — Wejdź i pozwól sobie pomóc. Chcę ci pomóc, jeśli mi pozwolisz.

Słysząc to, Heather przystaje, krzywi się w udręce i zaczyna płakać.

— Heather — błagam. — Proszę… proszę, Heather.

Monica robi krok naprzód i wyciąga rękę do Heather. Świat

czeka w absolutnej ciszy. A potem, w końcu, Heather ujmuje jej dłoń. Razem wracają do kuchni, a ja z bezgraniczną ulgą wstaję i podążam za nimi.

James stoi w drzwiach, patrząc na nas z twarzą zastygłą ze zgrozy.

— Co, do kurwy…? Mam wezwać policję? Kto to jest?

Po chwili milczenia odpowiada mu Monica:

— To jest Heather. Przyjaciółka Edie.

Jednak kiedy Heather znowu się odzywa, mówi do mnie:

— Powiedz im, co zrobiłaś — mówi. — Byłaś moją przyjaciółką. Powiedz im. Powiedz im, co zrobiłaś.

— Przepraszam! — krzyczę, tuląc Mayę i szlochając. — Tak mi przykro, teraz już nic nie mogę z tym zrobić, nic!

— O co tu chodzi, Heather? — pyta Monica. — Pozwól sobie pomóc. Powiedz mi, co się stało.

I ona mówi. Opowiada im wszystko. Nie patrzę na Monicę i Jamesa, kiedy słuchają jej opowieści. Siedzę na podłodze mojej kuchni i tulę Mayę, gdy Heather opowiada im, co zrobiłam. Gdy kończy, Monica obraca się do mnie.

— Czy to prawda, Edie? — pyta, a ja w końcu kiwam głową. Spogląda na mnie z niedowierzaniem, zaszokowana. — Przecież… nie wezwałaś policji, nie powiedziałaś komuś…?

— Ja… ja…

Heather przerywa mi.

— Kazała mi o tym nie mówić.

Monica spogląda na mnie z niedowierzaniem.

— Kazałaś jej nikomu o tym nie mówić? Dlaczego?

— Monica — mówię z rozpaczą. — Mogę to wyjaśnić. Ja…

Słyszę telefon dzwoniący jakby gdzieś w oddali i nakrywam głowę kołdrą, pogrążając się z powrotem w moim cierpieniu, z posiniaczonym i potłuczonym ciałem zwiniętym w kłębek, tak jak przez ostatnie trzy dni i noce.

Z początku próbowałam się wyrwać, kopiąc i tłukąc pięściami z siłą, o jaką nigdy się nie podejrzewałam, lecz im zażarciej walczyłam, tym mocniej mnie trzymali. Słyszałam swój krzyk, moje histeryczne NIENIENIENIE jak coś niewychodzącego z moich ust, odgłos, jaki wydawałam dotychczas tylko raz, w dniu, w którym umarła moja siostra. A potem jakbym opuściła swoje ciało i uniosła się, aby patrzeć z bardzo wysoka, jak dzieje się to komuś innemu, bezwładnemu i biernemu, gdy kończyli to, co postanowili zrobić tamtego dnia.

Gdy to wreszcie się skończyło, gdy wszyscy wzięli mnie po kolei i odjechali, pozostałam w tym dziwnym transie i myślałam o mojej siostrze, o tej chwili, gdy wpadała — lecąc i lecąc — do wody, a ja nie byłam w stanie jej uratować. A potem myślałam o Edie, jak w chwili gdy zrozumiałam, co Connor zamierza zrobić, wołałam ją, żeby mi pomogła, a kiedy przerażona obróciłam się do niej i zobaczyłam, jak się w niego wpatruje, pojęłam, zanim odwróciła się i uciekła, że ona widziała tylko Connora i tak było zawsze.

I nagle powróciłam do swojego ciała, wszystkie zmysły i odczucia wróciły mdlącą falą, a wtedy usłyszałam ten okropny przeciągły i przeraźliwy krzyk, zwierzęcy wrzask, rozbrzmiewający bez końca i uświadomiłam sobie, że wydobywa się z moich ust.

Tutaj, w moim pokoju, dzwonienie telefonu w oddali nagle milknie i słyszę tylko powolny, rytmiczny dźwięk mojego oddechu, wdech i wydech, wdech i wydech, i wstrzymuję oddech, ponieważ teraz nawet jego się brzydzę. Od kiedy to się stało, czasem na całe godziny opuszczam moje ciało, dryfując daleko od niego, leżącego nieruchomo na tym łóżku. Od paru *dni nic nie jadłam, nie mówiłam i niemal nie wychodziłam z mojego pokoju.*

Pukanie do drzwi.

— *Heather?*

Otwieram oczy i widzę twarz taty, jego błagalny, zaniepokojony wzrok, kiedy mówi:

— *Dzwoni Edie. Nie wiem, co się stało, ale proszę, porozmawiaj z nią, Heather, proszę.*

Ledwie skończył to mówić, a już wyskakuję z łóżka, biegnę do gabinetu taty i zatrzasnąwszy mu drzwi przed nosem, łapię słuchawkę, tak rozpaczliwie chcąc porozmawiać z jedyną osobą, która może mi powiedzieć, co mam robić, jak ukoić ten straszny, rozdzierający wnętrzności ból.

— *Edie? Edie, to ty?*

— *Tak.*

Ledwie mogę mówić przez łzy.

— *Gdzie jesteś? Musisz wrócić, musisz mi pomóc. Proszę, Edie, proszę, pomóż mi.*

Jednak jej głos jest zimny i obojętny.

— *Jestem w Londynie. Heather, musisz mnie posłuchać. Nie możesz nikomu o tym powiedzieć. Rozumiesz?*

— *Ale...*

— *Mówię poważnie, Heather. Nie mów nikomu. Jeśli to zrobisz, ja też zostanę w to wciągnięta. Będę świadkiem. —* *Dopiero teraz łamie jej się głos. — On by mnie zabił, Heather. Znalazłby mnie i zabił, a potem zabiłby i ciebie. Powiem im, że kłamiesz, że wymyśliłaś sobie to wszystko.*

Osuwam się na podłogę, z trudem łapiąc oddech, wstrząśnięta, przekonana, że zaraz zwymiotuję.

— *Ależ Edie, nie mogę, ja nie... proszę, Edie, musisz mi pomóc.*

Edie ucina moje błagania.

— *Jeśli mnie kochasz, będziesz siedzieć cicho. Jeśli opowiesz komuś o tym, nigdy ci nie wybaczę. Słyszysz? Nigdy ci, kurwa, nie wybaczę.*

A potem się rozłącza.

W mojej kuchni, gdzie teraz jest tak cicho, że usłyszałoby się upadającą szpilkę, Heather mówi Monice, co powiedziałam jej tamtego dnia, a kiedy kończy, na twarzy patrzącej na mnie Moniki niedowierzanie zmienia się w odrazę.

Potem

Kiedy pociąg opuszcza dworzec Euston, kobieta naprzeciwko mnie wyjmuje z torby książkę w miękkiej oprawie i zaczyna czytać. Siedząc, na moich kolanach Maya ssie słonego paluszka i spogląda przez okno na przesuwający się za nim świat. Nagrany komunikat informuje nas, że wagon restauracyjny znajduje się na końcu pociągu, i zaczynamy zwiększać prędkość. Niebawem centrum Londynu przechodzi w zabudowane szeregówkami przedmieścia, aż w końcu ostatnie pasma luźnej zabudowy na obrzeżu miasta, z ich fabrykami, składami i magazynami, zastępują zielone pola.

Na półce nade mną spoczywa walizeczka. Pozostawiona przez kogoś gazeta z pozaginanymi rogami leży na stoliczku przede mną, ale słowa rozmywają mi się w oczach, a mój umysł znów zaczyna odtwarzać to okropne Boże Narodzenie.

Kiedy Heather skończyła swoją opowieść, zapadła głucha cisza. Przez moment nikt się nie odezwał ani nie poruszył. Nie mogąc spojrzeć w oczy Monice i Jamesowi, mogłam tylko tulić do siebie Mayę i płakać. W końcu Monica podeszła do Heather i objęła ją.

— Ciii — uspokajała ją. — Już dobrze, wszystko będzie dobrze.

A potem wzięła Heather za rękę i wyprowadziła ją z mojego mieszkania. Nie spojrzała na mnie, przechodząc obok.

James spoglądał na mnie z otwartymi ustami, wstrząśnięty.

— Edie? — rzekł. — Ja nie... Przecież to nie może być prawdą?

Lecz ja mogłam tylko kiwnąć głową i po kilku sekundach milczenia on też wyszedł. A wtedy usiadłam z Mayą przy kuchennym stole i czekałam, aż się skończy to Boże Narodzenie.

Po około godzinie pociąg zatrzymuje się na małej wiejskiej stacyjce i wsiada tłum nastolatków, roześmianych, ściskających w dłoniach puszki z piwem, hałaśliwie człapiących tam i z powrotem rozkołysanym krokiem. Maya, która zasnęła gdzieś w pobliżu Birmingham, przez moment wierci się w moich ramionach, ale szybko znów zasypia, a ja mogę tylko spoglądać przez okno, ledwie zauważając przesuwający się za nim krajobraz. Nagle pociąg wjeżdża do tunelu i widzę przed sobą moje odbicie, przez chwilę spoglądające mi w oczy, dopóki skład nie wyjedzie na światło dnia i ja znów zniknę.

W drugi dzień świąt przeniosłam się do wuja Geoffa, wychodząc z mieszkania bladym świtem, żeby nie wpaść na Monikę — nie zniosłabym ponownie jej zimnego i pogardliwego spojrzenia. Pomimo uprzejmości wuja lodowate dni i długie noce końca grudnia wydawały się nie mieć końca, jak koszmarne przypomnienie tamtego czasu, kiedy uciekłam i ukryłam się tutaj. A potem, w końcu, podjęłam decyzję.

Tego ranka w drodze na stację zrobiłam sobie tylko jeden przystanek. Kiedy James otworzył drzwi, przez długą chwilę staliśmy w milczeniu. Ujrzałam błysk współczucia w jego oczach i rozpaczliwie uchwyciłam się tego.

— Wszystko u ciebie w porządku? — cicho spytał, a ja skinęłam głową.

Pogładził policzek Mai, a mnie przytłoczyła samotność i tęsknota.

— Chciałam się pożegnać — powiedziałam, a on kiwnął głową, ale nie zapytał, dokąd się udaję.

Za moimi plecami warczał silnik taksówki.

— Widziałeś się z Moniką? — zapytałam w końcu.

— Rozmawiałem z nią — powiedział. — Dała mi swój numer. Chyba po prostu musiałem z nią porozmawiać.

— Jak ona się ma? — zapytałam, ze łzami w oczach. — Co u Heather?

A on powiedział mi, że Monica zabrała Heather do siebie i po Nowym Roku znalazła jej schronisko, w którym będą mogli jej pomóc.

— Monica to dobra osoba — powiedział James.

Poczułam palący wstyd.

— Tak — szepnęłam. — Tak.

Następnie, nie mając nic więcej do powiedzenia, odwróciłam się i odeszłam.

Pociąg dojeżdża do Wolverhampton i wysiadamy z Mayą, żeby zaczekać na następny, który zabierze nas w ostatnią część naszej podróży. Pół godziny później powoli podążamy przez z każdą mijającą minutą bardziej obrzydliwie znajome, wiejskie tereny. Ściskam blat stolika, usiłując powstrzymać mdłości. Coraz wyraźniej wyczuwam obecność Connora, nie tylko jako wspomnienia i niematerialnego potwora z mojej przeszłości, ale rzeczywistej osoby istniejącej gdzieś w pobliżu. Przypominam sobie tamten ranek, gdy na dobre opuściłam Fremton, tuż przed świtem, o pierwszym brzasku barwiącym niebo, i gdy pociąg zatrzymuje się na stacji, zaczynam drżeć tak, że ledwie trzymam się na nogach.

Idąc z Mayą znajomymi ulicami, czuję rosnący strach, gdy

atakuje mnie wspomnienie za wspomnieniem: rynek, gdzie poznałam Connora, puby i sklepy monopolowe, do których chodziliśmy, droga prowadząca do Braxton Field, gdzie rozbiło się
wesołe miasteczko. W oknach domków o poczerniałych cegłach
stoją zmęczone bożonarodzeniowe choinki, dźwigając brzemię
zwisających sreberek. Podarte opakowania wysypują się z prze-
pełnionych kubłów na śmieci. W ten zimny poranek pod koniec
roku chodniki są prawie puste, ale ja trwożliwie przyglądam się
każdemu przechodniowi. Czy Connor nadal tu mieszka? Czy
został tu któryś z pozostałych? Zbliżając się do Tyner's Cross,
widzę majaczące w oddali osiedle; trzy wieżowce patrzą na mnie
wilkiem i im bliżej podchodzę, tym głośniejszy jest szum autostrady, niczym warkot jakiejś niewidocznej bestii.

W końcu jestem na ulicy, przy której mieszka moja matka. Przystaję przed furtką i widzę, że zupełnie nic się tu nie
zmieniło: obłażąca z drzwi farba ma ten sam cytrynowy kolor,
a w oknach wiszą te same zasłony, które kiedyś wybrała moja
babcia. Zmuszam się, aby podejść i zapukać do drzwi, czując
pulsujący w skroniach strach.

Na mój widok matka otwiera usta ze zdziwienia. W milczeniu przyglądamy się sobie przez długą chwilę, dopóki nie
odrywa wzroku od mojej twarzy i nie przenosi go na wnuczkę,
a wtedy, w półmroku przedpokoju, widzę, jak w jej oczach zapala się błysk. Wreszcie zaczynam mówić i nie przestaję, dopóki
nie skończę przemowy, którą przygotowałam sobie w trakcie tej
długiej podróży. Jej twarz nie zdradza żadnych uczuć, gdy tego
słucha, lecz w końcu kiwa głową i po paru sekundach oddaję jej
Mayę, po czym odwracam się i odchodzę.

Wracając tą samą drogą, cichymi ulicami dochodzę do rynku
i przystaję na chwilę, chłonąc wzrokiem puste sklepy i zabazgra-
ny sprayem pomnik, atmosferę nagłego porzucenia. I wydaje
się, że w tym samym momencie, gdy spoglądam w niebo, zaczął

sypać śnieg, gęsty, biały i puszysty, wypełniając świat miękką błękitną poświatą. Idę w kierunku dużego budynku z czerwonej cegły na drugim końcu placu i przystaję na moment na jego schodach, po czym w końcu wchodzę do środka, a wahadłowe drzwi posterunku policji zamykają się za mną bezgłośnie.

PODZIĘKOWANIA

Dziękuję: mojej agentce Hellie Ogden z agencji Janklow & Nesbit (UK) — bez jej wizji, ciężkiej pracy i wybitnych zdolności ta książka nie mogłaby powstać; moim wspaniałym redaktorom, Julii Wisdom i jej zespołowi z HarperCollins w Wielkiej Brytanii; Danielle Perez i jej zespołowi z Penguin Random House w Stanach Zjednoczonych; Kate Stephenson, Claire Paterson i Emmie Parry.

Jestem także dłużniczką moich przyjaciół: Alexa Pierce'a, Stevena Regana i Justina Quirka, za wielokrotne czytanie powstającej książki, ich mądre rady i nieustanne zachęty.

Wreszcie, i przede wszystkim, wiele miłości i podziękowań dla Davida Hollowaya.

Spis treści